U0090818

古典文學研究輯刊

二十編

曾永義 主編

第17冊

越南如清使漢文文學研究（上）

嚴艷 著

國家圖書館出版品預行編目資料

越南如清使漢文文學研究（上）／嚴豔 著 — 初版 — 新北市：
花木蘭文化事業有限公司，2019〔民 108〕
目 4+150 面；19×26 公分
（古典文學研究輯刊 二十編；第 17 冊）
ISBN 978-986-485-891-0（精裝）
1. 南洋文學 2. 文學評論 3. 清代
820.8　　108011765

ISBN-978-986-485-891-0

古典文學研究輯刊
二十編　第十七冊　　ISBN：978-986-485-891-0

越南如清使漢文文學研究（上）

作　　者　嚴　豔
主　　編　曾永義
總 編 輯　杜潔祥
副總編輯　楊嘉樂
編　　輯　許郁翎、王筑、張雅淋　美術編輯　陳逸婷
出　　版　花木蘭文化事業有限公司
發 行 人　高小娟
聯絡地址　235 新北市中和區中安街七二號十三樓
　　　　　電話：02-2923-1455／傳眞：02-2923-1452
網　　址　http://www.huamulan.tw 信箱 hml 810518@gmail.com
印　　刷　普羅文化出版廣告事業
初　　版　2019 年 9 月
全書字數　297858 字
定　　價　二十編 19 冊（精裝）新台幣 40,000 元　

越南如清使漢文文學研究（上）

嚴豔 著

作者簡介

嚴豔（1980～），女，安徽滁州人，文學博士，佛山科學技術學院特聘青年研究員。主要從事明清文學及域外漢文學整理與研究。已在《東南亞研究》、《廣西民族大學學報（哲學社會科學版）》、《暨南學報》等 CSSCI 期刊發表論文十餘篇。主持國家社科基金一般項目 1 項、廣東省哲社科「十三五」規劃特別委託項 1 項，參與國家社科基金重大項目 2 項、廣西高水平創新團隊及卓越學者計劃項目 1 項。

提　要

越南漢文文學是域外漢學中的重要組成，其中最爲重要的一部分便是如清使漢文文學。越南如清使是越南文壇上特殊的文學群體，圍繞他們還形成了獨特的文學生態；而越南黎阮時期動盪的時局又令他們的詩文頗具時代特色，甚有可觀者。本書摒棄學界集中於點（如清使個人）、斷層（燕行文獻）的研究，採用整體研究的視角，以越南如清使及其漢文學創作作爲觀照點，通過家族、科舉、出使、地域四個角度，多維立體的分析越南如清使漢文文學的具體創作。在具體研究中，本書立足於如清使個人文集、各類總集、方志家譜等第一手文獻，勾勒出越南如清使臣名錄及其漢文作品相關數據表，還原越南如清使及其漢文文學創作的眞實狀況，以此論證如清使漢文學的藝術成就及其在越南文壇的地位、影響。本書指出越南如清使是越南文壇中的領軍者，中國文學的繼承者，他們的漢文文學是當時及後世的楷模；如清使的文學活動不僅帶動中越文學及書籍交流，還爲中越政治經濟、社會風俗研究中提供重要史料。

佛山科學技術學院高層次人才科研啓動項目
Gg07161 成果

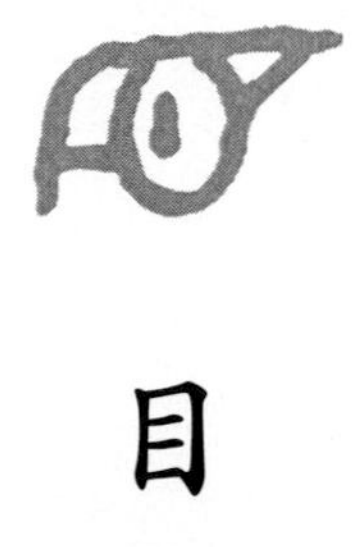

目次

上冊

下　冊

緒　論

越南如清使是中越宗藩制度下特殊的文人群體，他們既是越南黎阮時期漢文文學創作的代表，也是17～20世紀中越文化交流中重要的媒介。漢字在秦末趙佗時期就傳入越南。至二十世紀獨立前，它一直被作爲官方文字使用，因而越南古代文人文學作品大多由漢字書寫。然而受越南保存古籍條件所限，越南漢籍文獻留存主要集中於17～20世紀。現存越南漢文文學文獻中，北使文獻多由「如清使」遺留，它們成爲越南漢文文學中重要的一部分。越南如清使漢文文學創作，無論在創作內容還是創作方式上都承繼中國古代文學的文學樣式，因而他們的作品也是漢文文學史上的燦爛華章。由於撰寫者特殊的身份及文學上重要的價值，如清使漢文文學一直受倍受學界關注。

一

越南在歷史上先後有「交趾」、「安南」、「越南」多個國號。清朝時期正值越南黎鄭、莫、西山、阮各政權紛爭之際。在中越宗藩關係之下，這些政權無一不試圖獲得清朝朝封以正統緒。然而清朝正式承認的藩屬國政權僅有後黎朝、西山朝、阮朝，卻不包括同一時期的莫朝、廣南阮氏政權。越南後黎、西山兩朝，在中越關係中均以「安南」爲國號。十九世紀初阮朝立國後即上書清朝請求更國名爲「南越」。清廷朝臣商議後，認爲「南越」與中國歷史上的南越國稱號同，就調整字序賜阮朝國號爲「越南」。此後，「越南」便一直作爲國號行使至今。本文在書寫中爲了行文方便，統一以「越南」稱其國。在清朝立國之前，越南一直以「北使」指稱使臣出使中國。自清朝立國後，越南便常用「如清」、「如燕」等語指稱，其中更爲常用的是「如清」一詞。「如清使」也隨之成爲正史及文人筆記中出使中國使臣的固定之稱。因而本文以「如清使」作爲越南出使中國使臣的統一稱呼，指清朝期間越南在中越宗藩關係中正式派遣出使中國的使臣。這些使臣以擔負國家使命，以邦交爲目的，而不包括如清公幹、買辦等官吏。本文以「越南如清使」作爲獨特群體，不論其出使期間或者出使前後，其所創作的漢文文學作品均包含在內。

越南如清使多由文臣擔任，且在當時多負才名。在越南黎阮時期朝廷「重文學」的選拔方式下，如清使多具有相似的出身經歷、文化背景。這便形成文學創作中一群相似的創作主體，他們有著相似的文學思想、相似的視角與觀念。由此，越南如清使具體的文學作品中也形成類似的主題與表現方式。如清使個體之間又存在著一定的差異性，或由家庭出身的不同，或由仕途窮達造成的區別，這些不一而足的差異又令他們的具體創作呈現不同風格。越南如清使漢文文學創作有共性又有差異，這豐富了他們作品中的內涵。在中越朝貢體系中，使臣遊走於兩國之間成爲兩國文化之間的傳播者。越南如清使不僅通過「異域之眼」對中國地理風情、政治經濟等各方面進行細緻的觀察，還與中國文人有大量的文學交遊，這些都帶動中越文學傳播。因而，越南如清使的漢文文學無論在本國文壇還是在中越文化交流上都佔有著很高的地位，具有很高的學術價值。

就越南漢籍而言，目前學界多關注一些如清使個體及如清使燕行文學的文獻研究，而對他們漢文文學的文學探討明顯不足，同時也缺乏對如清使作整體觀照。中國大陸學者對如清使的研究還在步國外研究者的後塵，更多的是停留在對文獻上的梳理與爬梳，且很多研究僅利用大陸已出版文獻。越南如清使的漢文文學是一個亟待深入探討的論題。學界也需要一些中國學者從自己的視角去分析研究這一類作品。

二

越南漢文文學是漢文化圈中的重要組成。然而由於歷史上戰亂頻仍、現實中保存不當等諸多因素，越南漢籍現留存數量有限。據越、法、中幾國學者統計，越南漢籍僅留存五千多種：1993 年越南社會科學出版社出版的《DI SẢN HÁN NÔM VIỆT NAM THƯ MỤC ĐỀ YẾU》（《越南漢喃遺產目錄提要》）共收 5038 條文獻記錄；2003 年臺灣中央研究院中國文哲研究所出版的《越南漢喃文獻目錄提要》收 5023 條文獻記錄，其中漢文部分 3729 條。就學界對越南如清使漢文學研究而言可分爲三個時期：

第一階段從二十世紀初期至上世紀七十年代末，爲越南如清使漢文文學研究的拓荒期。這一時期的研究成果集中於越南學者。二十世紀初越南已淪爲法國的殖民地，在越南 1945 年宣佈獨立之前，漢文學主要在《南風雜誌》與《日新》雜誌上進行刊載。此一時期就有如清使漢文著述的簡單介紹，如《南風雜誌》在 1925 年載有《李文馥使程之歌：〈使程便覽曲〉》，《日新》雜誌上 1942 年載華鵬的《武輝瑨及其〈華程隨步集〉》等。1945 年保大皇帝退位，越南宣布新社會主義國家成立開啓新的時代篇章，此後一段時期越南漢文研究仍承繼之前成果。但這一時期由於越南時局不穩，文學研究被排擠到邊緣地帶，同時由於受越南民族主義的影響，越南學界關於漢文學的認識也存在分岐，一些學者甚至認爲越南漢籍是「外國人的文字」而將之從越南古典文學中生硬割裂出去。値得一提的是從 1970 年始，越南漢喃處開展了爲期九年的漢喃材料翻譯研究工作。1975 年以後，越南學術研究開始加速，1979 年越南成立了專門保管、研究漢喃資料的漢喃研究院，同時還在漢喃研究院吸納了各類研究越南漢喃文獻的專家學者，由此漢喃研究院成爲越南漢文學研究的重要基地。在此期間，中國臺灣及大陸也開始有少數學者涉獵越南漢文學的研究，如顏保、黃軼球等，黃軼球所編輯《越南漢詩略》（廣東師範學院，1959 年版）一書中就收錄有越南如清使漢詩文獻。總體而言這一階段許多研究都處於初步探索階段，學界對如清使漢文學研究還停留在表面，很多論文僅是簡單文獻性梳理與展示。

第二階段從上世紀八十年代至上世紀末，爲越南如清使漢文文學研究的發展期。越南八九十年代開始集中整理出版一些重點文人著述，這一時期有多位如清使個人文集出版，如 1996 年河內文化通信出版社出版《阮攸 192 首漢詩》；河內文學出版社 1986 年出版《吳時任詩歌選譯》、1996 年出版《阮攸全集》；河內社會科學出版社 1982 年出版《段阮俊詩文》（《海翁詩集》），1989 年出版《范愼遹：生平與作品》，1995 年出版《阮偍漢文詩選集》等等。越南學者對如清使個人北使文集的研究也同時進行，如周春交的《〈使華叢詠〉作者名稱考》（《漢喃雜誌》1994 年第 1 期），黃文樓的《〈梅驛諏餘〉作者與創作時間考》（《漢喃雜誌》1999 年第 2 期）等。同一時期臺灣學者也開始有更多學者關注越南漢籍的研究，中國大陸從八十年代開始也有學者陸續加入到對越南漢文學的整理研究中，如羅長山、林明華等人。但這一時期，中國學者研究的重點是漢文小說，臺灣八九十年代還整理出版了《越南漢文小說叢刊》。這一時期越南學者仍是如清使漢文學研究中的領軍者，成果集中在對如清使漢文學文獻的整理與研究上。

第三階段從新世紀至今，爲越南如清使漢文學研究的繁榮期。經過上世紀學者的努力，一部分如清使個人文獻整理工作基本完成。此階段出現新的學術動向，各國學者國際學術交流更加緊密，在這種情形之下國際之間聯合出版了大規模的文獻，如臺灣與越南合作 2002 出版影印本《越南漢喃銘文匯編》將越南所藏大量漢喃銘文公之於眾；中越合作於 2010 年出版影印本《越南漢文燕行文獻集成》25 冊，收錄 79 部燕行文獻；大陸、臺灣、越南三方學者合力點校於 2011 年出版《越南漢文小說集成》20 冊，收錄小說 111 部。越南如清使漢文學研究也隨著文獻的整理開始走入分領域深入研究。在具體作品及作者研究方面，研究內容主要集中於一些成就較高、影響較大的作品及作家，如阮攸、李文馥等。越南漢喃院在此期間擔當了越南漢籍研究重要角色，它所聚集的知名老學者和培養一批年輕有爲的青年學者也在從事如清使漢文學研究，如鄭克孟的《越南與韓國使節在中國的詩文唱和》（仁荷大學出版社，2014 年版），李春鍾的《越南與韓國使節詩文唱和之研究》（漢喃研究院 2009 年博士論文）。越南漢喃院發行的兩本雜誌《漢喃雜誌》及《漢喃學通報》上也刊登了大量關於如清使的研究，如黃芳梅的《越南阮朝遣使清朝的使團介紹》（《漢喃雜誌》，2012 年第 6 期），黃文樓的《陶公正及其〈北使詩集〉》（《漢喃學通報》，2004 年），黎光長的《鄭懷德使程詩初探》（《漢喃學通報》，2007 年）等。隨著 2010 年《越南漢文燕行文獻集成》的整理出版，中國學界對如清使的研究呈現井噴之勢，不僅單篇論文數量可觀，僅 2011～2018 年這六年以《越南漢文燕行文獻集成》爲文獻基礎的博碩士論文就有二十多篇。這一時期越南如清使漢文學研究呈現了蓬勃發展之勢，成果集中對於北使文獻的具體研究中。

從研究時段分析可見，國外學者尤其是越南本土學者在越南如清使漢文文學研究中有豐富的成果，如大量如清使北使文學的整理研究及一些重點使臣的漢文學創作梳理。而中國學者的研究主要集中於新世紀，成果主要集中在 2010 年之後的青年研究者。總體看來，關於越南如清使漢文文學研究已經從早期的拓荒時期進入深入研究階段，其具體研究狀況如下：

（一）關於越南如清使著述的文獻學研究

對如清使漢文學文獻的整理與研究是學界常見的研究方法。中國學者多利用已出版燕行文獻進行文獻闡釋解讀。越南學者則從原始文本出發，側重介紹如清使新見或未被過多關注的文獻。

1. 對如清使漢文學著述的文獻整理

中國學者關於如清使文獻上的梳理集中於2010年復旦大學出版的《越南漢文燕行文獻集成》中所收錄的燕行詩文爲依據，論述重在闡述燕行詩文中的史料價值。劉玉珺的《越南漢喃古籍的文獻學研究》（中華書局，2007年版）在中越文化交流的宏觀視野下對越南漢喃古籍進行文獻梳理，顯示出紮實的文獻功底，也爲學界此後研究提供了眾多的文獻信息，如清使文獻即是其中的一部分。周亮《清代越南燕行文獻研究》（暨南大學2012年碩士學位論文）一文以《越南漢文燕行文獻集成》爲文獻基礎，分析其中反映出的越南使節出使前的準備、入關程序及入關後的待遇，並論述了中越朝貢中禮儀制度，對燕行文獻中反映出的清代經濟、政治、文化生活的史料及越南使臣的中國觀作了細緻的爬梳和剖析。

越南學者對如清使及其北使文獻的整理考證取得顯著的成績，有許多越南學者都參與到具體的研究中，如阮氏鳳的《阮偍詩研究》（《漢喃雜誌》，2001年第88期）、范黃江的《阮公基與1715年的使程》（《漢喃學通報》，2005年）、潘士嫡的《潘仕俶及其1872年的使程》（《古與今》，2005年第243期）、范黃軍的《〈往使天津日記〉和〈往津日記〉略考》（《研究與發展雜誌》，2008年第6期）、吳德壽的《丁儒完及其〈默翁使集〉》（《乂安文化》，2008年）、武宏維的《阮偍的〈華程消遣後集〉》（《文學藝術》，2010年第316期）、范長康的《越南使臣》（文化通訊出版社，2010年版）、阮氏銀的《鄧廷相：使者與詩人》（《越南喃文文學總集》，2008年）、黎氏偉鳳的《〈使華叢詠〉簡介》（《漢喃雜誌》，2012年第5期）等。不僅單篇論文有系列成果，他們也有關於如清使研究的學位論文，如阮氏錦戎的《潘清簡使程詩》（胡志明市人文社科大學2014年碩士論文）等。越南留學生的研究成果也體現出對如清使詩文尤其是燕行文獻的整理研究，如2006年孫士覺的《古越漢詩史述及文本輯考》（華中師範大學2006年博士論文）對越南10～15世紀漢詩作一整體論述並對這一時期重要作品進行輯錄校注，其附錄中就包含有多位越南如清使的漢文文獻，如阮攸《清軒詩集》78首、《北行雜錄》132首、《南中雜吟》40首、黎貴惇《全越詩錄》例言。

2. 對如清使燕行文獻裏的中國人物形象分析研究

滕蘭花《清代越南使臣眼中的伏波將軍馬援形象分析——以〈越南漢文燕行文獻集成〉爲視角》(《廣西民族大學學報（哲學社會科學版)》，2013 年 5 月）以越南使臣題詠伏波廟的燕行詩文爲著眼點，分析馬援在越南使臣眼中的忠義忠誠形象及伏波安瀾的水神功能。彭丹華《越南燕行文獻的唐宋人物紀詠詩研究》(陝西師範大學 2014 年碩士論文）對《越南漢文燕行文獻集成》中 79 種文獻進行分類統計，以越南使者所詠中國唐、宋人物作專題分析，梳理出詠柳宗元詩 10 首，詠元結詩 43 首，詠李泌詩 5 首，詠杜甫詩 3 首，詠周敦頤詩 6 首，詠朱熹、張栻詩 10 首，詠范仲淹詩 20 首，及進一步探討了這些詩歌具有長於唐律，善於用典等漢詩中常見特色。論文中所梳理越南使臣對中國人物的紀詠爲中國文學傳播提供了新視角，但因該論文對文獻未進行完全統計，其中還存在遺漏眾多類似的唐宋人物紀詠詩歌，如李白、蘇軾、岳飛等人。其後她所發表的《越南使者詠柳宗元》和《越南使者詠屈原詩三十首校讀》等單篇論文也在其碩士論文的基礎上潤色而成。

3. 對如清使燕行文獻裏中國地域文化的研究

對如清使燕行文獻中的地域文化研究的重鎮是「湘學」，學界有多篇論文都集中對如清使燕行文獻中湖南詩文進行討論。在單篇論文上，研究成果主要集中在對燕行詩文中的中國文獻史料的輯錄，如張京華的一系列論文《從越南看湖南——〈越南漢文燕行文獻集成〉湖南詩提要》(《湖南科技學院學報》，2011 年第 3 期)、《「北南還是一家親」——湖南永州浯溪所見越南朝貢使節詩刻述考》(《中南大學學報（社會科學版)》，2011 年第 7 期）等，依據於《越南漢文燕行文獻集成》，將其中涉及湖南的詩文進行整理，諸如從《越南漢文燕行文獻集成》中輯錄出越南使者詠柳宗元的詩歌 10 首、後者輯錄詠屈原的越南漢詩 30 首，對柳宗元、屈原的研究資料加以補充；詹志和的《越南北使漢詩與中國湖湘文化》(《中南林業科技大學學報（社會科學版)》，2011 年第 6 期）從《越南漢文燕行文獻集成》中輯錄出 700 餘首有關湖湘的詩。在學位論文上有何哲的《越南使臣眼中的清代湖南社會風貌》(廣西民族大學，2016 年碩士論文）探討了湖南界內如清使的行使路線及在這一行程內的湖南地理景觀及人文經濟的觀察，同時論及如清使與湖南人物的贈答唱和詩文。這些研究以越南使臣北使詩文作爲新見有關湖南的文獻，爲中國地域文獻資料作了新的補充。

（二）關於越南如清使文學交流研究

越南使臣與中國文人、朝鮮使臣的文學交流亦是學界關注的熱點，現有研究成果多集中於文學交流中文學史料的文獻梳理。

1. 越南如清使與中國文人之間的交遊

越南使臣與中國文士的文學交流是中國研究者關注的熱點，如劉玉珺在《越南漢喃古籍的文獻學研究》就此專節論述（此後單獨成文《越南使臣與中越文學交流》發表於《學術研究》2007 年第 1 期）。她在文中指出「詩賦外交」是中越文化往來的主要形式，北使詩文便是詩賦外交的產物，並總結出中越文學交流的三種方式：贈答唱和、請序題詞、鑒賞評點。這爲其後中越文學交流研究提供了新思路。

就學位論文而言，大陸有 4 篇關於如清使文學交遊的碩士論文：劉曉聰《清代越南使臣之燕行及其詩文外交研究》（廣西民族大學 2013 年碩士學位論文）以「詩文外交」爲切入點，探討後黎朝、西山朝和阮朝三個朝代如清使與中國官員、鄉紳、民眾的文化交流，進行個案研究。彭茜《朝貢關係與文學交遊——清代越南來華使臣與廣西研究》（廣西民族大學 2014 年碩士學位論文）以清代越南來華使臣燕行文獻中的「廣西」爲切入點，論述了如清使對廣西本土風物的歌詠，以及與廣西文士的文學交遊。史蓬勃《清代越南使臣在華交遊述論》（山東師範大學 2014 碩士論文）、李標福的《清代越南使臣在華活動研究——以〈越南漢文燕行文獻集成〉爲中心》（暨南大學 2015 碩士論文）則從贈答唱和、請序題詞、鑒賞評點、筆談問答這幾種主要方式來展開與中國士人階層間的交遊，並以黎貴惇、潘輝益、阮思僩三人爲代表，論述他們在華期間與朝鮮使臣的交往。

在單篇論文上，王偉勇的《中越文人「意外」交流之成果——〈中外群英會錄〉述評》（《成大中文學報》，2007 年第 17 期）則是對以繆艮爲代表的中國文人與如清使李文馥爲代表的越南文人詩文往來的深入評述。張宇的《越南貢使與中國伴送官的文學交遊——以裴文禩與楊恩壽交遊爲中心》（《學術探索》，2010 年第 4 期）梳理了越南如清使裴文禩與中國伴送官楊恩壽詩文交流，並對越南使臣與中國伴送官之間的文學交遊特徵進行歸納。陳益源、賴承俊《寓粵文人繆艮與越南使節的因緣際會》（《明清小說研究》，2011 年第 2

期）中述及客居粵地的繆艮與來華公幹的李文馥、黃炯等人的交遊唱和，而《清代越南使節在中國的購書經驗》一文則依據越南使節留下的燕行文集及越南史書記載，介紹了越南如清使阮思僩、陳文準、阮述等人在中國的購書經歷。

2. 越南如清使與朝鮮燕行使之間的交遊

越、朝使臣之間的文學交流成爲越南如清使文學交流的另一個關注中心。越南與韓國學者都取得一定的研究成果，如韓國學者朴現圭《〈皇越詩選〉所載越南與朝鮮使臣酬唱詩》（載《域外漢籍研究集刊》（第一輯），中華書局，2005 年）對越南古漢詩選集《皇越詩選》中所載越南貢使馮克寬、阮公沆、胡士棟、段阮俶在中國燕京邂逅朝鮮使臣而作的五首酬唱詩進行賞析，指出越、朝使臣的酬唱詩既反映出漢字文化圈中的同文同軌的共同意識，又體現兩者相同異國思鄉之情；金英珠《〈越南漢文燕行文獻集成〉的分析視角一以〈星槎紀行〉和〈華程後集〉記載朝越使節的文人交流爲中心》（《漢字漢文研究》，2011 年第 7 號）一文是在潘輝益、武輝瑨的燕行文集基礎上對朝越使節間的交流作研究。越南學者側重對如清使與朝鮮燕行使文學交流的考證研究，如阮明詢《黎貴惇與朝鮮使臣的四首唱和詩》（《漢喃雜誌》，1999 年第 4 期）發表新發現黎貴惇與朝鮮文人交流的四首詩《送朝鮮國使》兩首、《朝鮮國使鴻啓禧和詩》、《李徽中和詩》；李春鍾《武輝瑨與朝鮮使臣新發現的兩首唱和詩》（《漢喃學通報》，2005 年）、阮維正的《1790 年越南與朝鮮使團在清朝的會面》（《研究與發展雜誌》，2010 年第 6 期）、鄭克孟的《中代越南與韓國兩國使臣唱和詩文的考察》（《漢喃雜誌》，2013 年第 2 期）等也主要就越韓兩國使臣的唱和詩進行文獻輯錄。

3. 越南如清使與中越文學傳播的研究

中國學者陳正宏《越南燕行使者的清宮遊歷與戲曲觀賞》（《故宮博物院院刊》，2012 年第 5 期）以越南如清使燕行文獻中所描繪的北京皇宮遊歷記錄爲史料依據，重點探討了如清使所見的清宮禮儀、國外使節清宮戲曲欣賞，又在文末對歷次如清使清宮戲曲觀賞時間進行統計。

越南學者丁克順的《阮輝僅及其 1765 年赴清朝擔任使者時編著的書籍》（載復旦大學文史研究院編《從周邊看中國》，中華書局 2009 年版）探討了如清使阮輝僅在出使期間編著的書籍。

4. 對如清使文化交流中心理狀態的研究

中國學者注意到中國文化影響下的越南使臣在出使過程中所體現出的複雜心理，李謨潤的《拒斥與認同：安南阮攸〈北行雜錄〉文獻價值審視》（《廣西民族學院學報（哲學社會科學版）》，2005 年 11 月）以阮攸《北行雜錄》中的詩歌來分析阮攸出使期間對中國及中國文化拒斥與認同的複雜心理。李焯然的《越南史籍對「中國」及「華夷」觀念的詮釋》（《復旦學報（社會科學版）》，2008 年第 2 期）中論析了李文馥雖足跡到達多國、眼界較寬，卻仍有濃厚的華夷思想；張京華的《三「夷」相會——以越南漢文燕行文獻集成爲中心》（《外國文學評論》，2011 年第 3 期）以黎貴惇、阮思僩分別與中國士人秦朝釪、崔暕間的文學交遊爲中心，探討其中所反映出越南如清使的「夷夏觀」。葛兆光在《朝貢、禮儀與衣冠——從乾隆五十五年安南國王熱河祝壽及請改易服色說起》（《復旦學報（社會科學版）》，2012 年第 2 期）一文中，以朝鮮、越南燕行文獻爲依據，探討 1790 年西山朝阮光平使團因在乾隆祝壽大典上改穿清朝衣冠引發朝鮮使團的諸多不滿事件，並分析了清朝時期越、朝文人在朝貢時對禮儀、衣冠重視之下的華夷觀念。

越南學者也關注到越南如清使出使的心理狀態，如黎光長的《阮朝儒士鄭懷德出使中國的心理演變》（《越南與中國的文化、文學關係國際學術研討會》論文集），阮氏青鍾的《〈方亭萬里集〉的萬里思初探》（《河內師範大學科學學報》，2008 年第 6 期）都從如清使的北使詩文爲文獻依據，分析其中所蘊含他們出使中國時的心理活動。

（三）關於越南如清使個案的研究

學界對如清使個案關注主要集中於一些文學大家，如阮攸、吳時任、黎貴惇等人，而對普通如清使則很少提及或關注。

1. 關於阮攸的研究

學界關於阮攸的研究主要圍繞其喃詩傳《金雲翹傳》一書展開，但其漢詩尤其是北使詩集的研究亦成爲近年來研究的重點內容。

關於阮攸及其漢詩的研究，中國學界集中於對其北使詩集《北行雜錄》進行探討，如 1991 年，李修章的《讀越南詩人阮攸〈北行雜錄〉有感》一文，通過阮攸詩集中對中國古人詩歌的文獻，探討阮攸通過詩歌形式促進了中越兩國的文化交流。2005 年，李謨潤《拒斥與認同：安南阮攸〈北行雜錄〉文學價值審視》一文，從漢文化圈邊緣看中心的角度出發，探討阮攸《北行雜錄》中存在著拒斥和認同兩種態度：阮攸在出使期間從政治角度上對中越宗主國與附屬國的關係有所排斥，但在文化傳承關係上則又認同兩國之間的一脈相承。2009 年，李謨潤又發表文章《繼承與拓展：安南阮攸與中國古代詠史詩》，將阮攸的詠史詩與中國古代詠史詩加以比較研究，探索阮攸的繼承和創新之處。2007 年，越南留學生韓紅葉的碩士學位論文《阮攸〈北行雜錄〉研究》，在考證阮攸的時代背景和生平事蹟的基礎之上，對其使華詩集《北行雜錄》的版本、思想內容以及藝術技巧進行研究，並做了相應文獻整理工作。越南學界對阮攸所創作漢詩的研究則較爲全面，文獻整理方面如《阮攸漢字詩集》（河內文學出版社，1988）整理收錄阮攸漢詩 249 首，其中律詩占 224 首。另有關於阮攸生平、思想、創作的研究，如謝玉輦《再談阮攸的「讀小青記」這首詩》（《漢喃雜誌》，1995 年第 3 期）、阮文完《關於阮攸的生平》（《漢喃雜誌》，2002 年第 1 期）、阮氏娘《對阮攸漢字詩搜尋、翻譯、公佈及研究工作簡述》（《漢喃雜誌》，2006 年第 1 期）、柴扉書莊《阮攸文化環境》（《漢喃雜誌》，2007 年第 4 期）、阮氏娘《通過阮攸自敘詩瞭解他的藝術思想變動》（《漢喃雜誌》，2007 年第 4 期）、黎文貫《通過阮攸的漢詩探索阮攸的思想》（《漢喃雜誌》，2014 年第 3 期）等。

2. 關於黎貴惇的研究

中國學者對黎貴惇的關注也較早，早在上世紀八十年代楊保筠就發表《黎貴惇與〈撫邊雜錄〉》（《東南亞縱橫》，1986 年第 4 期）一文對《撫邊雜錄》的成就高度評價，于向東的《黎貴惇的著作及其學術思想》（《東南亞研究》，1991 年 01 期）、劉玉珺的《「越南王安石」——黎貴惇》（《古典文學知識》，2010 年 02 期）、以及沈茜的《黎貴惇〈見聞小錄〉文獻探研》（廣西民族大學 2012 年碩士論文）等文，則對黎貴惇的生平、著作、思想各方面展開更進一步研究。越南學者阮金山的《18 世紀越中間學術交流：黎貴惇 1760～1762 年出使》（載《海洋史研究》第四輯，社會科學文獻出版社，2012 年）關注的是黎貴惇出使中國時的線路、活動、與中國文人官員交往、編撰之書等內容。

3. 關於李文馥的研究

越南學者很早就關注到李文馥的燕行文獻並對他的外交成就加以肯定，如青蓮的《〈華程便覽曲〉——李文馥從順化到北京的使程日記》（《文化月刊》1960 年第 57 期），阮氏銀的《李文馥——XIX 世紀前半之漢喃作家》一文對李文馥的漢、喃兩種文字所創作的文學高度評價。

臺灣學者陳益源《越南漢籍文獻論述》（中華書局 2011 年版）一書載有系列探討李文馥的論文，他不僅從李文馥經常擔任外交事務「周遊列國」中所創作的「華夷之辨」，與臺灣蔡廷蘭及詩緣關係角度探討，還從李文馥的文本記錄中抽絲剝繭出十九世紀初亞洲的飲食文化，以及對他創作《二度梅》的研究，立體展現如清使李文馥在出使過程中的眾多文化交流。馬來西亞學者黃子堅的《李文馥與其〈西行見聞紀略〉》一文，探討了李文馥在東南亞各國的遊歷與外交活動，值得注意的是他以傳統儒官的視角，去審視西方殖民者在東南亞各國的所作所爲。大陸學者陳文源的《清代越南仕官李文馥與〈鏡海續吟〉》一文，立足於《鏡海續吟》中有關澳門社會的詩文來研究清代澳門歷史。

4. 關於吳時任的研究

越南學者對吳時任的研究成果豐碩，越南漢喃院《漢喃雜誌》2003 年第三期還成立專號對吳時任進行研究，有五篇論文鄭克孟《吳時任名人》、陳氏冰清《吳時任，一顆未圓的禪心》、臨江《吳時任與世俗生活》、范氏釵《吳時任〈皝旻哀錄〉的版本》、黎越娥《吳時任〈玉堂春叫〉詩集簡介》對於吳時任的地位、思想、生活經歷、著作版本情況加以探討。范秀珠的《京北詩人陳名案與吳時任》探討了吳時任與同時代另一位著名黃甲陳名案之間的時代糾葛。潘秋雲的《越南漢文賦對中國賦的借鑒與其創造》（復旦大學 2010 年博士論文）在第二章第四節中對吳時任的部分漢文賦在內容及藝術上進行研究。

越南學界對其他如清使臣也有涉及，但研究成果較爲分散，如金英的《潘輝注的一篇賦之研究》（《漢喃雜誌》1992 年第 1 期），阮黃貴《潘輝湜及其〈使程雜詠〉》（《漢喃學通報》〔註 1〕，1997 年）、《潘輝族與使程詩》（《漢喃學通報》，2003 年），都是對國威潘氏家族中諸位如清使生平、著述等方面的探討。黃文樓的《阮思僩〈燕軺詩文集〉之研究》（《漢喃雜誌》，2000 年第 3 期）、阮青松的《阮輝瑩〈皇華使程圖版〉文本初探》（《漢喃雜誌》，2011 年第 1 期）都是關於河靜長流阮族的如清使阮輝瑩的探討。從中可見，學界對如清使中成爲越南重點作家作品研究成果較多，但其他眾多有才華的如清使及其作品並未得到相應的關注。

〔註 1〕該雜誌由越南河內漢喃院主辦，一年僅出一本。

（四）其他

越南如清使漢文文學文獻常被史學界所利用，史學在研究中越關係、越南如清使等研究時常常通過如清使北使詩文研究中越關係及輯錄中國史料兩部分。

中國學者集中於討論清朝時期中越往來及宗藩關係，不僅有陳國寶的《越南使臣與清代中越宗藩秩序》（《清史研究》，2012 年第 2 期）這種精闢的單篇闡述文章，還有眾多詳細剖析的專著及學位論位，如孫宏年的《清代中越宗藩關係研究》（黑龍江教育出版社，2004 年版）、于燕的《清代中越使節研究》（山東大學 2007 年碩士學位論文）、汪泉《清朝與越南使節往來研究》（暨南大學 2008 年碩士學位論文）、盧紅的《十九世紀中越宗藩關係的演變》（山東師範大學 2010 年碩士學位論文）、黃亮的《衝突與交流：中越宗藩關係研究》（江西師範大學 2012 年碩士學位論文）、江振剛的《清代安南使團在華禮遇活動研究》（暨南大學 2015 年碩士學位論文）等。越南留學生裴輝南的《朝貢與冊封——1802～1805 年間越南與中國關係研究》（華東師範大學 2015 年博士學位論文）也同樣關注越南如清使出使中的中越關係。西方研究者也對如清使漢燕行文學中所體現出的中越關係有所關注，如 Liam C. Kelley 的《銅柱向何方？16～19 世紀的使臣詩與中越關係》夏威夷大學博士學位論文，2001 年 12 月（Liam C. Kelley, “Whither the Bronze Pillars？ Envoy Poetry and the Sino-Vietnamese Relationship in the 16th to 19th Centuries”, PhD Dissertation, University of Hawaii，America, December 2001）從越南北使詩的文獻出發，分析越南對清朝外交上的態度。這些研究都將越南如清使的北使文獻作爲重要論證依據之一。

學界在利用如清使北使文獻中輯錄中國史料上亦取得較多成果。張茜《清代越南燕行使者眼中的中國地理景觀——以〈越南漢文燕行文獻集成〉爲中心》（復旦大學 2012 年碩士學位論文）以如清使的北使文獻爲依託，從文獻上梳理他們筆下的中國地理景觀。陳國保《越南使臣對晚清中國社會的觀察與評論》（《史學月刊》，2013 年第 10 期）論述如清使在出使途中所記錄的宮廷見聞、沿途地方社會，還通過筆談來探問清朝朝政，以及他們對清朝社會的評論。李小亭《後黎朝時期安南使臣眼中的中國——以〈越南漢文燕行文獻集成〉爲中心》（暨南大學 2015 年碩士學位論文）從越南使臣燕行文獻中分析他們出使中國期間對中國地域交通、都市建築、文化風俗等方面的觀感。

曹雙的《越南使臣所見乾隆時期的清代社會》（鄭州大學 2015 年碩士學位論文）選取乾隆年間出使清朝的如清使團作爲關注點，從其文獻中分析他們所觀察到中國的政治、經濟、宗教信仰、實用技術以及民眾生活與民俗情況。

此外，也有一些研究橫跨文史顯示出研究者廣博的知識面，如臺灣學者陳益源關於越南如清使的系列研究：他與凌欣欣合著的《清同治年間越南使節的黃鶴樓詩文》（《長江學術》，2011 年第 4 期）就如清使於同治年間（1869、1871）兩次北使中所記錄的黃鶴樓詩文爲依託，進而探討黃鶴樓及其周遭環境的變遷，以如清使的黃鶴樓詩文作爲近代中國歷史劇變的見證；他的《范仲淹〈岳陽樓記〉對清代越南使節岳陽樓詩文的影響》一文統計了越南使臣筆下的岳陽樓詩文，並分析他們所受范仲淹《岳陽樓記》的影響。他所指導的高足越南留學生阮黃燕的《1849～1877 年間越南燕行錄之研究》（臺灣國立成功大學 2016 年博士論文）集中對 1849～1877 年間越南六次出使中七個使團記錄爲文獻依據，分析其中如清使團眾人對中國的想像與實際認知，他們在北使詩文中記錄了西方勢力在中國滲透的記載，以及這些使團回國後變法圖強的初想及越南淪陷後的心理演變。

綜上所述可以看出，近十年來，越南使臣北使文獻研究在中國學界學界掀起研究熱潮，由於越南北使文獻留者集中於如清使，因而越南如清使北使文獻是越南使臣研究的重點。關於越南如清使漢文文學研究主要集中於文獻整理與使臣文學交流的探討及重要使臣個案的研究，研究方法多從歷史學、文獻學、比較文學爲視角。從文獻學角度看，研究成果集中於漢文燕行錄的整理出版，挖掘其中的史料價值；從比較文學角度看，研究成果集中於越南使臣文學創作對中國文學的傳播與接受；從個案研究角度看，研究成果多關注於重點使臣及其文學作品，主要對其內容、藝術特色及美學特徵的分析。

三

越南如清使漢文創作數量豐富，反映了中越兩國歷史文化的交融。越南如清使漢文文學研究，不僅在越南文學史上意義重大，在研究漢文化的域外傳播與影響上也有其獨特的價值與意義。目前學界雖取得一定成就，但本文在多個方面都做了更進一步拓展：

第一，從越南使臣研究上看，本文利用如清使個人文集、各類總集、方志家譜等第一手資料，力求在文獻上予以突破，補充中國學界在越南使臣研究中的資料性不足。本文通過斷代整體研究，從科舉、家族、地域等多角度切入，可以在現有研究的基礎之上，將越南使臣文學研究向深入推進。

第二，從域外漢文學研究上看，本文立足於具體越南如清使漢文文學創作，以重要文人及作品爲依託，並梳理一些非重點如清使文人文集，可以補充目前學界在該部分文獻整理與研究中存在的不足。越南漢籍作爲漢文化圈中的重要組成，其在域外漢學中具有舉足輕重的地位。目前學界在文獻整理與研究上取得一定的成果，但占越南漢籍很大一部分的漢文文人文集與非重點作家的創作，在文獻整理與具體研究上都處於起步階段。本文對一些非重點文人文集文獻整理與研究在一定程度上豐富了這一研究。

第三，從中越文化交流方面看，本文對越南如清使漢文文學中關於兩國文學、文化中傳播與交流進行細緻爬梳，不僅梳理如清使作爲媒介在出使中對中越文化交流方面有重要貢獻，還指出他們在出使後對越南文人文學創作仍產生一定影響。這一研究對中越文化交流史研究有一定參考價值。

本文立足於第一手文獻調查，對如清使漢文文學進行文獻考證，整理出這一文人群體漢文學創作的文獻概貌。同時本文利用學界很少或尚未關注到的越南漢籍中與如清使相關的個人文集、家譜與方志材料作爲新補充的立論基礎及論證材料。本文試圖打破以往集中於點（如清使個人）、斷層（北使文獻）的研究，而採用整體研究的視角。以越南如清使這一切入點，通過家族、科舉、出使、地域四個角度，多維立體的分析越南如清使漢文文學的具體創作。其中，以家族與科舉作爲越南如清使文學創作的縱向座標，以出使中具體創作與文人交遊作爲橫向座標，並輔以地域作爲底色的研究思路；並在具體研究中採取個案分析，以期達到點面結合的研究效果。同時本文試圖突破以往學界將如清使作爲「域外之眼」來研究中國、中國人物、中越文化交流的觀點，而將「如清使」這一特殊文人作爲代表越南漢文學創作最高水平的群體來研究，以期還原他們在文學上的本眞狀態。

第一章　越南如清使及其漢文文學總體考察

漢文學曾經是亞洲國家朝鮮、日本、越南重要的文學樣式。雖然這些國家漢文學書寫內容有異，但都是用漢字作爲文學的記述方式。漢字所承載的中國漢文化不可避免地融入各國文學史中，由此形成了漢文化圈中共同文化記憶的一部分。中越關係源遠流長，現今占越南民族 85%以上的越族即是百越一支，與中國境內越民族同源共祖〔註 1〕。自秦至宋，越南經歷近千年的郡縣時期。越南建立獨立政權後又與中國保持近千年的宗藩關係〔註 2〕。越南漢文學與中國文學有著千絲萬縷的聯繫，其體裁借鑒於中國文學詩賦、散文、小說等樣式，其題材內容也多直接取材於中國文學之中。可以說，越南漢文學是漢字文化圈中不可或缺的一部分。

使臣作爲一個獨特的文人群體，他們遊走於兩國之間，不僅是本國文化的使者，也是他國文化的接受者與傳播者。在朝貢體系之下，越、朝等國選

〔註 1〕此稱依據越南社會科學委員會編著《越南歷史》（北京人民出版社，1977）之「越南民族」，有的文獻上稱爲「京族」。

〔註 2〕對於越南古代史的分期，各國學者都有自己觀點：越南教育部所頒訂的歷史書上分爲原始時代、建國時代、北屬時代和抗北屬時代、封建時代；越南史家陳重（仲）金則分成上古時代、北屬時代、自主時代、近今時代；日本史家岩村成允則分爲太古史、上古史、中古史、近世史；中國大陸學者郭正鐸與張笑梅則分成原始公社時期、中國封建郡縣時期、及獨立自主封建國家；臺灣學者耿慧玲將越南歷史分爲百越民族時期、中國郡縣時期、羈縻時期、宗藩時期、法越清角勁平衡時期。

派出使中國的使臣常常是本國熟諳漢文學的名士。越南北使使臣在出使前後都創作有大量的漢文學作品，在出使期間更是留存有獨特的北使詩文。他們以越南政治代表的獨特視角審視中國社會的方方面面。越南如清使北使文學有著極高的文獻價值，其中涉及中國政治經濟、社會風俗等各方面。據文獻統計可知（見附錄一），越南在清朝時期共派遣使臣 195 人次（其中後黎朝 90 人次，西山朝 26 人次，阮朝 79 人次），共有如清使 182 位（其中有 13 人重複出使）。據文獻統計可知（見附錄四），越南如清使臣現存有文獻者 87 人，後黎朝 34 人，西山朝 6 人，阮朝 37 人，其類型有個人文集、家譜、方志、史書、碑文等。就其文學作品而言，其體裁主要集中於詩賦、散文、小說。這些漢文學作品既承繼於中國古代文學，又因其地緣及本土喃字文學影響而有地域上的特色。本章將據越南現有文獻記載並結合中國史料，以知人論世的方法概括越南如清使及其漢文學創作總體狀況，並對越南如清使漢文學的源流與承襲進行梳理概括。

第一節　越南如清使人員總體考察

「使臣」一詞很早就出現於中國文獻，《詩經・小雅・皇皇者華》小序中有：「皇皇者華，君遣使臣也，送之以禮樂，言遠而有光華也。」可見，使臣肩負著國家使命，執行兩國邦交中具體外交活動與任務。越南歷代使臣多爲科舉中第且有文名者擔任，據潘輝溫《科榜標奇》載歷朝 43 位狀元中有 11 位「奉往北使」。「翰墨傳香」中「三世繼登」條錄家族中累世登科者 23 人，其中亦有 11 位擔任使臣之職。奉往北使者多留有個人文集，如阮直有《樗蔆詩集》、梁世榮有《明良錦繡》及《瓊花九歌集》、杜綜有《詠史集》等，且多有文名者，如梁世榮與武暘都名列後黎「騷壇二十八宿」，莫挺之《玉井蓮賦》被視爲越南文壇重要賦作〔註 3〕。現留存漢文著述的如清使，無論在文學創作數量還是文學成就上大都是越南文壇的領軍者。

〔註 3〕〔越〕潘輝溫，科榜標奇//越南漢文小說集成（第 18 輯）〔Z〕上海：上海古籍出版社，2011：293～355。

一、越南如清使概念界定及遴選標準

學界關於清代時期越南使臣的研究有多篇文章〔註 4〕，但因概念界定不清晰而出現使臣人數上的差異，因而在論述開展之前對概念進行界定實屬必要。而越南政權對如清使的遴選標準則眞實體現出這一群體共同特徵的源頭。

（一）清朝時期中越宗藩體系下的朝貢關係

中國的朝貢體系可追溯至公元前。商朝時期就實行內外服制度。西周立國後實行分封制治國政策，《周禮・夏官・職方氏》中載周王天子以千里之內所屬之地爲「王畿」，而王畿之外的地域以分派宗族姻親或是貴族功臣建立諸侯國治理。秦始皇統一各國後，將商周時期的畿服體系推廣開來，至漢已建立起以「冊封」爲主要形式的朝貢體系。秦統一中原後交趾地區即被建立象郡。秦末趙佗乘戰亂建立南越國並自稱帝號，漢王朝建立後冊封趙佗爲「南越武王」。在漢武帝時期，交趾地區發生二徵女王之亂，武帝派大將馬援征交趾。自漢元鼎六年（公元前 111 年）至宋開寶元年（968）丁部鄰建立「大瞿越國」，交趾之地又納入郡縣。丁部領建國後即遣使上貢並請宋冊封「己巳（968），交州丁璉遣使貢方物」〔註 5〕，宋太祖封其爲交趾郡王。然直至李朝時期，越南始與中國建立正式的以「朝貢－冊封」爲主體的宗藩關係，隨後的陳、前黎、後黎等朝亦承繼這種宗藩形式。雖然其間明朝乘越南政權之亂滅越南胡氏政權再次管轄越南，但此時越南民族獨立自主的意識早已深入民心，因而幾年後越南再次獨立。自宋至明，朝貢與冊封體制下互派使臣成爲一種定制。

〔註 4〕學位論文有于燕《清代中越使節研究》山東大學 2007 年碩士論文、汪泉《清朝與越南使節往來研究》暨南大學 2008 年碩士論文、劉曉聰《清代越南使臣之「燕行」及其「詩文外交」——以〈越南漢文燕行文獻集成〉爲中心》廣西民族大學 2013 年碩士論文、史蓬勃《清代越南使臣在華交遊述論——以〈越南漢文燕行文獻集成〉爲中心》山東師範大學 2014 年碩士論文、江振剛《清代安南使團在華禮遇活動》暨南大學 2015 年碩士論文、李福標《清代越南使臣在華活動——以〈越南漢文燕行文獻集成〉爲中心》暨南大學 2015 年碩士論文等。

〔註 5〕（元）脫脫等，宋史，卷三，本紀第三太祖三〔M〕，北京：中華書局，1977：40。

宋明時期越南遣使人數

<table>
<tr><th>中國朝代</th><th>越南朝代</th><th>出使次數</th><th>遣使人次</th></tr>
<tr><td rowspan="4">宋</td><td>丁朝（968～980）</td><td>6</td><td>10</td></tr>
<tr><td>前黎朝（980～1009）</td><td>14</td><td>19</td></tr>
<tr><td>李朝（1009～1225）</td><td>49</td><td>96</td></tr>
<tr><td rowspan="2">陳朝（1225～1400）</td><td>3</td><td>4</td></tr>
<tr><td rowspan="3">元</td><td>45</td><td>96</td></tr>
<tr><td>胡朝（1400～1407）</td><td>3</td><td>4</td></tr>
<tr><td rowspan="2">後黎朝（1428～1789）</td><td>4</td><td>5</td></tr>
<tr><td rowspan="2">明</td><td>55</td><td>221</td></tr>
<tr><td>莫朝（1527～1592）</td><td>12</td><td>70</td></tr>
</table>

資料來源：據黎崱《安南志略》、吳士連《大越史記》、潘清簡《欽定越史綱要》數據整理。

從圖表中可見，在中越宗藩體制之下，越南歷代政權都頻繁派出使臣北使中國。其使臣人數隨中國政權更迭、越南朝代的長短而出現數量多寡。由於後黎朝跨越時間久，出使人數比前代劇增。

在清朝時期的中越宗藩關係中，越南歷後黎、西山、阮三個政權。清朝建立政權後，越南正處於各政權割據局面。各政權爲獲清廷支持積極遞交「投誠謁」，如越南西部的割據政權武氏、莫氏均於順治十六年（1659）遞表投誠。明朝時宗藩關係中的正式政權爲後黎朝，雖然清廷多次頒詔示意其前來建立新的宗藩關係，黎鄭卻不爲所動，仍朝貢於南明政權。至順治十七年（1660），黎氏政權迫於清廷的政治壓力「奉表投誠附貢方物」〔註 6〕，至 1663 年黎維祺去世，黎氏才正式遣使如清「(康熙二年）六月，遣正使黎斆、副使楊澔、同存澤如清歲貢，附謝恩及告哀事」〔註 7〕。康熙五年（1666），清朝派使臣程芳朝、張易賁作爲正副使冊封黎維禧爲安南國王，兩國之間宗藩關係正式確立〔註 8〕。乾隆五十四年（1789），阮惠（後改名光平）所領導的農民軍政權推翻黎朝建立西山朝，西山朝權於當年便遣使入清建交求封「乾隆五十四

〔註 6〕清聖祖實錄，卷「順治十七年九月癸丑」〔M〕，北京：中華書局，1985。

〔註 7〕〔越〕吳士連，陳荊和校，大越史記全書〔M〕，東京：東京大學東洋文化研究所，1985：974。

〔註 8〕清聖祖實錄，卷 19，「康熙五年五月千寅」〔M〕，北京：中華書局，1985。

年七月戊申，安南國正使阮光顯、副使阮有綢、武輝瑨並行人等入覲」〔註9〕。清廷亦於當年派成林於八月初一日起程赴安南冊封阮光平爲安南國王〔註10〕，西山朝與清朝建立正式宗藩關係。1802 年南方阮氏政權推翻西山朝，即於當年派鄭懷德等遣送海盜到廣東並提交求封之意，「今所獲僞西冊印，乃清錫封。所俘海匪，乃清通寇。可先遣人送還，而以北伐之事告之。俟北河事定，然後復尋邦交故事，則善矣。」〔註11〕鄭懷德使團在廣東等待正式求封使黎光定等入關後才轉道廣西，兩使並行進京上貢求封。此前，作爲阮朝前身的廣南政權在康熙四十一年（1702）遣使由海路「齎國書貢品如廣東求封」，但清廷以「安南猶有黎在，未可別封」〔註12〕撥回了其求封之請。嘉慶八年（1803）清廷遣使齊布森等赴越冊封阮福映爲國王〔註13〕，阮朝與清朝正式建立宗藩關係。至越法兩國於 1885 年簽訂《順化條約》，法國將越南納入其保護國範圍〔註14〕，中越之間近千年的宗藩關係正式結束。從 1663 年至 1883 年，在 220 年裏越南共派遣如清使 195 人次。

在越南文獻中常以「北」指中國，而以「南」指越南，以此強調兩國之間的地位平等，如黎統在《邦交錄》云：「而又知南國山河南帝居之。讖云：南國山河南帝居，截然定分在天書。其不廢事大之禮者，智也。」以「北使」、「北行」等語指出使中國朝貢，以此說明是兩個平等國家相互邦交關係，而非「宗藩關係」，且常以「如」字指代出使行爲，「如元」、「如明」、「如西」等。「如清」一詞自後黎朝與清朝建交之間就已經使用，隨後成爲定制，其派往中國的使臣雖有各種名目，但常以「如清使」一詞統稱。清代時期，越南派遣的如清使主要有兩種類型：一是例行歲貢的「歲貢使」，如阮朝建國後即與清廷建立宗藩關係「二年一貢，四年一遣使，兩貢並進」〔註15〕。二是針

〔註9〕清高宗實錄，卷 1335，「乾隆五十四年七月戊申」〔M〕，北京：中華書局，1985。

〔註10〕清高宗實錄，卷 1337，「乾隆五十四年八月癸酉」〔M〕，北京：中華書局，1985。

〔註11〕〔越〕阮朝國史館，大南實錄正編〔M〕，東京：慶應義塾大學語學研究所，昭和三十六年〔1961〕。

〔註12〕〔越〕阮朝國史館，大南實錄前編〔M〕，東京：慶應義塾大學語學研究所，昭和三十六年〔1961〕。

〔註13〕趙雄主編，嘉慶道光兩朝上諭檔（第 8 冊）〔M〕桂林：廣西師範大學出版社，2000：215。

〔註14〕邵循正等編，中法戰爭（七）〔M〕，上海：上海人民出版社：上海書店出版社，2000：362～369。

〔註15〕〔越〕阮朝國史館，大南實錄正編第一紀〔M〕，東京：慶應義塾大學語學研究所，昭和三十八年〔1963〕：4。

對出現的特定情況入貢，主要有越方對中朝的「謝恩使」、國王去世時的「告哀使」、新王登基後的「請封使」、因邊事矛盾或請求剿匪的「進賀奏事使」及祝賀中朝新帝登基或皇帝壽辰的「進賀使」。

（二）越南如清使界定

一些研究者已就越南遣使如清名錄有所梳理，臺灣學者起步較早尤其以許文堂《十九世紀清越外交關係之演變》爲代表，大陸研究多步臺灣研究後塵。在許文堂文中所附表「越南遣使大清一覽」中所列越南 78 次遣使，5 次延緩。但許文中關於越南「使臣」人員的定義並不是很明確，一些研究者常採取一種模糊定義，將例常歲貢、謝恩等與處理國家事務及相關到中國公幹的人員都列爲使臣。這令現在的研究中關於如清使的名錄常出現變動，甚至於出現一些分歧，如中國學界常將 1883 年阮述、范愼遹參加天津中、法、越三方會談視爲越方最後一次遣使，而越南研究者卻認爲「越南阮朝向清朝派出的最後一位使者，是爲了奏請將建福冊封爲國王（1883～1884）。」〔註 16〕因而應對概念中朝貢體制下「如清」、「如清使」作一詳細界定。

其一，關於朝貢體制下「如清」的界定。筆者認爲在越南遣使中應注意幾個界定點：一是出使所至的外交對象應爲清政府。許文堂的附表中有 1646 年黎朝派阮仁政、阮秉綿等賀南唐王即位被清軍所執帶往北京之事，據《大越史記》載「差正使阮仁政、副使范永綿、陳槩、阮滾等同天朝使都督林參駕海往福建，求封於明。時明帝即位，爲清人所破」〔註 17〕，很明顯黎氏本次遣使政權並不是清朝而是南明朝廷，不應當列出遣使如清之列；二是出使目的應圍繞宗藩體制下的外交關係。許文堂文中所統計的使臣中包括越南官方 6 次派大臣至廣東公幹事務：解送犯人 2 次、尋訪漂風船 2 次、採買貨項 1 次以及 1 次未列具體事項亦包括在內〔註 18〕。然據《大南實錄》中所載阮朝派往清朝公幹、送漂風船、採買貨項的人員遠遠不止許文中所列數量，如後文附件二所示，如「（胡文奎）三年管大中寶號船，往廣東兌買貨項」〔註 19〕。

〔註 16〕〔越〕裴輝南，朝貢與冊封——1802～1885 年間越南與中國關係研究〔J〕，華東師範大學博士論文，2015：84。

〔註 17〕〔越〕吳士連，陳荊和校，大越史記全書〔M〕，東京：東京大學東洋文化研究所，1985：951。

〔註 18〕許文堂，十九世紀清越外交關係之演變//越南、中國與臺灣關係的轉變〔M〕臺北：中央研究院東南亞區域研究計劃，2001：120～127。

〔註 19〕〔越〕阮朝國史館，大南正編列傳二集//大南實錄・二十〔M〕，東京：慶應義塾大學語學研究所，昭和五十六年〔1981〕：7770（182）。

且最重要的是派往中國公幹等人員中雖有如清使李文馥，但其人員遴選標準與如清使截然不同，多因被貶職，如「（黃炯）初被謫如東與粵東墨池劉文蘭、錢塘蓮仙、本國人李文馥結爲『群英會』，往復篇章，今有《中外群英會詩集》行世」〔註 20〕，「（李文馥）坐事削職，從派員之小西洋效力，又之新嘉波，尋開復內務府司務管定洋船如呂宋、廣東公幹」〔註 21〕，「（汝伯仕）坐事落職，派從如廣東效力」〔註 22〕，或因職務之便，如「（鄧輝熺）十九年改回辦理戶部，請設平準使司，且言商賈末技而益國裕民乃是朝廷大政，其間節目繁多，必須諳熟諸地方情形及一切去來要務，乃能建議可底於行。帝從之，命令其職，前往諸海外籌辦」〔註 23〕。三是出使方式應爲官方派遣。許文堂所列越南使節中還包括 1788 年乞師的皇太后〔註 24〕，據《大越史記》載「（乾隆五十三年，1788）皇太后奔高平斗奧隘，使督同阮輝宿投書龍憑求援……從臣黎侗、黃益曉、范廷懽、阮國棟、阮廷枚等六人」〔註 25〕，「（乾隆五十四年，1789）清師大敗，孫士毅走還國，帝奔如清……帝密令人後元子，復奔如清，黎遂亡」〔註 26〕。黎皇太后及從臣並不是眞正作爲使臣派遣，而是因國家政變中「奔清」請兵。

其二，關於朝貢體制下「如清使」的界定。現學界對於越南「使臣」的界定多模糊不清，籠統概述，因而在研究中出現許多相互牴牾之處，具體表現有以下幾種：一是將公幹事務、買辦等人員列爲「使臣」。如許文堂關於十九世紀清阮朝向清朝所派使節的文章中對此就存在矛盾，其正文中所列中嘉隆、明命遣使使臣中都不包括至廣東公幹人員，而在附表中又包括這些廣東公幹人員（正文中所列嘉隆年間遣使 9 次，而附表列爲 10

〔註 20〕〔越〕阮朝國史館，大南正編列傳二集//大南實錄·二十〔M〕，東京：慶應義塾大學語學研究所，昭和五十六年〔1981〕：7794（206）。

〔註 21〕〔越〕阮朝國史館，大南正編列傳二集//大南實錄·二十〔M〕，東京：慶應義塾大學語學研究所，昭和五十六年〔1981〕：7862（274）。

〔註 22〕〔越〕阮朝國史館，大南正編列傳二集//大南實錄·二十〔M〕，東京：慶應義塾大學語學研究所，昭和五十六年〔1981〕：7911（323）。

〔註 23〕〔越〕阮朝國史館，大南正編列傳二集//大南實錄·二十〔M〕，東京：慶應義塾大學語學研究所，昭和五十六年〔1981〕：7813（225）。

〔註 24〕許文堂，十九世紀清越外交關係之演變//越南、中國與臺灣關係的轉變〔M〕臺北：中央研究院東南亞區域研究計劃，2001：120～127。

〔註 25〕〔越〕吳士連，陳荊和校，大越史記全書〔M〕，東京：東京大學東洋文化研究所，1985：1209。

〔註 26〕〔越〕吳士連，陳荊和校，大越史記全書〔M〕，東京：東京大學東洋文化研究所，1985：1211。

次，其中一次爲 1789 年吳仁靜至廣東探訪黎主消息；正文中列明命年間遣使 10 次，而附表列爲 14 次（其中四次爲 1822 胡文奎、黎元亶赴廣東採買，1835 年遣使至廣州解送犯人，1837 年遣使尋訪漂風船，1839 年張好合至廣東公務），正文中紹治、嗣德所派遣使臣中又包括至廣東公幹之派遣（前者爲 1843 年張好合解犯至廣東，後者爲 1851 年黎伯挺至廣東送漂風船）〔註 27〕。中國大陸越南使臣研究論文中也常將李文馥、汝伯仕等人視爲「使臣」，將其至廣東公幹、買辦行爲列爲出使。然據筆者統計，阮朝出使中國公幹事務次數頻繁（見論文後附表二），每一次都有固定的出行任務，如「送漂風船」、「採買貨項」、「探察遠情」等。這些公幹人員並非中越宗藩關係之下的使臣出使，因而不能以「使臣」稱之。二是將出使使團人員都列爲「使臣」之稱。如關於清代使臣的研究中，很多研究者都將武希蘇、黃碧山包括在列。武希蘇爲 1804 年使團中的隨行書記，著有記錄使程的《華程學步集》；黃碧山爲 1825 年明命六年（清道光五年）隨越南使團出使並著有《北遊集》。黃氏並非爲越南官方所派遣使臣而是應歲貢使部乙副使阮祐仁之邀作爲隨行者，其集中有詩《乙使阮憲山邀之同使部北遊口占》，在《圓明園外直客思》中他敘述「獨陪臣入園，餘皆外直」當使臣被召覲見時，他被留在外面等侯。中國史料《欽定大清會典》稱：「越南貢使，或二員，或三員，只稱姓名，不署官爵。其次爲行人，以中官充，或四五員，或八九員，其下爲從人，凡十餘名」〔註 28〕，從中可知越方的使團成員有三類：使臣、行人、從人，人數達幾十人，如阮攸在《北行雜錄》中有「二十七人共回首，故鄉已隔萬重山」〔註 29〕之句可知出使使團共 27 人。然每一次出使中眞正有「使臣」之稱的僅二三名，其他爲使團中的隨行人員，如黎貴惇《北使通錄》載 1759 年出使使團的人員 22 人中有正使一員、副使二員、行人通醫士九名、隨人十名〔註 30〕。《大南實錄》裏也載有眾多使團隨行人員，如范有儀「初授典簿歷修撰，

〔註 27〕許文堂，十九世紀清越外交關係之演變//越南、中國與臺灣關係的轉變〔M〕，臺北：中央研究院東南亞區域研究計劃，2001：114。

〔註 28〕禮部·主客清吏司//欽定大清會典（嘉慶朝），卷三一//近代中國史料叢刊三編，第 635 冊，〔M〕，臺北文海出版社，1991 年影印本。

〔註 29〕〔越〕阮攸，北行雜錄//越南漢文燕行文獻集成（越南所藏編），第十冊〔M〕，上海：復旦大學出版社，2010：19。

〔註 30〕〔越〕黎貴惇，北使通錄//越南漢文燕行文獻集成（越南所藏編），第四冊〔M〕，上海：復旦大學出版社，2010：22～23。

充如清使部行人，及回驛遞不合例革效」〔註31〕，吳伯仁「有文名……（嘉隆）三年充如清使部書記」〔註32〕，阮廷詩「嗣德四年授員外充如清使部行人」〔註33〕。由中越史料記載可知，行人、從人類人員不應歸入使臣之列。

此外一些特殊使團值得注意，如1790年阮光平以「安南國王」的身份請求覲見，清廷准其「酌帶陪臣四五員，隨從三四十人，陪臣各酌帶數人，總共不得超過六十人之數。」〔註34〕這次出使使團，阮光平帶領親子阮光垂以及陪臣吳文楚等一同進關，使團有一百一十多人北上，可謂是空前絕後。

（三）越南如清使臣遴選標準

使臣代表著越南在儒家文化圈中的形象，因此越南獨立自主後歷朝都十分重視對出使中國使臣的遴選，「我越有國以來，千有餘年。以專對中朝，爲掄材盛選。」〔註35〕「奉使上國，在下國素視爲重選，故必科目中人選之。」〔註36〕如清使的遴選也是朝廷中極爲慎重之事，如阮朝嗣德二十一年（1868），初次選出的如清正使爲黎峻、甲副使潘輝鎌、乙副使阮歧。但嗣德帝卻以所舉薦之人或「生疎」、或「粗執」都不能勝任「遠出專對」之才而令再舉。第二次遴舉中雖然黎峻不以文學受知，卻「科甲出身，歇歷中外，政體頗屬諳嫻」「在外有循聲，又謹敕自持，屢求內補」〔註37〕仍充正使，甲副

〔註31〕〔越〕阮朝國史館，大南正編列傳二集，卷二十五//大南實錄．二十〔M〕，東京：慶應義塾大學語學研究所，昭和五十六年〔1981〕：2867（279）。

〔註32〕〔越〕阮朝國史館，大南正編列傳二集，卷十六//大南實錄．二十〔M〕，東京：慶應義塾大學語學研究所，昭和五十六年〔1981〕：7770（182）。

〔註33〕〔越〕阮朝國史館，大南正編列傳二集，卷三十二//大南實錄．二十〔M〕，東京：慶應義塾大學語學研究所，昭和五十六年〔1981〕：7770（182）。

〔註34〕欽定安南紀略〔M〕，海口：海南出版社，2000：350。

〔註35〕〔越〕武希蘇，華程學步集//越南漢文燕行文獻集成（越南所藏編），第九冊〔M〕，上海：復旦大學出版社，2010：228。

〔註36〕〔越〕阮思僩，燕軺詩文集//越南漢文燕行文獻集成（越南所藏編），第二十冊〔M〕，上海：復旦大學出版社，2010：216。

〔註37〕〔越〕阮朝國史館，大南正編列傳二集，卷三十八//大南實錄．二十〔M〕，東京：慶應義塾大學語學研究所，昭和五十六年〔1981〕：8033（445）～8034（446）。

使則改爲以文學知名的阮思僩，乙副使改爲黃竝〔註 38〕。越南朝廷在選派如清使時在多項考量標準，如對年齡上的要求「常擇五十歲上下」〔註 39〕，但主要有以下幾個方面：

其一，漢語言及漢文化的熟知度。對於出使中國使臣而言，熟悉中國文化與文字無形具有極大的交際功能。雖然漢字很早就傳到越南且一直作爲歷朝官方正式文字，但它在語音上與越南本土口語並不相符。越南建立獨立政權後，漢字更是離日常交際日行漸遠，但如清使中卻有一些文人及華裔熟知漢語言，如中國文人龔一貞曾言與潘輝注溝通時「中書君爲通問答，不須更費譯人詳」〔註 40〕。金陵張漢昭爲阮宗窐《使華叢詠集》所作序中云：「癸亥夏過友人，寓於山齋中，得晤安南使君阮子舒軒，峨冠博帶，儒雅風流，聆其言論，不煩譯語也」〔註 41〕。鄭懷德在使程集中云「初以廣東語應酬，後漸熟北音官話。凡當官問答，余自應之。」〔註 42〕1873 年出使的如清正使潘仕俶更是博學多才「經書之外，天文、地理、卜算無不究之」〔註 43〕。

其二，文學名氣高下。越南歷代遴選北使使臣都將文學名氣作爲重要考量標準，「我越號稱文獻。自丁氏建國以來與北朝通好，使命往來必以有名士大夫充其選。故其禮文之交際，書札之酬答，應對之明辨，與沿途所歷之詩篇吟詠，往往爲北朝縉紳起敬。」〔註 44〕其原因在於北使使臣需要應對大量的詩文書札等應酬之作，「夫古人論奉使，以文學則須博洽多聞，以詞命則須婉正得體」〔註 45〕。如清使的遴選亦以此爲重要標準，如阮朝明命帝就曾言：

〔註 38〕〔越〕阮思僩，燕軺筆錄//越南漢文燕行文獻集成（越南所藏編），第十九冊〔M〕，上海：復旦大學出版社，2010：15～16。

〔註 39〕〔越〕黎貴惇，北使通錄//越南漢文燕行文獻集成（越南所藏編），第四冊〔M〕，上海：復旦大學出版社，2010：8。

〔註 40〕〔越〕潘輝注，華程續吟//越南漢文燕行文獻集成（越南所藏編），第十二冊〔M〕，上海：復旦大學出版社，2010：111。

〔註 41〕〔越〕阮宗窐，使華叢詠集//越南漢文燕行文獻集成（越南所藏編），第二冊〔M〕，上海：復旦大學出版社 2010：135～136。

〔註 42〕〔越〕鄭懷德，艮齋觀光集//越南漢文燕行文獻集成（越南所藏編），第八冊〔M〕，上海：復旦大學出版社 2010：344。

〔註 43〕〔越〕阮朝國史館，大南正編列傳二集，卷三十七//大南實錄・二十〔M〕，東京：慶應義塾大學語學研究所，昭和五十六年〔1981〕：8018（430）。

〔註 44〕〔越〕黎良慎，《華原詩草》序//越南漢文燕行文獻集成（越南所藏編），第九冊〔M〕，上海：復旦大學出版社 2010：93。

〔註 45〕〔越〕阮公沆，往北使詩//越南漢文燕行文獻集成（越南所藏編），第二冊〔M〕，上海：復旦大學出版社：6。

「如清使部，須有文學言語者，方可充選」〔註46〕。歷代如清使也多爲文學名士，如武輝珽「黎朝景興中名進士也，雄文大筆，領袖詞林，尤邃於詩學，良辰美景，舉酒吟章，每脫稿輒爲騷人珍異傳頌」〔註47〕，阮有立「以文學受知，其作文自成一家。奉使日，中朝士夫亦稱之。」〔註48〕其中「詩才」更是重要的考量標準，阮文超「爲人富學，工詩」〔註49〕，裴文禩「爲詩天才奔放，數十百韻立就」〔註50〕。

其三，中國使臣的伴送官經歷。中越宗藩體系下，不僅越南向中國派遣使臣。作爲宗主國，中國也需要例行派遣使臣去越南進行封諭事項。越南官方亦會選派具有一定語言及文學名者擔任伴送官，這些伴送官往往也作爲選派出使中國的對象。李仙根所撰《安南使事紀要》中就記載同存澤擔任伴送使期間「屢呈詩求正」卻屢遭李仙根拒絕，直至使事結束後仍「留連不忍去」，最終「愴然而別」〔註51〕。《大越史記全書》記載康熙元年，命陪从胡士揚等往關上接使」〔註52〕。阮攸在越南頗有文名，在擔任如清使之前亦被委任至鎮南關迎接第一次冊封使齊布森使團。

其四，具體出使使命要求。根據所需使命選派熟悉具體奏事的官吏。康熙二十九年（1690）越南出使使臣中陳璹擔任如清使副使一職，本次出使除了歲貢還要上奏康熙二十七年（1688）「雲南土司侵佔宣、興、（光）三州邊地」〔註53〕之事，此前陳璹曾作爲處理此事官員。「正和十一年阮名儒往事

〔註46〕〔越〕阮朝國史館，大南實錄正編第二紀・聖祖仁皇帝紀，卷218，〔M〕，東京：慶應義塾大學語學研究所，昭和五十一年〔1976〕：33。

〔註47〕〔越〕武輝珽，華程詩//越南漢文燕行文獻集成（越南所藏編），第五冊〔M〕，上海：復旦大學出版社2010：241。

〔註48〕許文堂、謝奇懿編，大南實錄清越關係史料彙編〔M〕臺北：中央研究院東南亞區域研究計劃，2000：542。

〔註49〕〔越〕阮文超，方亭萬里集//越南漢文燕行文獻集成（越南所藏編），第十六冊〔M〕，上海：復旦大學出版社，2010：161。

〔註50〕〔越〕裴文禩，萬里行吟//越南漢文燕行文獻集成（越南所藏編），第二十一冊〔M〕，上海：復旦大學出版社，2010：169。

〔註51〕（清）李仙根，安南使事紀要//四庫全書存目叢書，史部，第56冊，雜史類〔Z〕，濟南：齊魯書社，1996。

〔註52〕〔越〕吳士連，陳荊和校，大越史記全書〔M〕，東京：東京大學東洋文化研究所，1985：968。

〔註53〕欽定越史通鑑綱目，正編，卷34//域外漢籍珍本文庫（第三輯）・史部〔M〕，重慶：西南師範大學出版社，北京：人民出版社，2012：3124。

不濟。」〔註54〕「何宗穆、阮衍曾經理宣光邊地，對邊疆事務比較熟悉。」〔註55〕康熙十二年（1673）越南遣使阮茂材等赴清歲貢、告哀，使團爲有清以來規模最大一次，一正二副，六人出使，其一個重要的原因是爲了奏明高平事，試圖奪回黎莫之爭中被清朝調停給莫朝的高平之地。

其五，個人品行及外交經驗。如清使遴選中品行也是重要的考量標準，如阮德活「愼守官常，無有過失」〔註56〕，黎峻「文不足而品有餘」〔註57〕。越南派遣使臣中常有人數次出使，如丁朝的丁璉、鄭誘、王紹，前黎朝的阮伯簪、黃成雅，李朝的陶宗元、李繼元等。後黎朝的阮宗窐、武陳紹，西山朝的潘輝益、阮偍等，阮朝時期的如清使更是比前代更多選派有如使經驗使臣擔任，如李文馥、潘清簡、范芝香、阮述等都具有數次北行經驗，李文馥更是曾「一之閩四之粵」多次到中國。如清使遴選中還常考量家族出使經驗，一些使程常來自於同一家庭，如青威吳族的吳時任、吳時位父子，仙田阮氏的阮偍、阮攸兄弟等。一些家族數代出使，如申璿 1682 年出使，其父申珪在陽和丁丑年「奉往北使，死國事」，其子阮珩（珩爲外祖所養，遂歸阮姓）〔註58〕又擔任 1702 的使團的如清正使；國威潘氏更是一連出四位使臣潘輝益、潘輝湜、潘輝泳、潘輝注。甚至一些使臣本人經歷並不具備「皇華之選」，如無任何科甲出身的武輝瑨，西山朝在選派其作爲第一次出使的使臣，有一部分原因便是其武輝珽曾任後黎朝的使臣。武輝瑨在出使之時還帶著其父的出使燕行記錄作爲「行程指南」。

此外，隨著社會形式的變化，十九世紀的阮朝在遴選如清使的標準與前代有明顯的差異，具體表現爲：一方面如清使個人身份不再以「進士」爲重要考量標準，由文後附表一後黎與阮朝如清使科舉身份對比中可見，後黎朝的如清使基本上全部是進士出身，而阮朝則大部分爲舉人出身。其原因在於阮朝科舉取士的人數比後黎朝縮減，而更重要的是阮朝面臨法國勢力入侵新

〔註54〕欽定越史通鑒綱目，正編，卷34，//域外漢籍珍本文庫（第三輯）·史部〔M〕，重慶：西南師範大學出版社，北京：人民出版社，2012：3167。

〔註55〕汪泉，清朝與越南使節往來研究〔J〕，暨南大學碩士論文，2008：21。

〔註56〕〔越〕阮朝國史館，大南正編列傳二集，卷二十六//大南實錄·二十〔M〕，東京：慶應義塾大學語學研究所，昭和五十六年〔1981〕：7882（294）。

〔註57〕〔越〕阮朝國史館，大南正編列傳二集，卷三十八//大南實錄·二十〔M〕，東京：慶應義塾大學語學研究所，昭和五十六年〔1981〕：8034（446）。

〔註58〕〔越〕潘輝溫，科榜標奇//越南漢文小說集成（第18輯）〔Z〕上海：上海古籍出版社，2011：345。

的現實形式變化，需要更有實才的如清使斡旋於中、法兩種勢力之中。另一方面如清使多爲經常處理外交事務之人。對比前朝，阮朝如清使個人反覆出使次數明顯增加，同時這些如清使中還有多次至中國廣東、福建等地及往南洋、歐洲等國的出使或公幹經歷，如潘輝注前往江流波（今雅加達）、黎竣與潘清簡都曾任如西（歐洲）正使、李文馥前後十三次出行國外等。

由以上越南如清使的選拔方式可見，漢文學水平的高下是其中最爲重要的一條標準，這必然形成所選拔出的使臣以文臣爲主，且其中多擅漢文學創作者。而以科舉出身、以文學著稱的家族也將會在越南如清使遴選中佔據有利條件。

二、越南如清使留存漢文獻人員構成定量分析

自清朝立國，越南後黎朝 1663 年正氏遴選使臣出使，至越南阮朝 1883 年最後一次遣使，越南 220 年間共遣使 182 位（共 195 人次，13 人兩次出使，參見文後附錄一）。據中越文獻記載統計，越南留有文獻者如清使共 87 人（其中後黎朝 34 人，西山朝 6 人，阮朝 37 人，參見文後附錄四）〔註 59〕。從現存數據來看，越南留存漢文著述的如清使有很多相似之處。

（一）越南如清使留存漢文著述家庭出身分析

家庭出身與個人文化教育有著很大的關聯，越南如清使中有來自於貴戚身份，如西山朝國王親侄阮光顯，但其中大部分來自於世家。「世家」之稱最早出自《孟子・滕文公》，專指門第高貴、世代爲官的人家，後世用於泛指世代貴顯的家族或大家。據現有資料對留存漢文著述進行統計，有漢文著述的越南如清使其個人出身有著相似性特徵，他們大部分來自於科宦世家。這些家族多爲世守科舉，世代爲官，其中一些人還出自頻繁有使臣出使的使臣世家。據本文附錄一、四中對如清使個人資料梳理可見，留存有漢文獻者的家庭出身有以下兩個特點：一是來自於科宦世家。其中有許多人的先輩都出身科甲、身居官甚至家族中世代爲官。如 1663 年後黎朝第一次正式遣使如清的副使同存澤爲同文教之孫。同文教爲崇康十年丁丑科第三甲同進士出身，仕至承政使。1697 年擔任如清副使的汝廷賢，其父汝進用「景治甲辰同進士，官禮科給事中。」〔註 60〕1759 年擔任如清副使的黎貴惇父富庶公登保泰甲辰

〔註 59〕因宥於越南文獻多散佚，加之筆者統計中可能存在的遺漏，此數據僅作後文共性分析中的基礎。

〔註 60〕〔越〕潘輝溫，科榜標奇・「穫澤汝進用」條//越南漢文小說集成（第 18 輯）〔Z〕，上海：上海古籍出版社，2011：317。

科進士等等。二是來自於使臣世家。有部分家族人員屢次擔任使臣，如後黎朝如清使胡仕楊、胡丕績、胡士棟均來自於越南瓊瑠胡族，這一家族在明朝時期胡宗鷟曾任正使〔註 61〕；青威吳族有吳時任、吳時位兩父子出使，這一家族累世業儒，以文章名世，家族中有《吳家文派》傳於世。越南使臣家族出使現象不僅出現出使清朝時期，越南歷代均有家族成員多人奉往北使現象。科宦家族人員屢次出使在清朝之前就已成普遍現象，如後黎朝仙侶縣陶氏家族中陶公僎、陶傑、陶儼均奉北使，且四世登科，兩位仕至尚書，被奉稱為「世科世宦之族」。據潘輝溫《科榜標奇》中《翰墨傳香考》二卷記載：耕獲阮伯驥登進士，官至兵部尚書，其子德亮、孫匡禮俱登進士奉往北使。京北鎮慈山府金堆社阮族，阮仁俠與兄仁被、弟仁餘及仁駆俱中進士；其子勳早歲即舉狀元，二子敬與從兄道演、拱順皆同年會試合格，敬兩奉使，並官至尚書；孫輩亦登進士者凡數人，如敬子亮、沖懿子道演等。因此，金堆阮氏在三十年中，凡九進士、四尚書，多人奉使中國，可謂罕有〔註 62〕。從中可見，文臣世家、族人屢次出使已經成為越南留存漢文獻如清使個人家庭出身中的鮮明特徵。

（二）越南如清使留存漢文著述科舉出身份析

越南如清使遴選中注重漢文素養的特點，勢必令科舉出身文人更易被選中。「使臣係邦交之任，必以進士當選」〔註 63〕。據《越南歷朝登科錄》、《大南登科錄》等統計，越南使臣中有進士與同進士 76 人，12 人中舉人，1 人中秀才，無科甲功名者 7 人，不能判斷其科甲者 79 人。正如阮朝如清使阮思僩所云：「奉使上國，在下國素視為重選，故必科目中人選之。」〔註 64〕正因如此，一些無科甲功名者入選使臣後頗覺有自卑之心，如西山朝使臣武輝瑨所云：「吾之使者例用科甲名臣，蓋取其能以文章達，必能以專對著也。吾才用偃蹇四旬，未能一第，何使之為。」〔註 65〕根據論文附表一所示統計知越南

〔註 61〕〔越〕潘和甫編輯、潘輝洟訂，天南歷朝登科備考（秋集中）〔Z〕，河內：越南漢喃研究院藏抄本，藏書號 VHv.2713/3：32、40～42。

〔註 62〕〔越〕陳維撰，登科錄搜講〔Z〕，河內：越南國家圖書館藏抄本，藏書號 R.1723。

〔註 63〕〔越〕潘輝注，歷朝憲章類志，卷一七，官職志〔Z〕，河內：越南漢喃研究院藏抄本，藏書號 A.2061。

〔註 64〕〔越〕阮思僩，燕軺詩文集//越南漢文燕行文獻集成（越南所藏編），第二十冊〔Z〕上海：復旦大學出版社，2010：216。

〔註 65〕〔越〕武輝瑨，華原隨步集・序//越南漢文燕行文獻集成（越南所藏編），第六冊〔Z〕上海：復旦大學出版社，2010：296。

如清使臣中科舉中選人數占 60%。對越南如清使再進行朝代細分亦可見後黎朝時期，越南出使人數中科舉中進士占的份額更大，而阮朝中進士人數顯著下降。據陳文對越南後黎朝的北使出使研究中，在 1428～1452 期間，黎朝 32 次出使明朝使臣中僅有 9 次有進士出身或科舉中格者；在 1453～1527 期間出使的 186 名使臣中有 99 名進士出身；莫氏政權（1527～1592）54 名使臣中有 25 名進士出身；1597～1788 期間，鄭氏所扶持的後黎政權遣使 143 名有 115 名進士出身〔註 66〕。而如清使科舉人數在後黎、西山、阮三朝所佔人數比有一定差異：後黎朝留存漢文著述如清使科舉中全部爲進士，而西山朝 27 位如清使中僅 6 位留存有著述者卻包含兩位無科甲功名者，阮朝如清使科舉身份明顯向下偏移，舉人與秀才佔據了近一半人數，無科甲身份且留存漢文獻人數進一步增多。然通過越南現留存有著述的如清使臣進行統計可知，科舉與其文學創作有著密切的聯繫。

（三）越南如清使留存漢文著述職官出身分析

越南歷代擔任北使者多爲朝廷重臣，據《歷朝憲章類志》之《人物志·勳賢之輔》收錄的莫朝和中興黎朝的 46 位勳賢宰輔中，曾出使明清有 22 人。越南如清使也一承前代遴選標準，同時爲了出使順利還對如清臣職官名稱及官階加以調升。越南如清使選派中基本上選派文臣擔任，但也不乏武臣身份。朝廷還會派兵部人員擔任使臣，如阮朝第一任使臣黎光定爲兵部尚書，吳仁靜、阮廷騭、裴輔豐等人均來自兵部。但越南如清使官職多以禮部與翰林院文臣擔任。「翰林院職掌凡諸製詩歌文翰，並奉起草與朝堂供奉各職。其如某職未協並得交章上聞。」〔註 67〕值得注意的是越南如清使中很多文臣擔任武職現象，甚至包括進士文臣，如後黎朝的胡士揚，阮朝的潘輝益、潘清簡等。越南正史中有諸多關於如清使參與戰事的記載，如「（二月）胡士揚、鄭時濟爲督視，領諸將屯於奇華」〔註 68〕，陳文煥便是文武全才「以文儒立功業，而天資剛勇」〔註 69〕。潘輝益在個人文集中更是形象記錄帶兵打仗的情形，「余奉旨屯門外，隨兵構松葉爲臥所。向夜，前鋒軍分佈壘外，暗入拔尖逼壘。敵在壘內，發炮

〔註 66〕陳文，安南後黎朝北使使臣的人員構成與社會地位〔J〕，中國邊疆史地研究，2012（6）：117。

〔註 67〕〔越〕潘輝注，歷朝憲章類志·官職志，卷十五〔Z〕，河内：越南漢喃研究院藏抄本，藏書號 A.2061。

〔註 68〕〔越〕阮朝國史館，大南實錄前編，卷四〔M〕，東京：慶應義塾大學語學研究所影印本，昭和三十六年〔1961〕：69（69）。

〔註 69〕〔越〕陳維撰，登科錄搜講〔Z〕，河内：越南國家圖書館藏印本，藏書號 R21：42。

大小連聲，通宵不絕。」〔註 70〕這也與 17～19 世紀越南的社會形勢相關。越南後黎朝長期與南方廣南阮氏政權相對峙，期間又與高平莫氏、西山阮氏政權交戰。19 世紀廣南阮氏推翻西山朝後，旋即面對與法國殖民勢力兵火相向。

（四）越南如清使留存漢文著述人員地域性分佈

越南國土狹長，南北方有不同的文化氣質。越南中北部主要受中國儒家文化的影響，漢文學更加發達。而越南中南部，其在十八世紀之前爲占城國，占婆文化主要受印度佛教文化影響與北方文人士大人的儒家文化存在很大差異。占城國被越南政權消滅之後，占婆文化逐漸被北方儒家文化所取代。北方地區儒家文化呈現以河內爲中心向周邊地區擴散趨勢，較其他區域而言，越靠近河內地區其開發較早、文明程度也越高。阮朝明命帝在 1834 年將越南分爲南圻、中圻、北圻三個區域，北圻是寧平省以北區域即後黎安南國十六省，中圻即越南中部。越南如清使臣人員地域分佈圖中也呈現這一特徵。越南如清使臣在地域分佈上有明顯的不平衡性，存在北多南少、東多西少的局而。多集中越南北圻的河內、北寧、山西、寧平四省，在中圻地帶人數集中於清化、乂安兩省，南圻六省中僅有嘉定、永隆在阮朝時期有使臣出使。這一方面與越南的歷史相關，越南後黎朝時期南北對峙，後黎朝獲清廷所承認，而南方阮氏政權雖也遣使求封，卻被清廷拒絕。但另一方面也與越南南北文化上的差異，越南北部受中國儒家文化的影響更爲深厚，在以漢文化爲主要遴選方式的如清使身份上，自然北方文人佔據多數。十九世紀越南由南方阮氏政權統一全國，但如清使中仍以北圻文人爲主。

以籍貫爲單位對越南如清使進行統計時可知，就各省分佈格局來看越南如清使的人員數量明顯差異，其人數分佈重心主要集中於以河內爲輻射的地域圈。一方面受著地理環境所產生的社會經濟、文化教育等方面的差異造成的。越南北部爲紅河平原，土地富沃，李、陳、黎等朝都建都河內。漢文化在越南又以自上而下的傳播方式，在政治中心漢化程度越高。而歷代朝廷中實行以儒家科舉取士人數也有地域性的差異「河內周邊地區如京北、海陽、山南和山西地區受漢文化薰陶較爲深遠，也是黎朝取進士較多的地區」〔註 71〕，如清使「多由科甲」又加劇了越南各地區使臣數量的差

〔註 70〕〔越〕潘輝益，裕庵吟錄〔Z〕，河內：越南漢喃研究院藏抄本，藏書號 A.603。

〔註 71〕陳文，科舉取士與儒學在越南的傳播發展——以越南後黎朝爲中心〔J〕，世界歷史，2012（5）。

異性。另一方面主要是政治原因造成的人數上的差異。黎鄭時期，黎阮對峙，北部黎氏政權爲清朝府承認宗藩關係下正式政權，其如清使人員必然多集中北部漢文化程度較高的幾個省。雖然越南南部的阮氏政權在清朝建立初期也試圖以獨立國家的身份與清政府建立宗藩關係。《大南實錄》載：「(阮顯宗十一年六月）遣黃辰、興徹等齎國書、貢品如廣東求封。清帝問其臣，皆曰：廣南國雄視一方，占城、眞臘皆爲所併，後必大也。惟安南猶有黎在，未可別封。事遂寢。」〔註 72〕西山朝爲越南南部崛起的勢力，當西山政權滅黎氏自立後，其在邦交上完全接納黎鄭故臣，西山朝如清使亦多爲北方朝臣。1802 年南方阮氏政權一統南北，雖然阮氏歷代統治者多強調視南北文人如一，但從其所派遣的如清使的地域上明顯增加了南方成員。

綜上所述，越南如清使臣作爲一個特殊的群體，他們有著濃厚的科舉背景，且科舉歷仕多爲以文職爲特點的文官。越南如清使臣的家庭與地域亦有著很深的關係，科舉、家族、出使、地域成爲越南如清使自身四個顯性特徵，關注於越南如清使臣漢文文學，並在行文中以宗教、民族文化等方面隱性特徵加以輔助探討。

第二節　越南如清使漢文文學總體考察

越南漢文學作爲域外漢文學的一部分，同爲漢文化體系，其漢文文學是以漢字爲媒介，借鑒於中國詩詞曲賦等各種文學樣式創作而成。它與中國漢文學有明顯因承之處，因此越南黎阮時期大文學家吳時任稱「我越文獻立國，文字與中華同」〔註 73〕。越南漢文學又受民族、地域等文化影響在漢文學流傳中具有自身特徵，形成越南封建社會時期漢、喃兩種文學共存現象。正如中國學者于在照所指出越南漢文學是中越兩地長期以來文化、文學交流之下的產物：越南獨立前，郡縣時期的漫長歷史爲漢文學在越南的發生、發展奠定了堅實的基礎；而越南獨立之後的九百年時間裏，宗藩關係所帶動的中越文化交流又爲越南漢文學的持續發展注入新活力〔註 74〕。本小節將對越南漢

〔註 72〕〔越〕阮朝國史館，大南實錄前編，卷七〔M〕，東京：慶應義塾大學語學研究所，昭和三十六年〔1961〕：106。

〔註 73〕〔越〕吳時任，三千字解音〔Z〕，越南漢喃院所藏抄本。

〔註 74〕於在照，越南文學史〔M〕，廣州：世界圖書出版廣東有限公司，2014：30。

文學作一簡單回顧，並據越南如清使漢文學創作數據進行文獻學、文體學方面分析。

一、中越文字同源下的越南漢文文學回溯

越南在十九世紀四十年代卻出現一些學者認爲越南封建社會時期所使用的漢字爲「外國文字」，所作的漢文學不應當視爲本民族文學，如裴維新（Bùi Duy Tân）稱「漢字和喃字可以分別被視爲是一種『外國文字』和一種『本國文字』」〔註 75〕，並在書中羅列有阮文素、鄧臺梅、楊廣翰、張酒等都持有類似觀點。但隨之這一說法引來文學界一場對於「漢文學」定性的大討論，終於在六十年代還原越南漢文學在歷史上應有的地位。

（一）越南漢文文學發端——越南郡縣時代漢文文學

越南郡縣時代起始於秦代在交趾、日南建立象郡時期，至公元 938 年丁部領脫立宋朝建立丁朝。這期間雖然也有趙佗稱帝、吳政權、十二使君時期等，但都沒有實現眞正意義上的脫離中國。張秀民先生考證認爲越史上被納入中國行政管轄的包括兩個時期，凡 1172 年：第一個連續時期爲秦始皇三十三年（公元前 214）至五代天福三年（938），第二個短暫時期爲明永樂五年（1424）至宣德二年（1427）。〔註 76〕秦始皇一統中國，其不僅僅是地域上的統一，更重要的是實行了「車同軌，書同文」等相關政策，從政治、經濟、文化各領域實現統一。由此中原政治文化隨著秦朝在交趾地區建立郡縣而被傳播至當地。隨之秦末趙佗建立南越國進一步傳播中原文化。漢字在此時期被正式傳至越南，直到二十世紀正式廢止，一直是被當作官方統一使用的語言。它被用於歷史書寫、文人文學創作、外交辭令及人們日常正式場合交際方式等諸多方面。由於越南郡縣時期歷史悠遠，又因氣侯、兵虋致使當時的文獻在越南散佚殆盡。郡縣時期，因爲統一政權下的地域便利於文學交流活動，這一時期漢文學創作群體主要有朝廷派駐官員、流寓文人、本地文人及僧侶三類。

其一，朝廷派駐官員。秦漢時期，漢文學創作多爲朝廷所派駐的官吏，如在越南民間頗受尊敬的士燮，據《三國志》卷四十九《士燮傳》載：「官事小闋，輒玩習書傳，《春秋左氏傳》猶簡練精微。吾數以諮問傳中諸疑，皆有

〔註 75〕〔越〕裴維新，越南中古文學考論〔M〕，河内：國家大學出版社，2005：13。
〔註 76〕張秀民，中越關係史論文集〔M〕，臺北：臺北文史哲出版社，1992：11。

師說，意思甚密。又《尚書》兼通古今，大義詳備。聞京師古今之學，是非忿爭，今欲條《左氏》、《尚書》長義上之。」〔註 77〕吳士連在《大越史記全書》中云：「我國通詩書，習禮樂，爲文獻之邦，自士王始。」〔註 78〕在朝廷派遣的官吏中，文學創作最爲鮮明的是受朝廷貶謫而寓居越南的文人，如唐朝神龍時期「唐初四傑」之一杜審言。高烈在《唐代流寓安南文人考》中列唐朝時期被貶官安南的文人就有褚遂良、杜正倫、盧藏用、王福畤（王勃之父）、初唐四傑之一王勃、韓思彥、郎餘慶，派駐官員有趙昌、裴泰、張舟、馬摠、李復古、馬直、裴夷直、顧雲、崔致遠〔註 79〕。貶謫詩人內心的憂慮悲傷，加之外在事物的新奇與陌生，形成了貶謫詩人在安南時期所創作的獨特文學風格，如杜審言作於神龍元年（705）的《旅寓安南》：

交祉殊風候，寒遲暖復催。
仲冬山果熟，正月野花開。
積雨生昏霧，輕霜下震雷。
故鄉逾萬里，客思倍從來。〔註 80〕

杜審言在詩中描寫了交趾地區風侯「寒遲」與中原風景殊異，因此出現了仲冬還有山果成熟了，在北方的正月已是百丈冰的時候了，交趾之地道旁還隨處可見野花盛開。但一想到萬萬里之外的鄉關，詩人還是免不得心生悲涼更加思念故鄉。再如沈佺期的《初達驩州》：

流子一十八，命予偏不偶。
配遠天遂窮，到遲日最後。
水行儋耳國，陸行雕題藪。
魂魄遊鬼門，骸骨遺餘口。
夜則忍飢餓，朝則報病走。
搔首向南荒，拭淚看北斗。
何年赦書來，重飲洛陽酒。〔註 81〕

〔註 77〕（晉）陳壽，三國志，卷 49〔M〕，北京：中華書局，1964：1191～1192。
〔註 78〕〔越〕吳士連，陳荊和校，大越史記全書〔M〕，東京：東京大學東洋文化研究所，1985：94。
〔註 79〕高烈，唐代安南文學研究〔J〕，浙江大學碩士論文，2013：111～117。
〔註 80〕（唐）杜審言，杜審言詩注〔M〕，上海：上海古籍出版社，1982：72。
〔註 81〕（唐）沈佺期、宋之問，沈佺期宋之問集校注，卷 2〔M〕，北京：中華書局，2006：97。

詩人於神龍元年因「坐贓」被貶至安南，在他的詩作中更是描寫貶謫在交趾偏遠地區的苦悶之情，期盼「赦書」早日回到洛陽繁華之地的焦灼心態。

其二，流寓文人。郡縣時期流寓至交趾地區的文人有兩種類型：被迫遷徙及自行前往。在郡縣時期被迫遷徙者數量眾多，如「秦時已併天下，略定楊越，置桂林、南海、象郡，以謫徙民，與越雜處十三歲」〔註 82〕，其中亦不乏文人在其中。越南郡縣時期正值中國政權交迭，戰亂不斷，交趾地區因地處南方而遠避兵患，因而有眾多文人前往避亂，據《三國志》載程秉、薛綜等人都是「避亂交州」，後爲士燮所召授爲官，程秉著有「《周易摘》、《尚書駁》、《論語弼》」〔註 83〕。唐朝時期是中國前所未有的繁榮時代，文人流動遷徙成爲一種常態，一些文人前往安南也成爲較爲平常之事，如楊衡有《送王秀才往安南》稱「君爲蹈海客」。

其三，本土文人及僧侶。越南郡縣時期越南本土文人創作因時代久遠而文獻多散佚，現存僅有姜公輔、姜公復兄弟，廖有方、杜英策以及詩僧廣宣寥寥數人〔註 84〕。姜公輔、姜公復兄弟及廖有方均參加唐朝科舉並中進士。然身爲狀元的姜公輔僅留有一賦《白雲照春海賦》、一策《對直言極諫策》，姜公復現僅存《對兵部試射判》一文。《安南志略》卷十五載：「姜公復，公輔弟也。終比部郎中。」〔註 85〕越南郡縣時期越南地區文人雖留存文學作品數量有限，這些作品卻在文學上取得很高造詣，如姜公輔的文章中用語典雅，如行雲流水，體物抒情都把握的恰到好處，故被譽爲「安南千古文宗」；其策文也引經據典，極具說服力，將文學性與政論實用性完美相結合。這一時期，詩僧也是文學作品重要的創作者。僧侶在越南古代是獨特的文學創作群體。郡縣時期的越南佛教基本上都是從中國佛教禪宗一脈南傳，越南本土僧侶因爲參禪的需要，因而多具備深厚的中國文化功底。唐朝時期還有許多著名詩人與越南僧侶相互交遊，如沈佺期被貶安南期間即與當地寺廟僧侶有詩文往來並作有《九眞山靜居寺謁無礙上人》等文；一些前往中原地區的僧人也與中原文人多有往來，如楊巨源作有《供奉定法師歸安南》〔註 86〕。

〔註 82〕（漢）司馬遷，史記，卷 113，「南越列傳」〔M〕北京：中華書局，1963：2967。
〔註 83〕（晉）陳壽，三國志，卷 53〔M〕，北京：中華書局，1964：1248。
〔註 84〕高烈，唐代安南文學研究〔J〕，浙江大學碩士論文，2013：36。
〔註 85〕（越）黎崱，安南志略，卷 15〔M〕，北京：中華書局，2008：349。
〔註 86〕（清）彭定求，全唐詩，卷 333〔M〕，1979：3722。

（二）越南漢文文學發展與繁盛——越南自主時期的漢文創作

在越南建立獨自政權以後，由於脫離中國文化直接影響，漢字在越南離普通民眾的差距亦越來越遠。漢文成爲統治者、士大夫和僧侶階層才能書寫的工具。一些越南文士亦根據本土語音特點，利用中國漢字特點創造喃字。

第一階段，越南漢文文學發軔期——丁李朝時期漢文學。唐朝末年，統治者無暇南顧。安南地區兵亂紛起。五代末，吳權打敗南漢軍建立短暫政權，隨後又陷入十二使君割據局面。公元 968 年，丁部領平定各地軍閥，建立丁氏政權（968～980），自稱國號「大瞿越」並求封於宋，被宋封爲交趾郡王。丁部領亡後，黎桓廢幼主自立，建立前黎政權（980～1010），被宋封爲交趾郡王加封南平王。前黎傳三世，李公蘊又發動政變，建立李朝（1010～1225）。李朝時期，中國才正式授予越南國王封號，將其由屬地變爲藩屬國。阮朝使臣潘輝注云：「我越奄有南土，通好中華，雖君民建國，自別規模，而內帝外臣，常膺封號……丁黎受冊，僅號郡王，而安南國王之封，始於有李。」〔註 87〕這一時期，現留存漢文文獻數量有限，且多散見於後世所編纂文獻中。據現存資料看，丁李時期漢文學創作主體爲僧侶。《禪苑集英》載圓通禪師就編修多部佛學詩書事蹟，「嘗奉詔修撰《諸佛跡緣事》三十餘卷，《洪鐘文碑記》、《僧家雜錄》五十餘卷，詩、賦千餘首，行於世。」〔註 88〕後黎朝黎貴惇所輯《全越詩錄》中所錄李朝時期詩歌中顯著的特點便是此時期漢詩作者幾乎都爲佛學之士，其留收錄作者除了三位帝王之詩，其他都是僧侶如萬行禪師、道行禪師、空路禪師等。這一特徵與當時社會政治關係密切。李朝時期，各代帝王大力推崇佛教，以致於「百姓大半爲僧，國內到處皆寺」〔註 89〕。佛教僧侶在社會上有著特殊的政治地位，《欽定越史通鑒綱目・前編》載李仁宗時期「帝崇佛，尊僧爲國師，每以國事詢問，猶黎大行之於吳匡越也」〔註 90〕。李朝科舉考試中還增設有「僧道科」方便佛道人士參加科考。除了僧侶，文人所撰漢文學亦有成就斐然者，如阮朝潘輝注所編撰《歷朝憲章類志・文籍志》中載有阮公弼駢體文《崇善延齡塔碑》，全文逾三千字，末附銘

〔註 87〕〔越〕潘輝注，邦交志，歷朝憲章類志〔Z〕，河內：越南漢喃研究所藏，藏書號 A.2061。

〔註 88〕禪苑集英〔Z〕，河內：越南國家圖書館藏，藏書號 VV891/12。

〔註 89〕〔越〕吳士連，陳荊和校，大越史記全書〔M〕，東京：東京大學東洋文化研究所，1985。

〔註 90〕〔越〕潘清簡等，欽定越史通鑒綱目前編//域外漢籍珍本文庫（第三輯）〔Z〕北京：人民出版社，2012。

文八十八句。從中可知當知文人散文創作亦達到一定高度〔註 91〕。這一時期漢文學的主要文學樣式爲詩詞，風格多以平實自然見長，如空路禪師的《漁閒》詩：

萬里清江萬里天，一村桑柘一村煙。

漁翁睡著無人喚，過午醒來雪滿船。

詩風清新自然，意境高遠，令人頓生超然塵外之感。另有佛家偈詩，如萬行禪師的五言絕句「蒺藜沉北水，李子樹南天。四方干戈靜，八表賀平安。」目的以此鼓動尙未僭位的李公蘊早日奪權。《南天珍異集》中認定所傳李祖少時所吟詩，實爲後人杜撰，並云「李以前詩界未開，所學效寺僧」。詞在越南並不如其他文學樣式那樣多見，然丁李時期卻出現了匡越禪師的《玉郎歸》（《阮郎歸》）。此時期一些皇帝漢詩在當時文壇亦有一定地位，如黎貴惇《全越詩錄》中稱「黎先皇送宋使李覺一詞，婉麗可掬」〔註 92〕。

第二階段，越南漢文文學發展期——陳朝時期漢文學。李朝末年，外戚陳氏專權。李惠宗傳位於年僅七歲的公主昭聖，號爲李昭皇，又嫁於陳日煚，不久照皇禪位給陳日煚，李氏政權滅亡。陳朝亦因外戚胡氏亡國。1400 年胡季犛廢少帝自立，建國號大虞，自認虞舜之後。陳朝承繼李朝的科舉制度，且更加規範化。《越史綱目》載陳太宗天應政平元年二月：「李初遇士，未分等第，至是始以三甲定高下。」最重要的是，儒生可以憑藉文學名氣被選任爲官「選用儒生能文者充館閣省院，時鄧繼爲翰林學士，杜國佐爲中書省中書令，皆文學之士也。舊制，非內人不得爲行遣，未嘗用文學之士。文學得柄用自此始。」〔註 93〕此時期漢文學作者增多，階層擴大，已不限於李朝時期以僧侶爲主導的現象，文人儒士成爲漢文學創作重要的成員。陳朝時期佛教影響雖然仍然深廣，但已有別於李朝因政教不分僧侶動輒干預政事的現象。以儒家思想爲核心的文士也開始以儒家立場抨擊佛教，如張漢昭作《浴翠山靈濟塔記》「廢滅彝倫，虛費財寶」並稱其爲「妖魅姦軌」。陳朝歷代帝王也多有詩集，如陳太宗有《陳太宗御集》、陳聖宗有《陳聖宗詩集》、陳仁

〔註 91〕〔越〕潘輝注，歷朝憲章類志·文籍志〔Z〕河內：越南漢喃研究所藏，藏書號 A.2061。

〔註 92〕〔越〕黎貴惇，全越詩錄〔Z〕，河內：越南漢喃研究所藏抄本，藏書號 H，M，2139。

〔註 93〕〔越〕吳士連，陳荊和校，大越史記全書〔M〕，東京：東京大學東洋文化研究所，1985。

宗有《陳仁宗詩集》與《大香海印詩集》。陳朝時期漢文學創作已比李朝有進一步的發展。漢詩創作具備風格多樣的特點，既有清新淡遠之作，亦有雄壯鏗鏘的邊塞之音。受中國禪宗影響下，陳仁宗的「無言通派」講究「即心即佛」，在漢詩創作中體現出曠達清遠之境，如其詩《天長晚望》：

村前村後淡似煙，半無半有夕陽邊。

牧童笛裏歸牛盡，白鷺雙雙飛下田。

胡元澄在《南翁夢錄》中評陳仁宗詩稱：「瀟灑出塵，長空一色，騷情清楚，逸足超群」〔註 94〕，潘輝注評其詩「皆曠逸清雅」〔註 95〕。陳光啓、范五老、范師孟等人是此時期邊塞詩人的代表，在其詩作中常體現爲剛勁雄渾之風，如范師孟《上鰲》：

偏裨小校擁轅門，左握弓刀右屬韃。

萬馬千兵巡界首，高牙大纛照丘溫。

關山險要明經劃，溪澗藩屏廣撫存。

白首諒州危制置，一襟忠赤塞乾坤。

此時期的漢文學風格，潘輝注在《歷朝憲章類志》中常以「唐風」、「唐韻」等語，意指其深明中國唐代文學中之精義，如云陳聖宗詩「皆有古唐風味」、評陳明宗《白藤江》「語氣雄渾壯浪，不遜盛唐」。此時期漢文傳奇小說出現，李濟川的《粵甸幽靈集》收錄了越南歷代神靈的傳奇故事。據《粵甸幽靈集》書中所云故事來源的文獻有《趙公交州記》、《曾兗交州說》、《報極傳》、《杜善史記》、《交趾記》，此外還包括神跡玉譜與民間傳說。書中每篇故事都有固定行文方式上，既先述神靈簡歷，再作顯靈事蹟，最後提到歷代封贈情形。

第三階段，越南漢文文學繁盛期——越南後黎前中期的漢文創作。經歷明代短暫的統治後，公元 1428 年黎利建立後黎朝。黎太宗在建國初期就實行抑佛尊儒的政策，並廣設學府，大興科舉考試，並積極提高儒士地位「賜國子監生及路縣生徒著冠服，並與國子監教授及路縣教職，著高山巾」〔註 96〕。越南史書亦稱：「自明成祖頒定五經、四書、《性理大全》於府州縣學，而文

〔註 94〕〔越〕胡元澄，南翁夢錄//越南漢文小說叢刊（第一輯）〔M〕，東京：東京大學東洋文化研究所，1987。

〔註 95〕〔越〕潘輝注，歷朝憲章類志〔Z〕，河內：越南漢喃研究院藏抄本，藏書號 A.2061。

〔註 96〕〔越〕吳士連，陳荊和校，大越史記全書〔M〕，東京：東京大學東洋文化研究所，1985。

學始漸發達，至黎而文獻得稱於中國矣。」〔註 97〕漢詩在此時期出現繁榮之勢，風格亦出現前所未有的恢弘氣度，如阮廌《抑齋詩文》中《白藤海口》篇便具有慷慨激昂之氣。這一時期漢文學的繁榮與統治者的推崇密不可分，後黎朝帝王不僅在政治上獨尊儒術，還身體力行積極參與到漢文創作之中，如黎聖宗組織「騷壇會」，自稱「騷壇元帥」，又設立「騷壇二十八宿」將當時知名文人如申仁忠、杜潤等都羅網其中。鄧陳琨長篇敘事詩《征婦吟曲》借用中國古典文學中漢詩《征婦吟》進行再創作，以古樂府雜言的形式，寫成 476 句長詩，描述征婦思念征人沙場無歸的悲愁心路。《征婦吟曲》在藝術上取得很高的水平，其中中國典故隨處可見，並成熟運用中國詩歌中各式修辭手法，如比喻、擬人、疊字疊句等，形成句式多樣，韻律迴環往復，有一唱三歎之致。漢文小說也呈蓬勃發展之勢，體裁上也出現多樣化，章回歷史演義小說有《皇越春秋》、志怪傳奇小說有武瓊的《嶺南摭怪》和阮嶼的《傳奇漫錄》及眾多筆記體小說。《傳奇漫錄》被譽爲「千古奇筆」、「千古奇書」。家族譜牒式小說《驩州記》開創了家族小說書寫新樣式。《驩州記》以章回體形式書寫前輩建功立業的豐功偉績，全書共四回，每回四節。由於越南漢文長期脫離日常使用，已成爲文人案頭之作，因而在越南文學作品中普遍出現口語化描寫缺乏的現象，即使在越南長篇小說中較爲發達的歷史演義小說中，也多以記錄史實，描寫環境爲主，缺少對人物語言刻畫。《驩州記》中卻有大量的人物對話描寫，可見作者漢語熟知程度。散文方面，阮廌《平吳大誥》被稱爲「千古雄文」。此文吸收了中國古代辭賦的技巧，並注重個人親身情感體驗，結合當時的政治形式書寫而成。

二、越南如清使漢文文學著述定量分析

越南留存文獻多爲十八至十九世紀，其原因一方面在於越南地處熱帶，氣侯炎熱、蟻蟲眾多，紙質書籍多不耐保存，另一方面也緣於黎阮時候時局動亂，屢有兵戈之事。《大南實錄》中載：「第自軍興以後，冊府無徵。惟蘊藉之家或存記載。特准中外臣庶，凡有家藏編錄記先朝故典，不拘詳略，以原來進納或送官抄錄，各有獎賞。」〔註 98〕不僅越南官方收藏典籍多有被蟲

〔註 97〕〔越〕佚名，大南郡縣風土人物略志〔Z〕，河内：越南漢喃研究院藏抄本，藏書號 A.1905。

〔註 98〕〔越〕阮朝國史館，大南實錄正編第二紀，卷三〔M〕，東京：慶應義塾大學語學研究所，昭和五十六年〔1981〕：1484（66）。

蛀或付之於兵變，就是民間文獻也多因此不存，如《美芝世譜》中提到其六世祖「觀前代家世書籍文字，蟲穿蠹跡，不能全部」，「自黎家偶遭厄運，幾世家典籍文章盡付之兵變」〔註99〕。

越南如清使臣多是文官出身且多有文名者，其中許多使臣都留下大量的文學作品。據目前現存及已知散佚的文獻類型來看，越南如清使臣的漢文學創作仍承繼中國文學創作的類型特徵，尤其集中在詩文作品上。此外一些如清使還在史學、宗教、地理、藝術等方面有很深造詣，如阮朝第一次出使求封正使黎光定「善楷法，工詩書，尤長於水墨蘭竹。輶軒一路，墨跡詩篇爲清人所稱賞」〔註100〕。一些如清使不僅在當時的文壇有著很高的文學地位，還在越南經籍、歷史等方面取得一定的成就，如後黎朝的黎貴惇、阮朝的潘輝注等人。

對越南如清使的出使人數及漢文著述留存（見論文附錄四）進行統計可知，後黎朝如清使現留存著述的人數約爲出使人數的三分之一，西山朝留有著述的使臣僅約爲五分之一，阮朝留有著述的使臣人數約爲二分之一。由前文分析可知，越南如清使有科舉出身、科宦家族、使臣家族等幾個特徵，對留有漢文著述的使臣進行統計的結果顯示，他們是往往具備其中的多個特徵。據《越南漢喃目錄提要》按中國傳統的文獻目錄經、史、子、集的分類進行統計，越南如清使的漢文著述主要集中於集部94部著作，占總數的65%；其次是史部36種著作，占總數的24%；子部12種著作，占總數的8%；經部爲3部，占總數的2%。從文獻類別來看，越南如清使的漢文著述主要留存在集部，以個人文集與北使燕行文獻兩種最主要的文獻形式留存；經部主要以儒家經傳的注釋、策文書方面內容；史部以記錄國家歷史或地域方志爲主；子部收錄以他們對宗教信仰方面的注解。

（一）現存越南如清使臣漢文文學文獻學考察

文獻是研究工作展開的第一步，因而在越南如清使漢文學具體研究展開之前，有必要對他們所著述的漢文學作品進行具體的鉤沉。據《越南漢喃文獻目錄提要》（下文簡稱《提要》）所統計現存越南漢文文學書籍中，「別集」目收422部，「詩文評」目收7部，「北使詩文」目收75部，「賦」目收42部。

〔註99〕〔越〕美芝世譜〔Z〕，河內：越南漢喃研究院藏抄本，藏書號A.654。

〔註100〕許文堂、謝奇懿編，大南實錄清越關係史料彙編〔M〕臺北：中央研究院東南亞區域研究計劃，2000：55。

然其條目與內容所收實有混淆，「別集」目本是文人個人的詩文匯編，但其中卻收錄有各作者的合集；「北使詩文」目又混入非北使作品。總體而觀，越南現存如清使臣漢文文學文獻有以下特徵：

1. 文獻版本

由文獻版本來看，有抄本與印本之別，且主要以抄本形式留存。由抄本的書寫樣式看，大部分爲後人抄寫，有精抄與簡抄兩種樣式，但也有作者本人少量的底稿本與其家族或弟子等的謄稿本。印本文獻主要爲十九世紀阮朝文獻爲主，部分家印本印刷精良，而很多越南坊刻本卻印刷粗糙。

其一，抄本。一是底稿本（手稿本，清稿本）。頁面較亂，有點逗、修改痕跡，書寫流暢，顯出文人之手，首尾書寫統一，如阮宗窐《使華叢詠》。二是謄稿本。文字多爲行書、草書，書法風格甚佳，書寫舒展流暢，顯出文人之手，頁面整齊，首尾書寫統一，敬稱提行，判斷爲原作者或整理者之謄稿本，如李文馥《周行雜詠草》、武輝瑨《華程後集》。三是精抄本。文字多爲楷書，筆劃端正不苟。書寫嫻熟。但亦有稚拙不暢、拘謹不展者。頁面整齊，書寫風格統一，顯出書吏之手。全書多工整，如裴文禩《萬里行吟》四卷，有目錄，書法甚佳，有書家風範。紙筆天頭較大，評語字體風格與正文不同。且用專用紙箋書寫，爲雙欄十一行，書口刻印「祥泰造」三字。越南抄錄紙箋上在版心都印有各自商號，如越南留存一本豔情小說集《南城遊逸列傳》所抄稿紙版心中有「祥記」字樣。四是簡抄本。書寫紙張、工具簡陋，開本狹小。五是節抄本。越南如清使文集進行節選，抄錄其中部分作品。粗抄本抄寫潦草，如黎侗《北行叢記》。六是雜抄本。將越南如清使多人作品被抄一輯，或是同一人多部作品被雜抄一處。這在越南現存文獻中也是較常見的一種情況，因而常出現抄本錯訛、張冠李戴的現象。

其二，印本。據現存越南如清使印本來看，大部分都是家刻本，如吳時任的《希尹公遺草》、潘清簡的《梁溪詩草》、《梁溪文草》等。越南如清使多出身世家，其中不乏文學家族。如越南吳家文派、鴻山文派都有編輯刻印家集。其留存家刻本多刻印精良。其中一些爲木刻本，如鄭懷德《艮齋觀光集》。近年來，越南如清使臣的個人文集也陸續被越南學界整理出版，如吳時任的《吳時任全集》、黎貴惇的《黎貴惇全集》等，這些系統整理的文籍更便於他們的漢文學著述的傳播。

2. 文獻類型

由文獻保存類型來看，有官呈本與私人記錄本之別。越南如清使個人文集及燕行錄底稿本多爲私人記錄本，爲家族中後人所珍藏。而一些與皇帝的御製散文及一些呈遞給皇帝御覽的燕行錄則爲官呈本。這兩者文體之間有明顯的差異性，尤其體現在燕行錄中，行人記錄的底稿本往往更貼近實際情況，也更爲形象眞實、抒寫感情眞摯，而官呈本則明顯隱藏個人情感流露的內容，如范愼通、阮述《建福元年如清日程》爲官呈本，私人記錄爲《如清日記》，前書首頁云「臣范愼通、臣阮述……所有途間見聞及與清官交接往來款贈，並臣等行走居住各等情，具有日記，謹奉精繕進呈。」〔註 101〕

評點本。評點是中國古代文獻中的特殊樣式，現存越南如清使文集中也有此種形式的點評，一般有朱評、墨評、朱墨間評點形式，如裴文禩《萬里行吟》有「雲麓阮恂叔（阮思僩）先生評」、「葦野綏理郡王（阮綿寅）先生評」。或採用夾評與眉評形式，但在抄本流傳中許多點評被漏抄，如裴樻《燕行曲》。此外還有中國文人與越南文人一起對如清使個人文集進行評點，如李文馥《粵行詩草》、《閩行雜詠》都收有中國文人繆艮、越南文人何巽甫共同評點。越南如清使個人文集的評點本作爲文獻中的一種形式，從中能看出越南文人的文學思想，也是文學傳播交流的方式。

選本。越南如清使的著作常被製作成各類選本，如詩歌總集及賦、策文等集中。據《越南漢喃目錄提要》統計現存越南漢文總集 153 部，其中有 76 部中都選有越南如清使的漢文著作，如《名賦合選》、《大南英雅前編》、《大家寶文雜編》、《名編輯錄》、《盛世雄文集》等。

（二）現存越南如清使臣漢文文學文體學考察

越南如清使漢文學承繼於中國文學的傳統方式，在漢文學文體上與中國古代文體一脈相承。《文心雕龍・文體》將中國古代的文體分爲詩、詞賦等種類，據現存越南如清使漢文學分析其主要有以下幾類：

1. 詩歌

詩歌是越南如清使留存漢文著作中的主要形式之一。從詩歌體裁而言，有絕句、律詩、排律等，主要以七言律詩爲主，越南文人稱之爲「唐律」，即

〔註 101〕〔越〕范愼通、阮述，建福元年如清日程//越南漢文燕行文獻集成（越南所藏編）第二十三冊〔M〕，上海：復旦大學出版社，2010：177。

五七言近體律詩。越南自中國北宋時期獨立自主後，唐宋詩歌影響依然很深遠，尤其是律詩。在陳朝科考中詩歌所用的體裁指定用唐律。到後黎朝，律詩更是得到自上而下的普及，「在黎聖宗的主導下，文教興盛，詩壇唱酬風氣盛極一時，而君臣唱酬使用最多的詩體就是七律。」〔註 102〕黎聖宗自稱「騷壇元帥」，封朝內知名文臣爲「騷壇二十八星宿」，經常以唐律詩歌酬唱。隨著律詩在後黎朝文壇的發展，其成爲越南如清使漢文文學中出現最多、使用最頻繁的文學文體樣式。從詩歌內容來看，其主要以詠景、懷古詩爲常見內容，還有少量的集句詩。中國集句詩自西晉萌發，至宋朝蔚爲大觀而獨立成新的詩歌類別。「集句恰恰好是在對前人作品的玩賞中表現自己的智力和創造性的文體……集句創作既需博學，又尚急智；既要巧思，又要雅趣。」〔註 103〕王安石創作了大量形式的集句詩「集句近世往往有之，惟王荊公得此三昧」〔註 104〕，黎貴惇漢文詩中亦有許多集句詩，甚至被稱爲「越南王安石」。

2. 散文

中國古代散文兼有應用性與文學性，而應用功用是越南如清使散文尤爲注重的文體特徵，如碑銘、書信、制誥文、序跋等文體。從越南如清使留存個人詩文集內容看，散文數量留存並不均衡，除了寥寥數人留有專門文集外，其中大部分如清使僅留存有詩歌，或其文集中大部分爲詩集而散文僅錄數篇。內容主要集中於兩個大類：一是與朝廷公務相關的表文、策文、制文等，如阮文超的《方亭文集》、阮述的《荷亭文集》及《荷亭文抄》中便收錄此類文體。二是與如清使本人生活密切相關的碑銘文、序跋文、傳記、書信等，如阮公沆《范公家譜碑記》、《惠靈祠后神碑文》。

3. 詞賦

詞對音韻要求較爲嚴格，因而在越南流傳的較爲狹窄。越南現存詞集僅有阮綿審（1819～1870）的《鼓枻詞》。然越南如清使漢文學中亦散見詞作，這些詞主要留存在他們的個人文集中。相較於詞作的寥寥，賦作爲科考科目內容之一在越南文人漢文創作中就較爲普遍。越南如清使也不乏賦作名家，如吳時任。雖然越南如清使留存賦作有散體大賦、騷體賦等，如吳時任《夢

〔註 102〕嚴明，越南古代七律詩初探〔J〕，學術界，2012（9）：50～61。
〔註 103〕吳承學，中國古代文體形態研究〔M〕，北京：北京大學出版社，2013：183。
〔註 104〕（宋）周紫竹，竹坡詩話//歷代詩話〔M〕，北京：新世界出版社，2014：339。

天台賦》、《逍遙遊賦》、《登黃鶴樓賦》，段阮俊的《五險灘賦》等，但現存文獻中所見賦的主要樣式還是與科舉密切相關的律賦。

4. 小說

現存如清使漢文小說僅有兩部，一爲李文馥的《掇拾雜記》，主要以筆記體記錄前朝歷代的奇聞佚事，共收錄 41 則短篇故事，主要爲流傳於文人之間的詩文、聯句趣事逸談，其中一部分亦可見於越南其他筆記小說《大南奇傳》、《南天珍異集》等書，如《北使二丈夫》記錄段氏點以詩羞辱中國使臣之事。二爲武貞的《見聞錄》，也收錄 41 則短篇故事，主要爲傳奇類小說，如《俠虎》、《丐仙》、《記三生》等，其中許多故事爲民間傳說，如《芹海神》、《范員》等，並見於《本國異聞錄》等小說中。

（三）越南如清使北使文獻

越南如清使是越南文人中獨特的群體，他們在出使中國途中所作的記錄是以域外文人之眼反觀他國諸事。越南使臣出使中國既是同屬於漢文化體系之下的一種文化思維模式，又有著相異的觀察角度所觀所感存在差異性碰撞。學界常以「燕行文學」指代此類文獻。「燕行」之稱主要來源於朝鮮。朝鮮對明、清兩朝在情感上有很大的差異，明朝時期朝鮮出使時稱「朝天」，而清朝時期卻改爲「燕行」。使臣所著文集都收錄於《燕行錄》中，其中亦收錄未至北京行程，如現存最早朝鮮燕行錄金宗所寫的《瀋陽日乘》。越南使臣亦有以「燕」、「燕行」指代出使中國，如雜抄武輝瑨、吳時任、潘輝益三人的出使詩文集《燕臺秋詠》，裴樻的《燕行總載》、《燕行曲》，阮思僩的《燕軺詩文集》，裴文禩的《燕軺萬里集》等，行程一定是到北京，而越南亦有派往廣東、福建、天津公幹事務人員，他們所記中國之行文集則多冠以中國具體地方名稱，如阮述《往津日記》、李文馥《閩行雜記》、汝伯仕《粵行雜草編輯》等。然不同於朝鮮使臣清代「燕行錄」與明代「朝天錄」對待兩個朝代情感上存在的差異。越南使臣在明清兩朝出使時，在情感上並不像朝鮮使臣那樣強烈。因此，張伯偉在《名稱・文獻・方法——關於「燕行錄」研究的若干問題》一文指出以「燕行」之稱統稱朝鮮乃至擴大到其他國家使臣出使記錄實不準確，建議以「中國行紀」來概括此類文獻。

在中越朝貢體系中，越南歷代官方及文人慣常用「北使」一詞指稱越南使臣出使。越南常以「北」或「華」稱中國而以「南」指越南，並常以「北人」、「北客」指中國人，因而越南使臣出使中國時期所作的詩文集中常冠「北使」、「北行」指出使中國，如陶公正《北使詩集》、黎貴惇《北使通錄》、阮攸《北行雜錄》、丁翔甫《北行偶筆》等。然仍有一部分越南文人實並不是「使臣」身份而是以從人身份，其至中國所記文獻就不能以「使臣」冠之，如黃碧山《北遊集》，其集中有詩《乙使阮憲山邀之同使部北遊口占》，在《圓明園外直客思》中有「獨陪臣入園，餘皆外直」之語，當使臣被召覲見時他被留在外面等侯。汝伯仕、李文馥至粵期間也並不是以出使「使臣」身份而是以「公幹」大臣身份送漂風船，因而他們所著的燕行詩文集亦不能歸入「北使詩文」之列。武希蘇《華程學步集》爲嘉隆三年四月，阮朝遣使到清廷致謝，並修職貢，而武希蘇則得以使部錄事的身份參與其中。2003 年出版的《提要》中所列越南使臣文獻分類爲「燕行文獻」側重收錄越南文人北行散文類文章，「日記」側重收越南文人以具體日期爲記述的文獻，「北使詩文」側重收燕行詩文集。然「日記」亦是古代散文類一種，而「北使詩文」條目中收錄中國出行的越南文人又有非「北使」身份，因而容易引起很多錯訛之處。《集成》則以「燕行文獻」統稱。筆者以越南自身的文獻特點，以「北使文獻」統稱所有使臣出使至中國期間所作的文章。

越南北使文獻一直是域外漢籍中的重要文獻之一，主要包括詩文、日記與使程圖。越南使臣北使文獻資料多以抄本存世，其中一部分燕行文獻留存於使臣個人詩文集中。越南漢籍主要館藏於河內漢喃院。越南如清使所存北使文獻在體裁上主要是兩大類，詩歌與散文，其中也夾雜少量詞作。具體而言，現在越南如清使的北使文獻有 85 種，其中詩歌集 35 部，散文集 14 部，詩文合集 40 部。《提要》統計越南現存古籍中「集部」（小說亦歸入此類）共 1684 種，其中「北使詩文」有 80 種，約占 4.8%。《提要》中收錄漢文燕行文獻 93 種，其中「燕行文獻」條目收 8 種、「日記」條目收 5 種，「北使詩文」條目收 80 種。《提要》對越南漢喃文獻的整理功不可沒，但參與該文獻編修的學者劉玉珺也坦言其尚存在版本鑒定過於草率、書名訛誤、書籍的漏收與誤收、書籍單元的判定標準不統一等十個主要錯誤〔註 105〕。復旦大學 2010 年出版的《越南漢文燕行目錄集成》（下文簡稱《集成》）中收錄 52 位使臣，79 部作品。然而正如臺灣學者陳益源先生所言「這套集成仍存在選擇失當、

〔註 105〕劉玉珺，《越南漢喃文獻目錄提要》商榷//越南漢喃古籍的文獻學研究〔Z〕北京：中華書局，2007：464～485。

遺漏重要著作、出版說明錯誤等若干缺陷」〔註 106〕。

中國藏越南如清使北使文獻兩種：北京大學圖書館藏《阮浩軒阮舒軒唱和集》，收景興年間（1741）錄阮宗窐、阮翘出使唱和集；國家圖書館藏《越南使臣詩稿》收錄嗣德三十三年（1880）如清使阮述、陳慶洊、阮懽與中國官員鞠捷昌等人的唱和贈答詩集。

越南使臣北使文獻不僅是越南重要文獻，越南使臣從他者之眼反觀中國，也是中國域外漢籍研究中重要的一部分。這一部分漢文文獻極需要保護與重視，就目前文獻留存來看，許多越南使臣漢文北使文獻已散佚。在黎崱《安南志略・歷代遣使》中有姓名記載的使臣有一百多位，未見一本北使文獻留存；吳士連《大越史記》中有姓名記載的三百多位使臣僅留存十幾部漢文北使文獻。現存漢文北使文獻主要集中於十九世紀阮朝約八十年的時間，《集成》中所錄 79 部漢文北使文獻中阮朝佔了 50 部之多。已佚北使文獻僅能從一些文集家譜等文獻中零星得知一些線索，如從《春早尚書阮進士家譜》中記「乙未年正永盛十一年，歲貢二部至期，奉差正使，准給民祿田祿如制。至拜謝辭行之日，王殿頒詩國音二首，丹墀賜宴，席啓二筵，江次再行於祖餞。鴻逵靡憚於關山，四牡馳驅，擁使旌而觀光上國……因循異渥之恩綸，特降公手著《黃華敘實記》」〔註 107〕得知阮公基曾作有北使文獻《黃（皇）華敘實錄》；據《胡家合族譜記》載胡仕棟「至今談公之文章德業，莫不欣歆慕焉。所著有日程（國語）、使華集、西行錄、南行錄及諸雜詠，皆溫和平易，爲世師範模」，胡丕績 1721 年奉歲貢正使出使時「著上國觀光祿（錄）序」也作有北使文獻〔註 108〕，然現皆無存。此外還有阮貴德《華程詩集》、鄧廷相《祝翁奉使集》、鄭春澍《使華學部詩集》等等都已散佚。

綜上述可見，越南使臣創作了體裁多樣、數量眾多的漢文學作品。基於越南如清使及其漢文學的研究有著豐富的素材，圍繞越南使臣這一特殊群體對越南漢文學進行研究，可以進一步解構越南漢文學自身獨特的漢文學特點。

〔註 106〕陳益源，清代越南使節於中國廣東的文學活動——兼爲《越南漢文燕行文獻集成》進行補充//明清文學研究（《嶺南學報》復刊第六輯）〔Z〕上海：上海古籍出版社，2016：248。

〔註 107〕〔越〕春早尚書阮進士家譜〔Z〕河內：越南漢喃院藏抄本，藏書號 A.1481。

〔註 108〕〔越〕胡家合族譜記〔Z〕河內：越南漢喃院藏抄本，藏書號 A.3076。

第二章　家族與越南如清使漢文文學

中國古代是一個以家族血緣關係爲本位的社會，《孟子・離婁上》云「天下之本在國，國之本在家」，因而很多政治、經濟或是文化中的核心事物都圍繞著家族展開。中國古代的大家族常具有獨特的家族特徵，且常有家族成員「世守家風」的傳統。越南深受中國文化的影響，越南家族文化亦與中國家族文化特徵有共通之處，其中越南如清使家族就是代表。雖然受時代、地域等因素影響，這些如清使家族文化之間存在差異，但仍呈現出一些共同特質：一是重視儒學、科考；二是重視詩文學習，家族成員多有詩文集或家集行於世；三是重視邦交出使，以擔任使臣爲榮。越南如清使家族與科舉、歷仕、出使關係密切，如唐安慕澤武族被稱爲「進士巢」、河靜宜春仙田阮氏被稱「何時鴻山無樹，赭江無水，這個家族方無官」、國威潘氏被稱爲「世登科甲，世奪魁元」連續三代有四位如清使臣等等。在留存漢文學作品的如清使中，華裔與文學世家身份是其中顯著的特徵。家族對文學家的影響深遠，羅時進曾云：「在影響文學家成長和創作的各種因素中，家族具有始基而核心的位置，具有深刻而持久的作用。」〔註1〕認爲鄉園、門風、家學和宗脈四大方面是家族對文學家和文學創作影響尤爲突出的要素。越南如清使的家族特徵必然對其漢文學創作產生深遠影響。

〔註1〕羅時進，家族文學研研究的邏輯起點與問題視閾〔J〕，中國社會科學，2012（1）：163～185。

第一節　家世淵源與越南如清使漢文學創作

「知人論世」是古代文學研究中的重要法則之一，而做到「知人」這一目的就必須對文人家世進行探討。早期的家庭生活教育是一個人形成世界觀的重要前提條件，家族文化更是在無形中影響到個體思想的方方面面。越南如清使也受家庭出身及家族文化的影響。

一、越南如清使的家世淵源

越南如清使家族中既有世代爲官的官宦世家，也有著世代業儒的文學世家，也有二者兼具者。對越南如清使臣家世考察的文獻依據有兩類，一是現存越南如清使臣有家族族譜，二是通過散存方志史傳中提到的如清使家世的記載。從中可以梳理出如清使的家世背景。

（一）越南如清使臣家世背景考

在中國族譜的序跋中常可見「家譜猶國史」、「家之有譜猶國之有史」之語，在越南如清使族譜中也常見將「家譜」比成「國史」之說，如吳爲貴家族的《吳族家譜》中有「夫家之有譜猶國之有史。國有史而後統緒可紀，家有譜而後宗派可傳。故古人有譜系，引有宗支圖所以顯。」〔註2〕阮潤阮氏家族的《美芝世譜》中「嘗聞家之有譜，猶國之有史也」〔註3〕，《胡家合族譜記》中有「家之有譜，猶國之有史，不可闕也」〔註4〕等，可見家譜在越南如清使家族的重要性。據《越南漢喃目錄提要》「家譜」條載越南現存家譜 265 部，其中如清使家譜有譜 27 種，占越南家譜 10%以上，涉及使臣人數 26 人。

從越南現存如清使家譜中編修情況來看，其中一部分爲如清使後人所編，如越南漢文文獻中有《阮族家譜蘭溪》抄本一種，爲清化省農貢縣蘭溪社阮族的家譜，《香溪阮氏家譜》地歷代科宦者有十五人，阮侘、阮傒、阮信、阮俶等人。《香溪阮氏丙支家譜》有題玄孫阮佷序於成泰十三年（1902）；《仙懷阮族譜》，阮登貺撰於癸未年，嘉隆十三年（1814），記始祖阮公沆（1718年如清）事蹟。族有多人進士及第並被封爲公侯。阮致遠重編《春早尚書阮進士家譜》（又名《春早阮尚書家譜》）記阮公基事狀，並錄《使程日錄》兩

〔註2〕〔越〕吳族家譜〔Z〕，河内：越南漢喃研究院藏抄本，藏書號 A.925。
〔註3〕〔越〕美芝世譜〔Z〕，河内：越南漢喃研究院藏抄本，藏書號 A.654。
〔註4〕〔越〕胡家合族譜記〔Z〕，河内：越南漢喃研究院藏抄本，藏書號 A.3076。

種入譜中；《獲澤汝族譜》記汝廷賢家族事蹟；《美芝世譜》記河東彰德縣芝泥社阮族譜記，記有阮載、阮潤、阮國寶等三位進士事蹟；左青威《吳族家譜》記吳爲貴家族譜跡；《鄧家譜記續編》〔註 5〕中載鄧氏家族中有鄧世科、鄧世材、鄧柳、鄧廷相等名官。另一部分爲如清使本人親自編修，如李文馥編修於明命二年（1821）《李氏家譜》；阮茂材編修並序於正和庚子年（1691）《金山家譜》，族中有多人登第，除阮茂著之外還有阮維垣、阮茂盛、阮茂異等；阮賞撰於後黎朝景興二十八年（1767）《青池縣延長社阮氏家譜》；阮思僩纂修《雲恬榆林阮族合譜》將北寧省東岸縣雲恬、榆林二鄉阮族的家譜進行合編，除阮思僩本人身中黃甲外，族中仍有多有高第者，如阮實、阮宜、阮士等。或參與作序文，如《華棣社阮族家譜》（又名《華棣社進士封壽喬侯阮相公家譜》），阮必直編修於成泰三年（1891），進士阮嘉吉序。也有少量爲如清使父輩編修，如阮儼（阮偍、阮攸父）編修《阮族家譜仙田》（又名《乂安宜春阮家世譜》）、《歡州宜仙阮家世譜》，吳時仕（吳時任父）序於景興十六年（1755）的《吳家世譜》。

現存家譜記載如清使家族來源有相似特徵。一是多位使臣來自於同一家族，如吳時任、吳時位父子來自於青威吳氏家族（吳甲豆編《吳家世譜》記載左青威吳氏家族十五世的譜系）；阮偍、阮攸兄弟來自於仙田阮氏家族（阮儼編修《阮族家譜仙田》、《歡州宜仙阮家世譜》，《仙田阮家世譜》）；武公道、武惟諧兄弟及武輝珽、武輝瑨父子、武希蘇來自於慕澤武氏家族（武惟諧序於永盛年間的《武族科宦譜記》、《武族八派圖譜》、《慕澤世譜》、《慕澤武族積善堂譜記》、《慕澤武氏世澤堂家譜》、《慕澤武族八派譜》、有武輝珽潤色的《慕澤武族世系事蹟》）；潘輝益、潘輝注、潘輝湜、潘輝泳連續三代出使的國威潘氏家族（潘輝炯《潘家世禮錄》、潘輝湧《潘族公譜》）；胡仕揚、胡士棟、胡丕績來自於瓊瑠胡氏家族（胡丕繪編修於嗣德五年的《胡家合族譜記》記瓊瑠縣完厚胡族的十八世家譜，秀才胡善機重抄於保大十四年的《胡家世譜》）。二是多來源於官宦文學家族。如鄧公瓆祖父鄧公瓚「登光紹庚辰同進士，官至兵部左侍郎、行承使」〔註 6〕阮登道「父子兄弟同朝」、「其人先世

〔註 5〕〔越〕鄧家譜記續編〔Z〕，河內：越南漢喃研究院藏抄本，藏書號 A.633、VHc1111。

〔註 6〕〔越〕潘輝溫，科榜標奇//越南漢文小說集成（第 18 輯）〔Z〕，上海：上海古籍出版社，2011：317。

守學殖，伯父登鎬公、父登明公，以文章馳名，眞宗福泰丙戌，兄弟同舉進士。」〔註 7〕

從如清使家世背景來看，有中國移民後裔及本地家族兩類。一種類型爲中國後裔，如青威吳族「始祖自清國（指中國）而來，邑於雙青之祖市村寔……自陳朝至今垂二十餘代，經六百餘年嗣續繁昌，科名奕葉」，「（二世祖）以文學當其選，嗣後書香更迭繼，斯爲文儒之倡」「（六世祖）落居清國，自十歲至二十歲」〔註 8〕；唐安慕澤武族「祖中華人」，先祖福建人；瓊瑠胡族「先祖狀元胡興逸，上國浙江人。後漢隱帝辰爲演州太守，家本村泡突鄉。因爲寨主，子孫蕃盛，支派益多，州中胡姓皆其苗裔」〔註 9〕；李文馥在所撰族譜中記先祖爲明朝時期福建漳州府龍溪縣西鄉社二十七都，「義不臣清，遂相與航海而南擇得吉地」〔註 10〕。另一種類型爲本地家族，如國威潘氏、河靜宜春仙田阮氏、香溪阮氏等，其中亦本土家族向上追溯時都與中國移民有千絲萬縷的聯繫。一些家族中女性也具有一定的文化修養，如阮攸嫡母鄧氏「性聰明，通經史，女工之事極精妙……治家嚴而有法，祭祀賓客極其豐潔，惠愛眾子，視若所生。忠勤公卒後，皆爲延師授生，俾至成人，於尊族無不波及。」〔註 11〕除從現存家譜記述中梳理越南如清使家族來源，從正史、文人筆記等相關記述中亦可梳理出使臣家族與華人淵源，如《大南實錄》中載鄭懷德先祖福建福州府長樂縣人，其遠祖圜浦公曾官拜明朝兵部尚書「家世業儒，書香紹美」。清軍入關之後，先祖鄭會因不願剃髮易服南渡，定居於廣南國鎮邊「受一廛而爲氓，初試陶朱之技，終博陶朱之名，竟成鹿洞巨擘」；吳仁靜吳氏家族：先祖廣東人，明末南渡，定居嘉定（今胡志明市）；潘清簡祖中華人。這些移居越南的華人仍然不忘故土，秉承著中國儒家文化思想，並將之傳越南。

〔註 7〕〔越〕潘輝溫，科榜標奇//越南漢文小說集成（第 18 輯）〔Z〕，上海：上海古籍出版社，2011：318。

〔註 8〕〔越〕吳族家譜〔Z〕，河內：越南漢喃研究院藏抄本，藏書號 A.925。

〔註 9〕〔越〕胡家合族譜記〔Z〕，河內：越南漢喃研究院藏抄本，藏書號 VHc.2107。

〔註 10〕〔越〕李氏家譜〔Z〕，河內：越南漢喃研究院藏抄本，藏書號 A.1057。

〔註 11〕〔越〕歡州宜仙阮家世譜〔Z〕，河內：越南漢喃研究院藏抄本，藏書號 VHc2866。

越南同一家族如清使及其著述目錄

家　族	如清使姓名	成員關係	漢文著作
慕澤武族	武公道	兄弟	《重刊治所碑》、《壺天寺后佛碑》
	武惟諧		無
	武輝珽	父子	《華程詩集》
	武輝瑨		《華原隨步集》《華程後集》（《華程學步集》）
瓊瑠胡族	胡丕績	同族	《窮達家訓》
	胡仕揚		編《黎朝中興功業實錄》、《胡尚書家禮》
	胡仕棟		《花程遣興》
瓊瑠段族	段阮俶	父子	《皇越詩選》（A.3162／2）下卷選錄其北使詩 7 首
	段濬		《海煙詩集》《海派詩集》 // 《舊翰林段阮俊詩集》
青威吳族	吳時任	父子	《皇華圖譜》、《燕臺秋詠》、《邦交好話》、《華程家印詩集》、《海陽志略》、《二十一史撮要》、《四家說譜》、《越史標案》、《竹林宗旨元聲》、《春秋管見》、《良舍鄧民譜》、《故黎左青威進士吳時任詩抄》、《翰華英閣》、《吳家文派希允公集》、《希尹公遺草》、《金觀行輿》、《三千字解音》、《崇德祠世祀之碑》《吳世家觀德之碑》、《吳午峰文》、《吳午峰遺草》
	吳時位		《華原隨步集》、《華程後集》、《燕臺秋詠》、《梅驛諏餘文集》、《禮溪文集》 等
國威潘族	潘輝益	祖孫三代	《裕安詩集》、《裕安文集》、《裕安詩文集》、《星槎紀行》、喃譯段氏點《征婦吟》
	潘輝湜		《使程雜詠》、《琵琶行演音曲》、《人影間答詞餘》、《典禮奏議》
	潘輝注		《華軺吟錄》、《華程續吟》、《輶軒叢筆》、《洋程紀見》、《歷朝憲章類志》、《皇越輿地志》》、《皇越輿地志》、《歷代典要通論》、《海程志略》、《洋夢集跋》、《梅峰遊西城野錄》
	潘輝泳		《駰程隨筆》、《如清使部潘輝詠詩》
仙田阮族	阮偍	兄弟	《華程消遣集》、《桂杆甲乙集》、《晚晴簃詩匯》
	阮攸		《金雲翹傳》、《青（清）軒詩集》、《南中雜吟》、《北行雜錄》、《使程諸作》

承天阮族	阮有慎	父子	《意齋算法一得錄》、《三千字歷代文注》、《見佛成性》
	阮有絢		無

資料來源：本表據《越南漢喃文獻目錄提要》、《Tên Tự Tên Hiệu — Gác Tác Gia Hán Nôm Việt Nam》（《越南漢喃作家名典名記》）整理而成。

以上分析可見，越南如清使以漢文學著稱者家庭身世有著相似的來源，一是來自於華裔世家，二是來自於文學家族。之所以出現這一現象的原因有：在文化上，科舉取士強化漢文化的影響。來自於華裔家族及文學世家者更容易通過科舉考試而達到向上流通的方式「書香之盛，文士之多比邑族爲更盛也」〔註 12〕。在政策上，越南「官員蔭子」制度的影響。潘清簡在《欽定越史綱要》中對此有所記述：「文武一二品，長子眾子三品。長子不識字充錦衣衛俊士，能讀書考充崇文館儒士；三品眾子及四五六七八品，長子不能讀書選充羽林衛，能讀書充秀林局儒生，有吏才考充內外衙門吏。」〔註 13〕讀書人有監生、儒生、生徒之別。鄉試中四場充入國子監，謂之監生；官員子孫充昭文館、秀林局讀書，謂之儒生；鄉試中三場，謂之生徒。昭文館與秀林局都隸屬於翰林院，這也對家族的文化培養也有一定影響。

（二）越南如清使家世背景與漢文學創作關係

越南如清使現留存漢文獻著作使臣 66 位，其中有家譜者人數 21 人，占比約 32%；如清使來自於使臣世家者 16 人，留有漢文獻者 14 人，占留存漢文獻使臣總數比約 21.2%；如清使來自於華裔身份者現知有 15 人，留有漢文獻者 12 人，占留存漢文獻使臣總數約 18.2%。其中青威吳氏、仙田阮氏、國威潘氏還是越南代表性文學家族，前二者在文壇上更是形成有影響力的「吳家文派」與「鴻山文派」。從越南如清使的家世背景分析可知影響其漢文學創作的主要有兩個因素：

一是家族中漢文化水平的高下。越南後黎、西山、阮朝三朝如清使共有兩百多名，其中大部分人都有科考經歷或科舉及第，然僅有 68 名如清使留存有文學著述，雖然這不能完全否認這些未留存著述就沒有漢文文集，但至少可以判斷其留其著述量較少或是成就相對較低。華裔身份使臣明顯佔有語言

〔註 12〕〔越〕吳族家譜〔Z〕，河內：越南漢喃研究院藏抄本，藏書號 A.925。

〔註 13〕〔越〕潘清簡等，欽定越史通鑒綱目，正編，卷十九//域外漢籍珍本文庫（第三輯）〔Z〕，北京：人民出版社，2012：106。

優勢，如李文馥、潘清簡等人都是越南文壇多產作家，這不能不與其自身家庭中漢語言的影響有潛移默化的關係。雖然一些華裔世家在移居越南時間久遠，其漢文化影響漸弱，然其祖先漢文化影響下讓其成爲越南文化世家，如青威吳氏與慕澤武氏。青威左青威吳氏有共祖同源兩大吳氏家族，吳爲家族與吳時家族。「始祖自清國而來，邑於雙青之祖市村寔……自陳朝至今垂二十餘代，經六百餘年。嗣續繁昌，科名奕葉。從此日益光大」〔註 14〕。吳甲豆編《吳家世譜》記第一代肇祖吳福基，及其第四代中福源公、福全公及錄旁支福衍、福康、福勝、福富、福重等各旁支，與《吳族家譜》中所錄吳爲家族中福廣、福相、福勝等未完全區分，至十一代吳億（吳時任祖父）以後始以「時」爲家族譜記。

二是家族人員出使中國。越南如清使家族文學創作興衰與其家族成員出使中國密切相關，以 17～19 世紀越南最有名氣的兩在文學世家「吳家文派」與「鴻山文派」即可以一斑窺全豹。自吳時仕科舉及第，青威吳時家族「吳家文派」家族文學始眞正肇始。至吳時任、吳時位二人擔任如清使期間，其家族文學昌盛。吳時任與吳時位這兩代的同輩兄弟中多人有著述留存，且文體各備，彼時其家族成員在漢賦、漢詩、漢文小說等文體上都取得較大成果。吳時家族在有使臣出使之前、之後，其家族成員著述皆寥寥，成就亦不明顯。仙田阮氏「鴻山文派」文學世家中的文學昌盛亦與阮偍、阮攸兄弟擔任如清使相關。仙田阮氏起初並不以文名世而以軍功立家。至阮攸之父阮儼始以文章顯名，阮儼亦被選中擔任如清使一職，但因家事牽絆未行。仙田阮氏家族中阮偍、阮攸擔任如清使的上下輩家族成員取得成就皆顯著。不僅這兩大家族中文學發展與家族成員出使中國有關聯，越南其他家族亦有此特徵，如國威潘氏「世掌邦交南國之詞命」，潘輝益認爲「邦交事大」，家族中自潘輝益至潘輝泳連續三代著述者存著較多，擔任如清使本人更是在歷史、地理等各方面都取得一定成果。其原因在於越南家族人員出使中國不僅提高其本人漢文學創作水平，在出使期間還帶動整個家族文人文學漢文學創作並取得很大成就。

由此可知，越南如清使家族背景與其本人漢文學創作有著極其密切的關係，華裔身份、家族成員出使均對其漢文化創作有著直接的影響。

〔註 14〕〔越〕吳族家譜〔Z〕，河內：越南漢喃研究院藏抄本，藏書號 A.925。

二、越南如清使家族的家學傳統

家學是一個家族經過數代發展而逐漸形成的文化傳統。家學傳承是中國文化家族中重要的特點之一，尤其體現在史學史上，如司馬談、司馬遷父子著《史記》，班彪、班固父子著《後漢書》，姚察、姚思廉父子相繼編撰《梁書》與《陳書》，李德林、李百藥父子著《北齊書》等。越南如清使家族亦有家學相傳，如世代業儒形成儒學世家，數代刻書形成刻印世家等等，尤其是一些文學世家中的家學傳統深深影響他們具體的文學創作。越南如清使的漢文學創作中明顯有家學的影響。

（一）家訓中的「勸學」思想

越南文化受中國影響，越南文人對子孫教育也極爲重視，他們也一承中國家訓觀念中的訓子思想，多以勸學、做人、立功業爲核心思想。中國戒子、家訓傳統極爲悠久，《論語・季氏》中就記述了春秋時代孔子教子時語錄「不學《詩》，無以言」、「不學《禮》，無以立」。大儒孟子也在其母嚴格戒律下成長。自漢代以降中國戒子及家訓文獻更是蔚爲大觀，歷代文人皆有著述，尤以南北朝顏之推的《顏氏家訓》影響尤爲深遠。《顏氏家訓》的核心思想便是讀書做人「夫聖賢之書，教人誠孝，愼言檢跡，立身揚名」，「勸學」、「愼行」成爲家訓中的重要內容，而最終目的是要子孫「立身揚名」。

越南出使中國使臣中就有多人著有家訓及勸學詩文。據《越南漢喃目錄提要》「家訓」一目統計，越南現存家訓文獻 23 種，其中三種爲中國家訓的重印本：慈廉縣上葛社三聖廟重印於成泰六年甲午（1894）朱熹的《朱子家政》、瑞合堂重印於嗣德辛亥年（1851）陳體元編撰的《漢家格言排律》、瑞合堂程鐵花編輯於紹治甲辰年印本石天基的《傳家至寶》；一本爲中國家訓的喃譯本，福文堂 1942 年印朱玉芝喃譯程顥（號明道）原本《明道家訓》。越南如清使家族中多學習並遵循中國家訓傳統，如國威潘氏「本族自嗣德戊寅（1878）效《朱文公家禮》，立春祭山居始祖」〔註 15〕，如清使本人亦有多人編撰家訓，如胡丕績《窮達家訓》、黎貴惇《黎貴惇家禮》、胡仕揚《胡尚書家禮》等，還有一些勸學及蒙學諸作，如阮輝僅的《初學指南》、阮嘉吉的《勸學詩》等，既使一些未作有單獨著述的家訓，也有在所著詩文集中有相關的戒示子孫的詩文或勸學篇章，如潘輝益在《次前韻示諸兒》一文中一直勉勵

〔註 15〕〔越〕潘輝湧，潘族公譜〔Z〕，河内：越南漢喃研究院藏抄本，藏書號 VHc.1406。

諸子珍惜光蔭多讀書，「少壯書功勉力行，要知弓冶嗣家聲。進修是謂能思考，勅勵無忘遠致情。義址仁基憑蔭澤，詞章理藪奉章程。晷膏毋可斯須懈，珍惜時光忽忽更。」〔註16〕

「勸學」是越南如清使家訓中最主要的內容，要求子孫讀聖賢書，決勝科場。如阮公基父阮鳩臥病時自覺餘日不多，便召子女於床前訓示，「吾家世以詩書爲業」，「自十六歲，年年以科場爲務，老而益壯寧知白首之心，窮且益堅不墜青雲之志。年華不再，歲月如流，不覺年已知非，漸臻衰暮。縱天假以年，不至登科不已也。乃今病已如此，何能爲哉？爲吾子孫者，以吾之心爲心，以吾之行爲行。吾即不起，亦當含笑九泉矣。」〔註17〕阮公基在父親以學爲重思想的影響之下發奮讀書，終於決勝科場：

> （阮公基）好學不倦，已有承先考未遂之初志。十三歲，正和九年丁卯科鄉試中三場，自此學業愈進，盛名騰於君（郡）縣，雄文鳴於科場，識者知其決科矣。十九歲，癸酉鄉試中四場，而名望蜚聲於海內，文章馳譽於儒林，「文陣雄師」之稱，卓卓然有跨灶之才，育閭之望，門庭其有興乎，已於公人矣。二十三歲，當正和十八年冬會試，賜丁丑科第三甲同進士。〔註18〕

越南如清使本人也極其重視讀書的重要性，李文馥兄弟受父親專心「業儒」不許從事他業的教育之下，「務以開拓顯揚爲孝，以無負功仁之積累」，相繼在科舉中領鄉薦。隨後李文馥也以督學下輩爲己任：「家庭晨昏之責，吾以責之若子弟。若孫，吾即未能演之，使吾之子媳孫侄輩，世世持爲一家範，不可乎？夫人幼而學之，壯而行之，不知老之將至，學皆然」〔註19〕。

「慎行」是越南如清使家訓中另一重要內容，要求子孫戒除惡習。黎貴惇云：「憶僕八九歲時，家大人訓讀《論語》，至『行已有恥，使於四方，不辱君命，可謂士矣。』問僕曰：『汝能之乎？』應曰：『知恥爲難耳，使而光國家重君命，有何難？』家大人笑曰：『是兒豪氣。』又教之曰：『意氣固當

〔註16〕〔越〕潘輝益，裕庵吟錄〔Z〕，河内：越南漢喃研究院藏抄本，藏書號A.603。
〔註17〕〔越〕春早尚書阮進士家譜〔Z〕，河内：越南漢喃研究院藏抄本，藏書號A.1481：16b～17。
〔註18〕〔越〕春早尚書阮進士家譜〔Z〕，河内：越南漢喃研究院藏抄本，藏書號A.1481：20～20b。
〔註19〕〔越〕李文馥，二十四孝演歌引，三之粵集草//越南漢文燕行文獻集成（越南所藏編），第十三冊〔M〕，上海：復旦大學出版社，2010：281～282。

豪，有不淫不屈不移底品格。然亦須婉雅，不可使一片粗率也。』僕應對曰：『諾。』」〔註 20〕李文馥《自得示子弟》中云：「此身多愆尤，曷爲子弟則。雖悉千愚慮，安必實一得。所得自家知，一曰戒女色。…人女與人妻，珍惜安弓極。此心人所同，何堪攘與攫。嗟嗟子弟輩，…存此心念，亦一大陰隲」〔註 21〕要求子孫要戒女色，積陰德。

正是在家訓中「勸學」這一主導思想引導之下，讀聖賢書成爲他們代代相傳的核心價値理念，由此越南如清使個人多在幼時就飽讀詩書，有堅實的漢文基礎，成爲其後科場及第的先決條件。

（二）家族文人文集修訂刊刻

家集是一個家族在文學學習創作中重要的活動。家族成員之間通過相互唱和切磋提高文學創作水平，家集的編撰更利於族人之間的相互學習觀摩。

如清使個人文集多由後人編修刊刻。立國、立家、立言被古人視爲「三不朽」，越南如清使家族對「立言」也極爲重視，因而不僅如清使本人撰有文集，他們的後輩也積極參與整理。一方面如清使個人文集常由其後人編纂修訂，如黎貴惇編輯的《陰騭文注》由其子黎貴純、黎貴佐、黎貴宜及其門人阮貴弘校訂。阮輝僜的北使集《奉使燕京總歌並日記》由其子阮輝似抄錄。潘輝益在個人詩集前序云「以爲搜採編錄，是吾兒輩他日事也」〔註 22〕。可見越南文人家族中後人編修先輩文集已然爲傳統。另一方面如清使個人文集由後人刊印。越南家刻本是在官刻、坊刻本中較爲潔淨、工整的一種，如阮宗窐《使華叢詠集》從文前胡仕棟乾隆戊戌年（1778）序中可知該本由其子阮居正所編撰「余得全稿，見舊紙多有補葺。因請壽之梨棗，居正言『吾志也』……阮廷楝舒軒，公故吏也，嘗隨公北使。居正因將詩稿前後二集囑他鋟梓，且寓書託余寶訂僞舛，立爲之序。」〔註 23〕在幾本同種類抄本中，其子阮居正負責編撰的本子校對精細、抄寫最爲工整。潘清簡的個人文集《梁溪詩草》、《梁溪文草》云水居嗣德十九年（1866）刻本由其子潘清廉、潘清

〔註 20〕〔越〕黎貴惇，北使通錄//越南漢文燕行文獻集成（越南所藏編），第四冊〔M〕，上海：復旦大學出版社，2010：10～11。

〔註 21〕〔越〕李文馥，粵行吟草//越南漢文燕行文獻集成（越南所藏編），第十三冊〔M〕，上海：復旦大學出版社，2010：91。

〔註 22〕〔越〕潘輝益，裕庵吟錄〔Z〕，河内：越南漢喃研究院藏抄本，藏書號 A.603。

〔註 23〕〔越〕胡士棟，《使華叢詠集》序//越南漢文燕行文獻集成（越南所藏編），第二冊〔M〕，上海：復旦大學出版社，2010：133～134。

薌、潘清蓀考定刊行。

如清使家族成員家集多在家族內部流傳，供族人之間相互學習研摩。越南如清使家族歷代都有族人進行書籍編撰活動，如武瓊（1452～1516）見到《嶺南列傳》一書，披閱校訂整理，釐定為兩卷《嶺南摭怪列傳》「藏於家以便觀覽」〔註24〕潘清簡將個人文集交給後人編修並云，「此非與世作文章，不過紀行耳。今老矣，若不少留，則平生心跡，子孫何日知之。誠不足以示人，不足以示子孫乎？爰檢出付兒輩編纂……俾我後之人知乃翁生來涉履有如此也」〔註25〕；潘輝益在其詩集序言中也提到「爾們抄認全錄，藏之篋笥。俟再蒐輯我文集各目，並留為家族私寶。若其矜炫韻律，騰達國人，則非吾詩之志」〔註26〕；裴文禩自刻詩集時云：「因揀得古近體二百餘首付梓，名曰《遜菴詩鈔》，合前二集並存，俾後世子孫誦余之詩，見余之志，與所遭之時，所使之地，猶歷歷可證也。」〔註27〕如清使家族所藏先輩的家集不僅為族人提供了漢文化閱讀的書籍，也為他們日後的漢文寫作提供了模擬的範本。家集中最著名的便是青威吳氏所印「吳家文派」的系列家集。現留存《吳家文派》與《吳家文派選》兩種，前者三十六冊存十一種抄本，收吳氏 12 位族人 19 部作品；後者七冊與十八冊兩種抄本，收吳氏 15 位族人 31 部作品。另有一些家族散見編撰有家集，如阮攸《星軺隨筆》封面題三行：「靖山詩集，星紹隨筆，香溪阮氏藏板。」〔註28〕雖然現存實為手抄本，但「藏板」一說或者其之前有過印刷行為，而「香溪阮氏」明顯為作者家族所編撰家集。因越南文人家集常因兵火戰亂而丟失無存，潘輝洞在編撰《潘家世祀錄》時云其家中書籍「因兵燹散落無遺，後人弗獲」，他只能靠少時所聞事蹟以及家中后神后佛碑文作為依據「（洞）少時陪侍嚴堂，請問先代事蹟，亦粗得其梗。異中年承命，編輯先代齋壇副意遺稿，列位后神后佛碑文，又錄登科、致仕、賀帳各文。」〔註29〕家中藏書因戰亂遺失迨盡的幾乎是普通現象，在阮潤家族的《美

〔註24〕〔越〕武瓊，嶺南摭怪列傳·序//越南漢文小說集成（第 1 冊）〔Z〕上海：上海古籍出版社，2011：15。

〔註25〕〔越〕潘清簡，梁溪詩草·序〔Z〕，河內：越南漢喃研究院藏抄本，藏書號 VHv151。

〔註26〕〔越〕潘輝益，裕庵吟錄〔Z〕，河內：越南漢喃研究院藏抄本，藏書號 A.603。

〔註27〕〔越〕裴文禩，遜菴詩集〔Z〕，河內：越南漢喃研究院藏抄本，藏書號 A.196。

〔註28〕〔越〕阮攸，星軺隨筆//越南漢文燕行文獻集成（越南所藏編），第十六冊〔M〕，上海：復旦大學出版社，2010：63。

〔註29〕〔越〕潘輝洞，潘家世祀錄〔Z〕，河內：越南漢喃研究院藏抄本，藏書號 A.2691。

芝世譜》中也云：「自黎家偶遭厄運，幾世家典籍文章盡付之兵變」〔註30〕。

如清使家族藏書、編書等活動不僅令家族文脈得以傳承延續，還令如清使個人文學修養要高出同時代的普通文人，爲他們日後的文學創作提供了知識儲備。

（三）越南如清使的家學傳統

在越南古代傳統社會中，能夠學習漢文化並接受教育的畢竟只是很少一部分人。如清使多來自於世家望族，其家族先輩積累了一定的文化沉澱，還逐漸形成家學傳統。潘輝益就在詩中多次提到了兄弟幾人受到家學的影響，他在辛卯（1771）與仲弟潘輝溫同中鄉試後喜作詩云「家學淵源關素養，鄉書印券得眞傳」，其後其三弟潘輝浹又中秋試，連冠郡選，他又在詩中稱「自信家庭傳藻思，好看場屋露光芒」〔註31〕；《大南實錄》中稱國威潘氏諸子：潘輝泳「少傳家學」、潘輝注「以家世習掌故」〔註32〕；黎貴惇稱「僕生於安南，見聞未廣，但幼奉家訓，兼陪賢士大夫遊，累代典籍，幸得竊窺旨奧」；阮登道「公之學得之家庭，少與兄遵並以文學知名，而蘊蓄過之」〔註33〕；申璿子阮珩（珩爲外祖所養，遂歸阮姓）「學得之家庭，尤長於詞藻，舉鄉試，中士望科，累遷至參議。年三十三，登正和戊辰進士，癸未年奉考詞命，預中第四」〔註34〕。越南如清使的家學傳統有幾下幾個方面：

「業儒」是如清使家族中重要的家學傳統。李文馥所云其先祖中，李克紹（二世）「素從儒業，博學多聞」；李克敦（四世）會試累中三場，歷任武仙縣知縣、戶部員外郎；李壽（五世）「專訓兒子輩業儒，邈不許治生一藝」，正是在其嚴格要求之下，三個兒子李文馥、李文敏、李文孜都在科舉中中舉，出仕爲官。

「博學」是如清使秉承的另一家學。黎貴惇之父黎仲庶學問淵博，於經史地算無所不究，據《刑部尚書贈少保河郡公黎相公年譜》中載黎貴惇：

〔註30〕〔越〕美芝世譜〔Z〕，河内：越南漢喃研究院藏抄本，藏書號 A.654。

〔註31〕〔越〕潘輝益，裕庵吟錄〔Z〕，河内：越南漢喃研究院藏抄本，藏書號 A.603。

〔註32〕〔越〕阮朝國史館，大南正編列傳二集，卷十八//大南實錄・二十〔M〕，東京：慶應義塾大學語學研究所影印，昭和五十六年〔1981〕：7798（210）。

〔註33〕〔越〕潘輝溫，科榜標奇//越南漢文小說集成（第 18 冊）〔Z〕，上海：上海古籍出版社，2011：318。

〔註34〕〔越〕潘輝溫，科榜標奇//越南漢文小說集成（第 18 冊）〔Z〕，上海：上海古籍出版社，2011：345。

> 性頗聰敏，書籍一覽，無所遺忘，凡古今制度之沿革，經史字義之異同，及天人地理算數之學，莫不究其淵源，得其精要。爲文豐贍簡暢，條陳世務，皆溯源竟委，剴切周至，有賈、董、韓、陸之風。尤喜觀易，善於占候。〔註35〕

黎貴惇是越南少有的博學通才，他在經學上著有《易膚叢說》對《易經》義理進行評論並對先儒各家加以注解，並著《書經演義》對《尚書》作逐篇解答與注釋；在史學上著有正史《大越通史》及記述政治、人物品評、禮法等各方面典故的雜史《見聞小錄》；在文學上著有《桂堂詩集》、雜說《雲臺類語》及北使文集《北使通錄》；還對中國道教《陰騭文》的注本的訂正、修改及增削等等。

「修史」也是一些如清使家族的家傳之學。青威吳氏以史學爲家學，在史學思想的影響下，吳時任的著述中常見考證引述，如其北使文獻《皇華圖譜》中記錄出使中國行程中所見各類詩文文獻，與其他如清使北使著述有顯見區別，顯示出其在家學影響下的史家視角。

越南如清使注重家庭教育對子孫的影響，如阮輝潤家族中「學士公錦旋後，問視之暇，父子相與講談唱和，家族中有自然樂趣，世以爲高」，其孫「少以文章名世，學問淵博」〔註36〕。正是有家族學風的影響才有數人中進士，父子兄弟登第同朝的出現。

三、姻婭關係影響下的如清使漢文學創作

姻婭關係是血緣之外最重要的家庭關係，其通過男女嫁娶方式將不同家族聯繫起來。男女雙方由婚姻關係而結成親屬，男女雙方家族成員之間也形成間接的親戚關係，由此將不同的家族聯繫成一體。家族文化通過姻婭關係實現在不同家族之間的傳播。

（一）越南如清使臣姻婭關係之下的文學生態

越南如清使文學家族之間常有相互通婚現象，且非常明顯出現在該家族有成員擔任使臣的前後時期，如慕澤武輝珽家族與汝廷賢家族聯姻，汝家聯

〔註35〕〔越〕佚名，人物志//越南漢文小說集成（第18冊）〔Z〕，上海：上海古籍出版社，2011：263。

〔註36〕〔越〕潘輝溫，科榜標奇//越南漢文小說集成（第18冊）〔Z〕，上海：上海古籍出版社，2011：349。

姻前後有四人中進士，一人擔任如清使〔註 37〕；河靜羅山長流阮與仙田阮聯姻，擔任如清使的阮輝僅之子阮輝嗣娶阮侃（阮攸長兄）的大女兒爲妻。如清使武楨娶阮攸之妹；潘輝益娶吳時仕之女，潘輝益三女又嫁當時的文學名士亦是如清使的黎貴惇等。姻婭關係對如清使文學創作影響深遠，尤其表現爲以下幾類：

一是如清使姻親家族之間形成家法門風相同、文學創作相近的文學家族，如青威吳氏家族對國威潘氏家族的影響。潘氏家族並不以文學爲業，其族原以歌唱爲業「本族原貫石河縣玉田村，業於歌唱。辰有旨准各縣教坊分掌別縣亭門，我先人因移收穫」〔註 38〕，潘族移居收穫後又以種田爲業，直至到潘輝漟（潘輝益之父）因其姑及姊在鄭王府爲宮嬪，始得行走鄭王府學習「先代素從田業……至平章公（潘輝漟）以兩元士科爲一家鼎甲」，潘輝漟成爲潘族「鄉族發科之祖」。潘輝益師從吳時仕，並娶時仕女，其後潘氏家族諸多方面受吳氏家族影響，如以儒學爲重及修史觀念。「吳家文派」家族中有修史家傳，吳時仕著有《越史標案》及《大越史記》、吳時任有《二十一史撮要》、吳時倣有《國史遺編》、吳時攸（悠）有《安南一統志》。潘氏家族中，潘輝注著有《歷朝憲章類志》、《皇越輿地志》、《皇越輿地志》、《歷代典要通論》。同時「吳家文派」還是重要的文學世家，僅其家集《吳家文派》詩文集就收錄二十多人詩文集。潘氏家族亦承繼吳氏家族以科舉爲重的家族觀念，潘輝溫、潘輝浹兩人還創作一系列的科舉類文章，如《科榜標奇》、《歷朝登科考》、《山西登科考》等。潘輝益之女所嫁黎貴惇也是當時著名學者，黎氏在史學、文學、經學等諸方面都取得較高成就。黎貴惇的諸多文學、史學成就與潘氏家族也不無一定的關聯。而由吳時仕作《延河黎榜眼第登帳敘》可知吳家文派與黎貴惇亦有文學交遊，由此如清使通過姻親構建了各種文學聯繫。

二是如清使姻親家族之間形成同一文體的創作群落，如與阮攸家族「鴻山文派」聯姻的成員著述多爲傳奇故事名於世。阮攸因創作《金雲翹傳》聲名遠播，阮輝似《花箋傳》與阮攸《金雲翹傳》齊名，並被列爲「越南四大名著」之中。阮輝似（嗣）出自河靜羅山長流阮族，娶阮攸長兄阮侃之女，

〔註 37〕〔越〕武惟諧，武族科宦譜記〔Z〕，河內：越南漢喃研究院藏抄本，藏書號 VHc.356。

〔註 38〕〔越〕潘輝湧，潘族公譜〔Z〕，河內：越南漢喃研究院藏抄本，藏書號 VHc.1406。

阮攸親侄阮僐還親自為阮輝嗣的《花箋傳》潤色。另一位與仙田阮氏結有姻親的如清使武禎編輯有傳奇故事集《見聞錄》(又名《蘭池見聞錄》)，亦對傳奇故事抱有濃厚的興趣。從中不難看出圍繞鴻山阮氏出現阮攸《金雲翹傳》、武貞《見聞錄》、阮輝嗣《花箋傳》等對傳奇故事描寫的作品。

三是如清使姻親關係中的成員創作繁盛。一種是與如清使結成姻親的女性文學創作，甚至有段氏點這樣在越南文學史產生較大影響的女文學家。越南封建社會時期女子文學作品留存稀少，即使是文學家族中女子也多不識漢字者，如國威潘氏家族雖接連三代都有人充任如清使，家中多人都有個人文集，堪稱文學使臣世家，然潘家女眷還要請人代讀、代作，潘輝益有《答示諸女眷》一詩，其題下云「各依韻答示，令代作者代看」〔註 39〕。現存漢籍中僅存有段式點、胡春香等少數幾位女作家的作品〔註 40〕。越南女性在民間地位很高，有很多神祇都是女性身份，在文學作品中越南「四不朽」之一柳杏公主常被描繪成一位很有詩才的女子，還與當朝大學士北使使臣馮克寬有詩歌唱酬。但一方面漢字本身與越南本土語言不一致，學習較為困難；另一方面中國儒家思想影響下的越南男權社會，「女子無才便是德」對女性文學創作還是存在一定的阻礙。然越南使臣作為知識階層，他們很多人都科舉及第、出相入將，家庭生活的寬裕加上文學上的薰陶必然有一定女性文學的出現，越南一些女性文學也與越南如清使也有著一定關聯。《老窗粗記》載 1715 年如清使丁儒完與妻子二人的酬唱之作，並錄有阮氏三律、一歌、一行，並云二人時常有詩文唱酬之雅事，「阮氏姿容閒雅，舉止端莊，能以正處己，以禮事夫，公愛而敬之。每遇朝退之暇，輒與閒談古今忠臣烈女，聯吟白雪陽春，唱酬之間，備見《關雎和鳴集》」〔註 41〕，並稱某日丁公春睡晚起，夫人吟《晚簪》一律以正之。丁公出使臨行，夫人又吟七律以送。丁公走後夫人復又作詩章三十餘首以寄思念之情云云。而越南女性作家中最有名望者莫過於如清使阮翹之亞妻段氏點，氏點（1705～1748），小字紅霞，故有「紅霞夫人」、「紅

〔註 39〕〔越〕潘輝益，裕庵吟錄〔Z〕，河內：越南漢喃研究院藏抄本，藏書號 A.603。

〔註 40〕石春柳錄越南封建時期女性文學作品更多（越南古代女性文學探討〔J〕，廣西民族大學碩士論文，2012），然石文中所列資料並非原始文獻，其中很大一部分為後世文人作品轉述，真偽難考，如來自於後世文人所記錄中傳言為十五世紀的阮氏路、女扮男裝的女狀元阮氏睿等的詩文。

〔註 41〕〔越〕老窗粗錄//越南漢文小說集成（第 6 冊）〔Z〕上海：上海古籍出版社，2011：110～113。

霞女史」之稱，被稱爲越南文學史上的李清照。因嫁阮翹，段氏點故又隨夫姓稱阮氏點。阮翹與段式點婚後不久，阮翹即奉命北使，三年乃還。1748 年夏阮翹又起任他處官員，段氏點與阮翹赴職時在途中得病，不治而亡。段氏點在中越北使故事中常作爲機敏才女「挫北使」形象出現：中國冊封使行至越南，黎純宗爲誇顯越南才盛，命氏點扮作酒家婦立於北使所行道中。正使官見而悅之戲曰：「安南一寸土，不知幾人耕」，段氏點隨口應對稱：「北朝士大夫，多由此途出」。段氏點現存著述有漢文傳奇小說《碧溝奇遇記》等，但影響最大的作品是將鄧陳琨的漢文長詩《征婦吟曲》譯爲喃文。另一種是與如清使聯姻者家族的家族成員，如以文學知名的范廷琥，其「先外舅」爲兩度如清的使臣武陳紹。范氏還在其《雨中隨筆》中追述武陳紹最後一次出使逝於中國之事：「先外舅尚書公，吏侍都臺，充西酉貢部正使。時公年踰耳順，登朝四十餘年，奉使之舊例之所不及，舉朝莫曉其故。既而盛王昭入中和堂，密授以奏書，表求封副國王，且曰：『事濟之後，當與國同休。』公知王意已決，不敢固辭。戊戌六月，泛洞庭湖，忽得疾，要副使胡公士棟、阮公仲瑺，屬以公事，繕寫遺諮遺稟，縣城出帥府密表，對二陪臣焚之，以十日沒於舟。次遺語勿用水銀斂……吾邑人時夢公從北回，騶從執事皆內地服云」〔註 42〕。

如清使姻親中的家族或成員之間的文學聯繫已成爲 17 至 19 世紀越南文學中的獨特文化群體。這一群體中的成員彼此之間文學上相互影響，隨著如清使的消亡而出現文學創作上的起落。他們圍繞著如清使構成了越南文學上的一個特殊的生態系統。

（二）越南如清使姻婭成員之間文學交流

使臣家族通過姻婭關係相互交遊唱和，形成固定的文化圈，有較多文化交流活動。一些姻親文人團體圍繞使臣文學家族爲中心，進行詩文贈答唱和或文人宴集。

青威吳氏與國威潘氏詩文交遊頻繁，吳時任與潘輝益有《菊秋百詠集》唱和詩集，收錄二人關於端陽節往來唱和詩一百首，內容涉及織布、鐘聲、戲月、賞花等。吳、潘二人對「菊」眾多的題詠有一定文化淵源。菊花是越南文人集中出現最多的題詠，他們常因菊而生文思，如阮思僩有《岩腰石上

〔註 42〕〔越〕范廷琥，雨中隨筆（卷下）//越南漢文小說集成（第 16 輯）〔Z〕上海：上海古籍出版社，2011：279～280。

古松旁，偶見金菊數叢，爛然盛，感而賦之》，家中常値菊，如潘清簡《柬吳陽亭乞菊栽》、《再約吳陽亭移菊》等。潘輝益云在其《裕庵吟錄》中記載此唱和之事云：「余於重陽小酌，以詩札送呈大學士眷兄，緣此更相唱和。半月間，兩家偶成百篇，匯輯成冊，顫曰《菊秋詩陣》。海派陧公、曹舍阮解無各爲序，華棣阮制科爲跋。」〔註 43〕潘輝益與吳時任既是同年又是姻兄。姻婭家族之間常因姻親關係而活動頻繁，如一些常有的賀壽、慶賀或是文人仕進、致仕等，如《山堂慶壽集》、《柴峰尚書公致事慶集》、《柴山尚書七十壽賀集》在收錄族人、同僚的詩文對聯集，書中就收錄各姻親賀詩等。吳時倣《裕庵相公登六十壽賀文》中稱潘輝益「雄文出儒林而馳騁今古」〔註 44〕。

一些家族家學通過姻婭關係流動，如青威吳族以修史爲家學，數代以修史爲業，如吳時仕著有《越史標案》、吳時任著有《二十一史撮要》、吳時俧（志）與吳時攸（悠）合著《安南一統志》、吳時㑅（甲豆）著有《皇越龍興志》、《中學越史撮要教科》，「（吳甲豆）第我先族紳《統志》之書，容某續修，以卒其業」；與青威吳族有姻親的國威潘氏亦修多部史書，潘輝洞著有《歷代典要》、《經傳諸史撮要》，潘輝湜參編《皇越會典撮要》（又名《大南會典撮要》），潘輝注著有《歷朝憲章類志》、《皇越輿地志》》及《歷代典要通論》；與國威潘氏有姻親的黎貴惇亦著有《大越通史》、《見聞小錄》、《黎朝功臣列傳》多部史書。

一些如清使家族姻親之間還進行相互書稿題跋、校刊、刻印等文學活動，在具體的序跋中進行詩文評品交流。如丁儒完《默翁使集》由其婿阮仲常於永盛十五年（1719）編輯。吳時儣給武禎《見聞錄》作序云：「余不才寡學，幸與公朝夕，多所啓發，而知公之所蘊，有大過人者，使得時行道，文章事業，追跡古人，豈但《見聞錄》已乎？」〔註 45〕由「與公朝夕，多所啓發」可知，武禎與吳家文派族人之間文學交流互動亦頻繁。潘輝益爲其妻兄吳時任作《竹林大眞圓覺聲序》，爲其婿黎貴惇作有《丙子夏陰隲文演歌跋》。

可以說，越南如清使家族及其姻婭成員已成爲越南文學中一種特殊的文化生態群落。在這個文化生態裏，他們圍繞如清使相互有所文學影響。

〔註 43〕〔越〕潘輝益，裕庵吟錄〔Z〕，河内：越南漢喃研究院藏抄本，藏書號 A.603。
〔註 44〕〔越〕潘輝湧，潘族公譜〔Z〕，河内：越南漢喃研究院藏抄本，藏書號 VHc.1406。
〔註 45〕〔越〕吳時儣，《見聞錄》序//越南漢文小說集成（第 15 冊）〔Z〕，上海：上海古籍出版社，2011：10～11。

姻婭關係對越南如清使文學創作存在一定的影響，其姻親家族的文學氣質、姻親文人之間相互唱和評品都在越南如清使本人具體創作中或多或少有所體現。

第二節　華裔如清使漢文文學創作

華僑與越南社會政治、經濟、文化都密切相關，對越南家族形成起到重要作用。中國清代以前，移居於越南的華僑就形成了士族大家，一部分家族甚至是越南政權的建立者，如陳朝、莫朝、胡朝等。中國清代建立了又出現大批移居越南的「明鄉人」對越南家族的形成起到重要推動作用。雖然如清使漢文創作都承於中國文化，但細緻分析又可見如清使中華裔與非華裔者在具體創作上存在一定的差異。

一、華裔如清使家族形成及特徵

（一）華人移居越南歷史

中國華僑移居越南有一段很長的歷史。在淪爲法國殖民地之前，越南封建社會歷史經歷了兩個時期：一是從秦朝建立象郡至宋朝脫離中國獨立前上千年的郡縣時期，二是從越南建立獨立政權與中國保持朝貢冊封的藩屬時期。華人移居越南也據歷史的不同可分爲兩個階段。

第一階段是郡縣時期中原往交趾的人員流動。這一時期主要存在三種流動方式：一是中央政權所派駐至交趾地區的官吏。移居越南者多爲朝廷所派官吏階層，如士燮、錫光、蕭諮、蘇定、高駢等。二是流放至交趾的有罪人。中國在秦漢時期就有將犯罪之人流放至南越的政策「三十三年（公元前 214 年）發諸嘗逋亡人、贅婿、賈人略取陸梁地，爲桂林、象郡、南海，以適遣戍」〔註 46〕，「秦時已併天下，略定楊越，置桂林、南海、象郡，以謫徙民，與越雜處十三歲」〔註 47〕，「頗徙中國罪人，使雜居其間」〔註 48〕。三是因戰爭遺留或遷徙的中原人。如馬援平二徵女王之亂中，就有許多中原士兵遺留

〔註 46〕（漢）司馬遷，史記，卷 6，「秦始皇本紀」〔M〕北京：中華書局，1963：253。
〔註 47〕（漢）司馬遷，史記，卷 113，「南越列傳」〔M〕北京：中華書局，1963：2967。
〔註 48〕（西晉）陳壽，三國志，卷 53，「吳書・薛綜傳」〔M〕北京：中華書局，1982：1251。

交趾之地成爲「馬流人」。東晉時期，中國地區戰亂紛爭，而交趾因偏安一隅得免兵燹，中原人士爲避戰亂常常「往依避難者以百數」〔註49〕。

第二階段爲越南建立獨立政權後，中國人向越南人的流動。一是被迫流入，如被拐賣「南州客旅，誘人作婢僕擔夫，至州峒則縛而賣之，一人取黃金二兩。州峒轉賣入交趾，取黃金三兩，歲不下數百千人。」〔註50〕「交趾金坑之利，遂買吾民爲奴」〔註51〕，或因戰爭掠奪「掠十九村人畜不可勝數」〔註52〕。二是因中國政權交替產生的移民潮。因中國士人的華夷觀念及儒家忠君思想，中國向越南的兩次移民潮都發生在兩個少數民族所建立的政權之下，即宋末元初、明末清初。在蒙古族建立元朝，宋朝的文臣武將、愛國人士紛紛逃往東南亞各國避難以求藏身之地。宋朝土官黃炳曾「將部屬千二百人」〔註53〕歸附越南陳朝，「以海船三十艘裝載財物及妻子，浮海來蘿葛原。至十二月引赴京，安置於街媾（姁）坊，自號回雞。」〔註54〕明亡以後，大批華人因不滿於清朝政治制度舉家甚至舉族南遷，在越南建立「明鄉社」，因而被稱爲「明鄉人」。南遷華人帶去先進的技術文化，還在經濟、軍事上直接支持越南政府，因此受到越南政府禮遇。清朝時仍有時局動亂，陸續大量南遷到越南的華人被稱「清人」。越南以華人爲基礎的商業區也在大量的移民湧入後形成，如會安、堤岸。

華僑華人與越南政治經濟休戚相關。脫離中國獨立後，越南各朝代都有一些政權與華人華僑關係密切。或爲華裔建國，如《鄧氏家譜》〔註55〕中載陳朝皇帝先祖爲北國福建將樂人，移居安南東潮安子山，以漁爲業數世後受李氏禪位，爲陳朝皇帝。陳朝亡後，本支改爲鄧姓；或爲華人建立地方政權，如明末清初移居越南的鄭玖將河仙經營成一方繁華都會；或華人華僑輔助建

〔註49〕（西晉）陳壽，三國志，卷49，「吳書・士燮傳」〔M〕北京：中華書局，1982：1191。

〔註50〕（宋）范成大著，胡起望、覃光廣校注，桂海虞衡志輯佚校注，「志蠻・安南國」〔M〕成都：四川民族出版社，1986：272。

〔註51〕（宋）周去非著，楊武泉校注，嶺外代答校注，卷7，「生金」〔M〕北京：中華書局，1999：270。

〔註52〕（宋）李燾，續資治通鑒長編，卷189〔M〕北京：中華書局，2004：4550。

〔註53〕〔越〕吳士連，陳荊和校，大越史記全書〔M〕，東京：東京大學東洋文化研究所，1985：343。

〔註54〕〔越〕吳士連，陳荊和校，大越史記全書〔M〕，東京：東京大學東洋文化研究所，1985：348～349。

〔註55〕〔越〕鄧氏家譜〔Z〕越南漢喃院藏本，A.2951號抄本。

國，如阮氏睿宗癸巳八年，西山軍阮文岳作亂，阮氏政權派阮久統、阮文策等人前去鎮壓，卻屢屢受挫「由是賊熱益熾。清商集亭、李才皆應之，岳結以爲助。集亭稱忠義軍，李才稱和義軍」〔註 56〕。阮氏建國時就多受華僑資助「尊室鬈（世宗第十四子）、尊室春（世宗第十七子）起兵於廣南，張福佐爲之謀主。又有清商名悉，以家貲億萬助之。軍勢大振」〔註 57〕。華僑華人還促進了越南經濟的繁榮昌盛，如明鄉人南遷時帶動南越的發展。正是由於華人在當時的發展，嘉定（今胡志明市）從當時不名一文的小鎮躍居成越南最大的商業都市。《大南實錄》載明將楊彥迪、陳上川等人「率兵三千餘人，戰船五十餘艘」投奔越南後，被安置在荒涼又常有戰亂的「眞臘國東浦（嘉定古地名）」，其後諸將士「闢閒地，構鋪舍。清人及西洋、日本、占婆諸國商船湊集。由是漢風漸漬於東浦矣」〔註 58〕。

華僑華人與越南如清使家族關係密切。越南如清使家譜中常有得「北客」恩澤的記錄。《胡家合族譜記》載胡士揚「生平精於地道，又遇北人黎伯陽擇得福地者多」〔註 59〕。鄧廷相祖貧，有先公因北客葬得福地，世得發科甲〔註 60〕。仙田阮攸家族族譜《歡州宜仙阮家世譜》中載，自先祖扶莫失敗後南陽公避走仙田爲一世祖。至二世冷善公時因保祿公在「清化之戰，獲一北客，憐而釋之。客係風水師，即點山上吉地酬謝。班師後，遂奉祖墓扡葬焉」；至五世阮瓊（阮攸祖父）「一日，遇泊風北客，憐而撫之，客本秘傳地理，宋國師吳公景鸞之後，名景鳳，字仲福（貫江西省饒州府德興縣），深感公之德，盡以家傳秘法授之。故於地道尤邃。遂著《大孝眞經》發吳夫子之道，尤其詳盡」〔註61〕。阮瓊不僅著有《大孝眞經》，還有《慈幼眞詮》、《決疑集》傳於世。從中可見「北客」在越南如清使家族中的影響，還參與到家庭教育中。

可以說，在越南封建社會中的政治、經濟、家族、文化等各方面都滲透

〔註 56〕〔越〕阮朝國史館，大南實錄前編，卷十一〔M〕，東京：慶應義塾大學語學研究所影印本，昭和三十六年〔1961〕：159（159）。

〔註 57〕〔越〕阮朝國史館，大南實錄前編，卷十二〔M〕，東京：慶應義塾大學語學研究所影印本，昭和三十六年〔1961〕：167（167）。

〔註 58〕〔越〕阮朝國史館，大南實錄前編，卷五〔M〕，東京：慶應義塾大學語學研究所影印本，昭和三十六年〔1961〕：82（82）。

〔註 59〕〔越〕胡家合族譜記〔Z〕，河内：越南漢喃研究院藏抄本，藏書號 A.3076。

〔註 60〕〔越〕登科錄搜講〔Z〕，河内：越南國家圖書館藏印本，藏書號 R21：35～36。

〔註 61〕〔越〕歡州宜仙阮家世譜〔Z〕，河内：越南漢喃研究院藏抄本，藏書號 VHc.2866。

了華人華僑的身影，他們對越南士家大族的形成發展起到了重要的作用。

（二）華裔如清使的家世特徵

華人移居越南後，其中一些家族在當地開枝散葉逐漸成為當地的世族大家。這些移居華僑帶去了中國的文化傳統，如中國文人劉松齡贈福建後裔胡仲斑詩「怪得斯文南國盛，風流儒將武林支」〔註 62〕。越南華裔如清使家族中的許多習慣都傳承於中國，尤其是儒家思想的教育觀念。華裔如清使家世有著相似的特徵，具體而言有以下幾個方面：

其一，華裔如清使的祖籍在地域上集中於中國沿海省份。一是福建華裔，主要來自福建省漳州府。阮朝如清使潘清簡祖籍為漳州府海澄縣人。李文馥在自己編修的《李氏家譜》中云：「我李氏原貫大明國福建處漳州府龍溪縣西鄉社二十七都」〔註 63〕，在《閩行雜詠》中亦稱「福建，古為粵大地，且余之祖籍也。」〔註 64〕福建漳州移民越南者不乏此二例，前代亦多有移居越南移民，現知有《沈家世譜》載沈氏先祖沈乾德為福建漳州府龍溪縣山後社人，陳元燦編《明鄉陳氏正譜》中陳氏「原籍大明國福建省漳州府龍溪縣二十八都四鄙玉洲上社人也」。越南華裔如清使還來自於福建其他府縣，據《艮齋詩集》〔註 65〕載鄭懷德先祖為也是福建福州府長樂縣移居越南者。福建華裔積極投身於越南社會，還曾參與越南政權，如《鄧氏家譜》〔註 66〕中載陳朝皇帝先祖為北國福建將樂人，移居安南東潮安子山，以漁為業數世後受李氏禪位，為陳朝皇帝。陳朝亡後，本支改為鄧姓。二是浙江華裔。瓊瑠胡族的胡丕績、胡士棟，「先祖狀元胡興逸，上國浙江人。後漢隱帝辰為演州太守，家本村泡突鄉。因為寨主，子孫蕃盛，支派益多，州中胡姓皆其苗裔」〔註 67〕。阮朝如清使吳仁靜祖籍為浙江山陰縣（今紹興）〔註 68〕。

〔註 62〕〔越〕阮朝國史館，大南正編列傳二集〔M〕，東京：慶應義塾大學語學研究所影印，昭和五十六年〔1981〕：8014（426）。

〔註 63〕〔越〕李文馥，《李氏家譜》敘》〔M〕，河內：越南漢喃研究院藏，A.1057 號抄本。

〔註 64〕〔越〕李文馥，閩行雜詠//越南漢文燕行文獻集成（越南所藏編）（第 12 冊）〔M〕，上海：復旦大學出版社 2010：215。

〔註 65〕〔越〕鄭懷德，艮齋詩集〔M〕，香港：新亞研究所東南亞研究室，1962：126.

〔註 66〕〔越〕鄧氏家譜〔M〕，河內：越南漢喃院藏本，藏書號 A.2951。

〔註 67〕〔越〕胡家合族譜記〔M〕，河內：越南漢喃研究院藏，藏書號 VHc.2107。

〔註 68〕〔越〕《大南實錄正編列傳初集》諸臣列傳載「其先廣東人，南投嘉定」，東京：日本慶應義塾大學言語文化研究所複印本。

其二，華裔如清使家族移居時間集中於郡縣時代、明末兩個時期。一類爲郡縣時期中國官吏、文人後裔。這些家族經過家族多年發展已經發展爲越南世家大族，如青威吳族、慕澤武族、瓊瑠胡族。慕澤武族先祖是郡縣時期中國派駐越南官吏，「其族始祖武渾，中國福建省龍溪縣人，唐敬宗時到越南作督護使，並立業於慕澤」〔註 69〕。瓊瑠胡族之祖胡興逸爲演州太守。青威吳氏也來自中國〔註 70〕，「始祖自清國而來，邑於雙青之祖市村寔」〔註 71〕。另一類爲清朝入主中原時大量移居越南的「明鄉人」，如潘清簡、李文馥、鄭懷德、吳仁靜。《李氏家譜》中云：「義不臣清，遂相與航海而南，擇得吉地，在升龍城懷德府永順縣湖口坊地分，因與本國族人結爲鄉黨，順甲而居」〔註 72〕。鄭懷德自稱祖先名會（號師孔）留髮南渡。

其三，華裔如清使家族常爲科宦世家。越南科舉自李、陳肇始，至黎、阮時期達到鼎盛後消亡。郡縣時期祖先即移民的華裔如清使家族成員科舉及第者眾多，瓊瑠胡族「子孫科甲至會不絕」〔註 73〕，青威吳氏「自陳朝至今，垂二十餘代，經六百餘年。嗣續繁昌，科名奕葉」〔註 74〕，慕澤武族歷朝皆有登科者「最盛常每科二三人同榜，兄弟叔侄滿朝。時有朝士戲之曰『諸武公議鄉事族事於朝耶？』」〔註 75〕據武惟諧《武族科宦譜記》載武族自始祖仕交趾慕澤歷科中舉者眾，自陳朝始共 27 位族人在科舉中進士及第，其中有多位進士擔任出使中國使臣之職〔註 76〕：

〔註 69〕〔越〕慕澤武族五支譜〔M〕，河內：越南漢喃研究院藏，藏書號 A.3132、659。

〔註 70〕青威左青威吳氏有共祖同源兩大吳氏家族。「吳時」家族後裔吳甲豆編《吳家世譜》（Vhc.1651）記第一代肇祖福基先生到其第五代福源公、福全公及所錄次支中福勝、福康、福重等，號中以「福」爲首字，「吳爲」家族的《吳族家譜》（A.925）中所錄亦以「福」爲首字，如福廣、福衍、福相、福勝等，且其中皆有同者。「吳時」家族至吳億（吳時任祖父）才始以「時」爲姓名中間字。

〔註 71〕〔越〕吳族家譜〔M〕，河內：越南漢喃研究院藏，藏書號 A.925。

〔註 72〕〔越〕李文馥，李氏家譜〔M〕，河內：越南漢喃研究院藏，藏書號 A.105。

〔註 73〕〔越〕佚名，登科錄搜講〔M〕，河內：越南國家圖書館藏，藏書號 R21：29。

〔註 74〕〔越〕吳族家譜〔M〕，河內：越南漢喃研究院藏，藏書號 A.925。

〔註 75〕〔越〕佚名，登科錄搜講〔M〕，河內：越南國家圖書館藏，藏書號 R21：32。

〔註 76〕〔越〕武惟諧，武族科宦譜記〔M〕，河內：越南漢喃研究院藏，藏書號 VHc.356。

武族科宦譜記

序號	姓　名	及第時間	朝　代	備　註
1	武堯佐	／	陳朝	／
2	武明農	／	陳朝	／
3	武德有	癸未科進士		／
4	武德廉	壬辰科進士		／
5	武瓊	戊辰科進士	後黎朝	／
6	武禎	辛丑進士	後黎朝	／
7	武驚	丁未科二甲進士	後黎朝	／
8	武恒貞	癸丑科進士	後黎朝	洪德丙午年如明正使歲貢
9	武幹	壬戌科二甲進士	後黎朝	／
10	武麟趾	丙戌二甲進士	後黎朝	／
11	武棠	乙丑科同進士	後黎朝	／
12	武拔萃	甲戌科二甲進士	後黎朝	／
13	武良	癸未科同進士	後黎朝	／
14	武卓犖	丙申同進士	後黎朝	／
15	武登龍	丙申同進士	後黎朝	／
16	武公亮	丙申同進士	後黎朝	／
17	武弼（惟）諧	己庚科同進士	後黎朝	陽德丁丑年如清副使歲貢
18	武公道	乙亥科同進士	後黎朝	陽德丁丑年如清副使歲貢
19	武求誨	乙亥同進士	後黎朝	／
20	武維（惟）斷	甲辰科同進士	後黎朝	／
21	武公平	甲辰科進士	後黎朝	／
22	武廷臨	庚戌科同進士	後黎朝	／
23	武廷詔	庚申科同進士	後黎朝	／
24	武仲程	乙巳科同進士	後黎朝	正和庚午年如清副使歲貢
25	武宗思	壬辰科同進士	後黎朝	／
26	武芳堤	丙辰科同進士	後黎朝	／
27	武輝珽	甲戌科同進士	後黎朝	如清使／子武輝瑨兩度如清

資料來源：本表據武惟諧《武族科宦譜記》整理而成。

從表中可見武族族人在科舉中所取得的成就。慕澤歷科中舉者眾從文人筆記中也可見其盛，據《登科錄搜講》載「慕澤社人，每科預鄉薦，多者至八九人，少者不下四五。連登迭中，率以爲常。丙子科保題調官，其左史阮文豐，性頗廉，直以慕澤從來多中，必有私巧者在。乞爲海陽處領調以察之，朝議愜焉。至第四日，公命掘地爲穴，籠置其上，令人坐在穴下，防守甚嚴，迨同考迄送來。公申嚴考官等，詳文精純，全每無玷者，得批取。覆考官擇得十卷，公詳評之，汰去四卷，止取六卷。既而糊名，優分一名，慕澤社人。」〔註 77〕不僅武氏如此，越南其他華裔如清使家族科舉中選人數者也較多。越南科舉中頻繁出現華裔身份有著一定的歷史文化原因。一方面，在歷史上越南科舉制度緣自於中國科舉制度，華人先輩在中國時期就耳濡目染中國科舉中諸多內容。另一方面，華裔先天佔有漢語言文化上的優勢。越南本土居民以喃文作爲日常語言，而華裔家族卻有更多機會接觸漢語，因而在漢文化的科舉考試中容易中舉歷仕。在移民潮中移民的明鄉人後裔如清使及其家族成員也「多由科甲」，如潘清簡爲進士、李文馥兄弟俱由舉人出身。但相較於祖先爲郡縣時期的華裔如清使，明鄉人後裔如清使家族在科舉人員規模、科考成上都遠遠不及。其原因不僅在於明鄉人華裔如清使家族時間短暫，還在於18～19 世紀科舉在越南也呈衰落之勢，阮朝科舉在科考場次、錄取人數上都比後黎朝都大幅減少。

其四，華裔如清使家族多爲使臣世家。華裔如清使家族中常出現家族成員多人出使現象，甚至于兄弟同期、父子相繼擔任如清使之職。慕澤武氏中擔任如清使者有四人，武公道、武惟諧兄弟，武輝珽、武輝瑨父子；胡士棟、胡丕績來自於瓊瑠胡氏家族；吳時任、吳時位父子來自於青威吳氏家族。吳時俧在《賀親弟甲副使僉公帳敘》中云：「我吳文獻，世望我國肇培之澤，累百餘載，潤弘光燁。故皇華盛選，世出於我家。」並自敘族中在清朝時期歷任使臣及中國使臣伴送官情況，族紳尚書公康熙間奉貢使、吳時仕以藩僚充使館伴接、吳時任以乾隆癸丑以閣老尚書充求封正使，且都以文章通達於中國，因而言其弟吳時位出使「所履又皆我家駱轡馳驅之舊路。」〔註 78〕

〔註 77〕〔越〕登科錄搜講〔Z〕，河內：越南國家圖書館藏抄本，藏書號 R.21。

〔註 78〕〔越〕吳時俧，學飛文集//吳家文派〔M〕，河內：越南漢喃研究院藏，藏書號 VHc.908。

從中可見，不同時期移居越南的華裔如清使家族雖有所差異，但這些家族祖先帶去的中國文化傳統依然或多或少地保留在家族之中。這才形成越南華裔如清使在家世上存在的相似性特徵：其祖先在地域與移居時間上相對集中，且族人在科舉歷仕上佔據一定的優勢，家族多成爲越南科宦、使臣世家。華裔如清使家族家教嚴格，務以業儒讀書爲己任。他們都從小就受到漢文化思維的訓練，以「讀書」作爲主業，如潘清簡「家本寒素，所居又僻陋。日承庭訓，幼志聞道以作人，而苦無書籍」〔註 79〕，以「讀書」作爲改變命運的方式，如李文馥家族至李父這一輩已經家道日下，但李父仍然堅持讓兒子全部讀書「專訓兒子輩業儒，邈不許治生一藝，既乃日形匱乏，或勸令其一子，改業治商，公不以爲意。晚年一貧如洗，朝不謀夕，而處之晏如也。」〔註 80〕

二、華裔如清使漢文學創作分析

華裔是中華民族蓬勃發展、向外擴散中形成的特定身份。華裔已從祖先的文化語境轉化到另一種環境之中，在不同的文化體系中要進行抉擇。身份認同（Identity）是西方文論中的一種概念，指個人對自身的認知與對特定文化的認同。身份認同是華人華裔身居異國他鄉時一種重要的心理歸屬特徵。不論是郡縣時期還是明末，越南華裔如清使家族先祖移居越南至中國清朝時期都經歷數代，但他們依然認同華裔身份。在堤岸嘉盛明鄉會館，越南阮朝第一任如清使鄭懷德曾爲之書寫對聯曰：

明同日月耀南天，鳳翥麟翔嘉錦繡。

香滿乾坤馨越地，龍蟠虎踞盛文章。

雖然身居「越地」但他們卻要依然想著要「耀南天」，而「文章」更是華僑華人重要的人生追求。據《慕澤武族五支譜》載：武惟諧、武公道二人北使時「約以貢部事清，福建一往，探認武門族姓。適會賊徒捍阻仍從水道回程，事竟不果。」〔註 81〕武惟諧、武公道兄弟於 1673 至 1675 擔任如清使一職。雖然武氏史弟尋祖眞僞難以推究，但正如陳益源先生所言「這充分說明慕澤

〔註 79〕〔越〕潘清簡，梁溪詩草・序〔Z〕，河内：越南漢喃研究院藏抄本，藏書號 VHv.151。

〔註 80〕〔越〕李文馥，李氏家譜〔Z〕，河内：越南漢喃研究院藏抄本，藏書號 A.1057。

〔註 81〕〔越〕慕澤武族五支譜〔Z〕，河内：越南漢喃研究院藏抄本，藏書號 A.3132、659。

武族子孫，即使經過了八百多年，仍不忘自己是中國福建武渾後裔」〔註 82〕。李文馥在詩文在明確表示要想乘福建公幹期間訪祖籍，因未成行而有感作詩《擬（訪）祖籍不果感成》：「余祖籍漳之龍溪人也，累世爲明顯官，明末南徙，至余凡六代……乘公暇，將往一訪。土俗例訪祖籍者，其犒勞酬贈費，非四五千金不可，而余則事力俱屈，八九不如。舟次離龍溪僅一日水程，而更等之爲海市蜃樓之視。五中交迫，不覺感成。」〔註 83〕吳仁靜在詩中云「直以君王事，難來父母邦」，雖然難回中國卻依然感念「山城故國腔。」（《客中雜感（其二）》）。鄭懷德編《嘉定城通志》中對華僑敘述尤詳，令該書成爲研究越南嘉定華人華僑的「必修書」。華裔如清使對華裔身份的認同促進他們漢文學創作的發展，他們個人及文學作品中的儒家思想也正是越南華裔如清使對身份認同的一種外在體現。

（一）華裔如清使漢文學創作總體觀照

越南擔任如清使的文人都是精通漢文者，但華裔使臣中明鄉後裔者在具體漢文創作上還保留著特獨的文學特徵。華裔如清使中有郡縣時期華人移民後裔與明鄉人後裔兩類。雖然郡縣華人移民後裔自越南丁李朝至黎阮時期已經數百年，其家族也數代更替，其本身習慣漸漸越南本土化，而與本地人通婚現象又加劇了這些華裔本地化的進程。然越南郡縣時期以漢字作爲官方文字，在李朝時期便模仿中國科舉取士制度。這些與漢文化上密切相聯的文化政策促使華裔家族漢文學的因承與發展。

越南後黎、西山時期的華裔如清使漢文學著述雖有散佚，卻也有部分成員留存較完備，如吳時任遺留漢文獻近二十種之多。從總體來看，越南華裔如清使現存漢文學著述如下表所示：

〔註 82〕陳益源、裴光雄，閩南與越南〔M〕，臺灣：樂學書局有限公司，2015：20。
〔註 83〕〔越〕李文馥，閩行雜詠//越南漢文燕行文獻集成（越南所藏編），第 12 冊〔M〕，上海：復旦大學出版社，2010：288～289。

越南如清使臣漢文學著述目錄

朝代	作者	漢文學著作
後黎朝	胡丕績	《窮達家訓》
	武輝珽	《華程詩集》
	胡仕棟	《花程遣興》
西山朝	武輝瑨	《華原隨步集》、《華程後集》（《華程學步集》）
	吳時任	《皇華圖譜》、《燕臺秋詠》、《邦交好話》、《華程家印詩集》、《故黎左青威進士吳時任詩抄》、《翰華英閣》、《吳家文派希允公集》、《希尹公遺草》、《金觀行輿》、《崇德祠世祀之碑》、《吳世家觀德之碑》、《吳午峰文》、《吳午峰遺草》、《對聯文集雜記》、《祠堂碑記附家訓》、《后神碑記》、《吳時仕傳神象》
阮朝	鄭懷德	《康濟錄》、《北使詩集》、《華程錄》、《嘉定三家詩集》、《艮齋詩集》
	吳仁靜	《華原詩草》、《拾英堂文集》、《拾英堂詩集》、《嘉定三家詩集》、《汝山詩集》
	武希蘇	《華程學步集》
	吳時位	《華原隨步集》、《梅驛諏餘文集》、《禮溪文集》、《酬應金箋》、《賀諒山鎮守堅忠侯上壽箋》、《賦集》、《成甫公遺草》
	李文馥	《粵行吟草》（《粵行吟略抄》、《粵行吟》）、《粵行詩話》、《粵行續吟》、《三之粵雜艸》（《克齋三之粵詩》、《克齋粵行詩》）、《西行見聞紀略》、《西行詩記（紀）》、《閩行集詠》、《閩行詩集》、《閩行詩話集》、《閩行詩話》、《閩行雜詠》、《掇拾雜記》、《使程志略草》、《使程括要編》、《使程便覽曲》、《周原雜詠草》、《東行詩說》、《皇華雜詠》、《學吟存草》、《鏡海續吟》、《勸孝歌》、《仙城侶話》（《使清文錄》、《在京留草》）
	潘清簡	《梁溪詩草》、《梁溪文草》、《使清詩集》、《使程詩集》、《文草補遺》、《臥遊集》、《約夫先生詩集》、《太保勤政殿大學士德國公范忠雅公墓誌銘》，以及與范富庶合著的《如西使程日記》

資料來源：本表據《越南漢喃文獻目錄提要》、《大南書目》、《歷朝憲章志・文籍志》、《Tên Tự Tên Hiệu — Gác Tác Gia Hán Nôm Việt Nam》（《越南漢喃作家名典名記》）及越南河內漢喃院實地考察整理而成。

從文獻上看，華裔如清使現存漢文學作品多具有抄本工整、印本精良的特徵。越南現留存漢文學文獻多爲抄本且存在抄本混亂、字跡雜亂、雜抄者多的現象，印本留存相對較少。華裔如清使文集中卻留存刊印精良的家刻本，如鄭懷德《艮齋觀光集》採用木刻，刊刻水平精美。留存華裔如清使漢文學著述抄本中書法嫺熟、字跡清晰，如吳時任的《希尹公遺草》、潘清簡的《梁溪詩草》等。雖然越南華裔如清使文獻中有一些因流傳較廣而出現魚龍混雜的情況，其中依然有抄寫較好的本子，如李文馥的《周原雜詠草》、《粵行吟草》等。其原因在於，華裔如清使個人文集編校者多爲本人或家族文人。書籍編撰活動是越南華裔如清使家族優良的家學傳統，如武瓊見到《嶺南列傳》一書，披閱校訂整理，釐定爲兩卷《嶺南摭怪列傳》「藏於家以便觀覽」〔註 84〕。潘清簡將個人文集交給後人編修，「今老矣，若不少留，則平生心跡，子孫何日知之。誠不足以示人，不足以示子孫乎？爰檢出，付兒輩編纂」〔註 85〕。其中一些華裔使臣文學家族則直接將族人文集編輯成家集行於世，如青威吳氏的《吳家文派》收錄了眾多家族文人個人文集。華裔如清使及其族人編撰文集時，所據多爲底本。這就減少文獻來源時的訛誤。編撰者的態度也比普通抄錄者認眞，因而才有華裔如清使文集較爲優良的現象。

從文學思想上看，華裔如清使漢文學作品中體現出儒家文藝觀思想更爲濃烈。華裔如清使注重作品功能，強調抒情言志、重諷喻。鄭懷德《艮齋詩集》所收錄的三個文集的名稱都蘊含著儒家思想，《退食追編》取詩「退食自公，正著其盡心奉公」之義，《觀光集》、《可以集》取語曰「詩『可以興，可以觀，可以群，可以怨』之義」，由其詩集名稱中即可知其所帶有濃厚的儒家文藝思想。不僅鄭懷德如是，李文馥北使時道經南寧瞻拜王守仁講學處的陽明書院云：「先生論尊德性者，義甚淵微」（《駐南寧》）〔註 86〕，「言乎道統，則本之六經四子，家孔孟而戶朱程也」〔註 87〕。福建官員要求其在國書上簽寫越南國王眞姓實名，他寫了《御名不肯抄錄問答》，力辯自己身爲臣子，應尊奉避諱原則，堅決不肯從命。潘清簡在越法戰爭中失利，丟失南圻三省後選擇自殺殉國。因此華裔如清使作品中特別注重對仁、孝思想的宣揚，如李文馥在廣東公幹期間將中國《二十四孝》故事重新進行改編傳播到越南。

〔註 84〕〔越〕武瓊，《嶺南摭怪列傳》序//越南漢文小說集成（第 1 冊）〔M〕，上海：上海古籍出版社，2011：15。

〔註 85〕〔越〕潘清簡，《梁溪詩草》序〔Z〕，河內：越南漢喃研究院藏印本，藏書號 VHv151。

〔註 86〕〔越〕李文馥，周原雜詠草//越南漢文燕行文獻集成（越南所藏編），第 14 冊〔M〕，上海：復旦大學出版社，2010：163。

〔註 87〕〔越〕李文馥，閩行雜詠//越南漢文燕行文獻集成（越南所藏編），第 12 冊〔M〕，上海：復旦大學出版社 2010。

從文學地位與影響上來看，華裔如清使及其漢文學作品在越南文壇多具「大家」特徵。吳時任、吳時位所來自的青吳吳氏是越南文壇佔據重要地位的文學世家「吳家文派」，吳時任即是吳家文派的領袖人物。潘清簡一生歷阮朝三主，屢任要職，在越南文壇享有重要地位，阮景宗稱他爲「文章一代之尊」。李文馥被臺灣學者陳益源先生稱爲「周遊列國的越南名儒」〔註88〕，作爲阮朝如清使中的多產作家，他一生多次前往國外，不僅到過中國，還到過東南亞諸國和歐洲。《大南實錄》云：「文馥有文名，爲官屢躓復起，前後閱三十年，多在洋程效勞，風濤驚恐，雲煙變幻，所歷非一輒見於詩云」〔註89〕。鄭懷德「學問博洽，尤長於詩文」。二十世紀以來，其個人文集也陸續被越南學界整理出版，如越南整理出版吳時任的《吳時任全集》的漢語與越南語翻譯本；新亞研究所東南亞研究室刊印鄭懷德的《艮齋詩集》時錢穆親自題書名，陳荊和云其「可彌補南越華僑史之缺，於文學、史學雙方面均有特殊價值」〔註90〕等。相較於域外漢文化圈中日、韓所留存上萬部漢文學文獻數量，現存越南漢文學存量十分不足，僅留存幾百部，然而古今文人對華裔如清使漢文學創作很最的評價正凸顯出其在越南文壇上所佔據的重要地位。

（二）「明鄉人」後裔漢文學創作

「明鄉人」是越南華裔中的獨特群體。這一批華人因中國政治上的巨大變革被迫舉家南遷。越南當局也對這些「忠臣義士」在政治上提供一定的照顧，如專門劃定明鄉人居住的區域。其後的兩百多年時間裏，越南明鄉人後裔一直受祖輩漢文化的影響，其中的一些人成爲當時著名文人，如鄭懷德、李文馥、潘清簡等人。他們作爲如清使出使中國，尋訪先祖遺脈，他們的漢文學著述在越南文壇也佔據重要的地位。

李文馥（1785～1849），字鄰芝，號克齋，又號蘇川，爲阮朝如清使中的多產作家，創作了大量的漢文學作品，著有《西行見聞錄》、《閩行詩草》、《粵行詩草》、《粵行續吟》、《鏡海續吟》、《周原雜詠》等集。李文馥一生多次前往國外，不僅到過中國，還到過東南亞諸國和歐洲。因而臺灣學者陳益源先

〔註88〕陳益源，越南漢籍文獻述論〔M〕，北京：中華書局，2011：225～236。

〔註89〕〔越〕阮朝國史館，大南列傳·正編·第二紀，卷二十五，諸臣列傳十五〔M〕，東京：日本慶應義塾大學言語文化研究所複印本。

〔註90〕〔日〕陳荊和，艮齋鄭懷德：其人其事//艮齋詩集〔M〕，香港：新亞研究所東南亞研究室，1962：21。

生稱李文馥爲「周遊列爲的越南名儒」〔註91〕，並對他展開系列研究〔註92〕。縱觀李氏漢文學創作主要有以下幾類內容：

其一，行紀詩文。李文馥現存著作大部分與紀行相關，《大南實錄》云：「文馥有文名，爲官屢躓復起，前後閱三十年，多在洋程效勞，風濤驚恐，雲煙變幻，所歷非一輒見於詩云」〔註 93〕。一是中國行紀之作，如「三之粵而一之閩」及出使中國的系列紀行文；他不僅在詩文中記錄行程，緬懷親友國家，還在出行中國期間與中國、朝鮮、琉球文人有詩文酬唱，成爲文壇佳話。李文馥共有六次中國之行，一之閩而四之粵（其中一次行至澳門）及一次北京出使。福建之行李文馥明命十二年護送福建漂風難民回國，創作有《閩行雜草》；明命十四年護送廣東漂風水師官兵回國，創作有《粵行吟草》；道光十四年再送廣東漂風水師官兵回國，創作有《粵行續吟草》；明命十六年（1835）押送海盜回國受審，創作有《三之粵雜草》、《仙城侶話》；明命十七年（1836）赴澳門、廣東等地探尋越南漂風師船，創作《鏡海吟錄》、《鏡海續吟》；紹治元年（1841）擔任如清使期間創作有《周原雜草詠》、《皇華雜詠》、《使程遺錄》、《回京日程》、《使程便覽曲》、《使和括要編》、《使程志略草》。二是東南亞的行紀之作。楊大衛《越南使臣李文馥與 19 世紀初清越關係研究》〔註 94〕中梳理了李文馥五次到南洋的經歷，從明命十一年（1830）至明命十五（1834）年期間，李文馥先後到小西洋操演水師，至呂宋（菲律賓）、新嘉波（新加坡）公幹。李文馥在《東行詩說草》中《呂宋風俗記》一篇，對於呂宋社會的宗教信仰、婚喪儀俗「西化」情形加以描述。《西行見聞紀略》記述了時屬英殖民地新加坡的種族、服裝、文字、風俗等的見聞記載，並附有用漢字記錄英語的《西洋語》。三是歐洲行紀之作。李文馥是少有去過歐洲還留有文獻的使臣。越南出使歐洲留有文獻記載的有范公庶的《蔗園詩集》、阮

〔註91〕陳益源，周遊列國的越南名儒李文馥及其華夷之辨//越南漢籍文獻述論〔Z〕，中華書局，2011：225～236。

〔註92〕陳益源的《越南漢籍文獻述論》一書中收有《周遊列國的越南名儒李文馥及其華夷之辯》、《越南李文馥與臺灣蔡廷蘭的詩緣交錯》、《越南李文馥筆下十九世紀初的亞洲飲食文化》三篇文章，從文學文本中爬梳出關於李文馥十九世紀一系列的文學活動。

〔註93〕〔越〕阮朝國史館，大南正編列傳二集，卷二十六//大南實錄（二十）〔M〕，東京：慶應義塾大學語學研究所影印，昭和五十六年〔1981〕：7862（274）。

〔註94〕楊大衛，越南使臣李文馥與 19 世紀初清越關係研究〔J〕，暨南大學碩士論文，2014。

仲合的《西摭詩草》，阮文超曾在《金江阮相公〈西摭詩草〉序》中云：「我國使程詩什，作於北行者爲多。若夫西浮之詩則蔗園范公一編之外，罕有傳者。」〔註95〕東西方文化的衝擊，西方科技的進步在李文馥詩文中有所展示，如李文馥有詩：「鐵燈百里峙江津，藩國河山徒步行」，並解釋道：「其處沿江岸上丈之豎一鐵柱，高丈許，腰圍可一尺，置玻璃燈。夜則燃之，長亙百餘里，望之如一帶長城」（《明歌鎖》）〔註96〕。然相比與對中國「天朝上國」心中所懷的敬仰之情，李文馥對這種科技的進步卻不屑一顧，認爲不過是西夷「淫技」。

其二，逸聞瑣語。李文馥漢文體裁主要以詩文類爲主，其中惟有《掇拾雜記》以瑣言體式記錄一些雜語。他在《掇拾雜記》書前序云：「余少時講肄之暇，嘗得之家庭及場屋間居常說話，多可人語，乃皆野史稗官之所不見載者。歷歲既久，遺忘殆盡。今尚依稀記憶十之一二，因掇拾而存之，不拘門類倫次，有記輒錄。其中或一兩字模憶不眞者，率以已意附補，以博弟子輩之觀云。」〔註97〕該集收錄40則短小逸聞故事，並附錄一篇在原在《周原雜詠草》中的雜記《二氏耦談記》。《掇拾雜記》序稱是「家庭及場屋間居常說話」，並稱以往野史稗官不見載，然其中大部分內容可見於其他雜史軼事類書集，如《南天珍異集》、《大南奇傳》諸書。由此可知，該集中故事大部分在越南民間廣爲流傳。李文馥對逸聞傳奇的偏愛之情從他將中國故事譯成喃文上也可見一端。如他據1835年在廣東所見《二十四孝故事》爲藍本，喃譯爲《二十四孝演歌》故事；據中國才子佳人小說《玉嬌梨》改成喃文本的《玉嬌梨新傳》。此外，研究者認爲李文馥尚創作《西廂記演音》、《歡州風土記》及《金雲翹傳》〔註98〕，李文馥《學吟存草》中有《託阮黎光寫〈西廂演音並序〉》一詩。

潘清簡（1796～1867），字靖伯，又字淡如，號梁溪，別號梅川。明命七年（1826）科舉進士及第，被授爲翰林院編修，歷任參知、禮部尚書、機密院大臣。潘清簡嗣德十五年（1862 年）以議和正使身份前往嘉定與法談判簽

〔註95〕〔越〕阮文超，荷亭文抄，越南國家圖書館藏，編號VHv.2359。

〔註96〕〔越〕李文馥，西行詩紀，越南國家圖書館藏，編號R.536。

〔註97〕〔越〕李文馥，掇拾雜記・序//越南漢文小說集成（第16冊）〔Z〕上海：上海古籍出版社，2011：55。

〔註98〕陳慶浩，《掇拾雜記》提要，掇拾雜記//越南漢文小說集成（第16冊）〔Z〕上海：上海古籍出版社，2011：51。

訂《壬戌和約》（第一次西貢條約）。嗣德帝對條約中的割地賠款大爲不滿，隨即對潘清簡進行降職處分。次年潘清簡率使團赴法交涉，試圖收回南圻東三省，卻無果而還。嗣德二十年（1867 年）五月與法交戰中，他所屬轄區永隆、安江、河仙三省接連失陷，眼見南圻大勢已去，他只能將三省錢糧遣人運加京師，選擇服毒殉國。嗣德帝因南圻失守遷怒於潘清簡，追奪其生前各職，並命人抹去進士題名碑上潘清簡之名。直至阮景宗即位，才恢復其名譽。潘清簡一生歷阮朝三主，屢任要職，所著有《梁溪詩集》、《文草補遺》、《臥遊集》等，不僅編修有《欽定越史通鑒綱目》，還參與編修《大南正編列傳》和《大南實錄》。潘清簡在越南文壇享有重要地位，連阮景宗也稱他爲「文章一代之尊」。

潘清簡漢文著述留存主要集中在《梁溪詩草》與《梁溪文草》二部。《梁溪詩草》收詩 454 首，內容有詠景、記出使中國與法國的行程等。卷十二《金臺草》爲北使詩集，共收錄 119 首北使詩，其中越南境內詩歌 5 首，中國境內詩歌 114 首。其內容主要爲三種：一是紀行詠景詩，對使程途中所見景物景觀的描寫，如洞庭湖、黃鶴樓、邯鄲古觀、帝堯廟等。二是贈答題詩，潘清簡不僅與廣西右江兵備道覺羅莫爾庚阿、廣西義寧調新太協鎮善成、短送湖南衡永彬桂兵備道張公惠官員有交往，還與遊歷文人劉夢蓮有來往，爲他所著《楚遊集》題詩三首。三是對中國歷史人物紀詠詩，包括有馬援、屈原、賈島、荊軻、張飛等歷史人物。《約夫先生詩集》收詩文 85 篇，有應制詩、和詩、誄文、祭文等。《潘梁谿歷史集》收錄潘清簡歷史著作，附錄潘清簡父母小傳，子潘廉、潘尊在法國的奏文與日記，及其家書、詩歌等。《西浮日記》記錄與范富庶、魏克憻出使法國、西班牙時的情形，涉及風景、風俗、接待禮儀等諸方面。

阮綿審（倉山）在潘清簡《梁溪詩草》序中對他的創作有高度評價：「凡奉使以後，斷縑零墨，勝馥殘膏，削荊殺竹，俱令附益於典籤。編柳截蒲，亦命儲藏於記室。要之出自機杼，不屑寄人藩籬。而字字高寒，篇篇沉練。清便則流風回雪，綺麗則華屋畫橋。詣微造極復生摩詰、浩然硬語，宏裁辰類退之、子美，或抽思而寓屈子超回隱進，或放言而仿莊生諔詭洸洋，亦雅潤而通圓，洵慷慨而磊落，設使未爲玉碎終作瓦全」，綿審將清簡之詩比之唐代王維、孟浩然、朝愈、杜甫，又認爲潘清簡所作文中有屈原、莊子遺風。雖不免過譽，但潘詩中的文采從中亦可見一斑。

作爲明鄉人後裔，儒家思想一直是他們的主導思想。潘清簡亦以儒家思想爲立命之本，他處處以儒家忠君愛民思想爲己任。他在《恭和御製讀聖賢群輔錄》中云「茫茫贍中區，惟民之所宇，惟天祐下民，惟君作民主」〔註 99〕，明命十七年（1836），明命帝欲乘暇駕幸廣南，清簡陳言以不利於農事爲由上表力諫：「大駕巡，幸轄民聞者，莫不欣欣然，願聆車馬之音，見羽旄之美。但今夏禾告歉，四、五月間正在播植。一番供應，顧此失彼，恐無以爲卒歲之資。請且暫停，俾小民專力田里。」明命帝覽奏認爲清簡「暗以孟軻對齊王譏刺」，雖南巡事罷而清簡遭貶官〔註 100〕。他的一生都秉公敢言，如 1839 年平定總督王有光觸怒明命帝，在明命帝欲將其「置之重罪」之下潘清簡不避禍仍力爲之辯護〔註 101〕。嗣德二十年（1867 年）五月與法交戰中，他所屬轄區永隆、安江、河仙三省接連失陷，他選擇服毒殉國，臨終上表請罪：

> 茲辰遭艱否，凶醜起於郊甸，氛祲薄於邊圉。南圻疆事，一至於此。駸駸乎有不可遏之勢，臣議當死，不敢苟活以貽君父之羞。我皇上博覽古今，深究治亂，中外親賢，同心協贊，屬謹天警，撫卹人窮，慮如圖終，更弦易轍，勢力猶有可爲。臣臨絕梗塞，不知所云，但雪涕瞻戀，不勝願望而已。〔註 102〕

作爲明鄉人後裔，這些如清使忠君報國思想可謂體現的淋漓盡致。正如《大南正編列傳二集》中稱其「歷事三朝，素所簡眷，及捧節南行，勢無可奈，乃能知罪引決，實處人之所難。觀其遺疏，忠愛之心，溢於言表」。潘清簡忠君憂民的思想在作品中隨處可見，也因此對杜甫更抱以認同《擬過瀼東感懷杜少陵》：

〔註 99〕〔越〕潘清簡，梁溪詩草・應制草〔Z〕，河內：越南漢喃研究院藏抄本，藏書號 VHv151。

〔註 100〕〔越〕阮朝國史館，大南實錄・正編第二紀・聖祖仁皇帝紀，卷一百六十七〔M〕，東京：慶應義塾大學語學研究所，昭和五十年〔1975〕：3863（363）。

〔註 101〕〔越〕阮朝國史館，大南正編列傳二集，卷二十六//大南實錄（二十）〔M〕，東京：慶應義塾大學語學研究所，昭和五十六年〔1981〕：7887（299）。

〔註 102〕〔越〕阮朝國史館，大南正編列傳二集，卷二十六//大南實錄（二十）〔M〕，東京：慶應義塾大學語學研究所影印，昭和五十六年〔1981〕：7890（302）～7891（303）。

萬里橋頭晚靄壜，瀼東路人碧雲層。

六軍馬駐關情阻，三峽祠深客淚憑。

京洛煙塵仍未定，江湖心理向誰徵。

詩名剩得空千古，更有何人識少陵。

然隨著時代的變遷，儒家思想顯然已無法應對十九世紀時期變幻複雜的越南社會。儒家思想與現實的衝突也常令這些華裔如清使言行不一。李文馥、潘清簡雖都有強烈的儒家思想，以夷視洋人，卻又在應對與法國外交時處處退縮，如李文馥任禮部左參知奉命督覃在廣南省沱灢汛進行騷擾的法國船隻，卻阻擋不住洋夷數十人的公然挑釁，「帝怒其有虧國體，命錦衣枷禁於左待漏，解職，下廷議。」〔註 103〕潘清簡於嗣德十五年（1862 年）以議和正使身份前往嘉定與法談判並簽訂《壬戌和約》（第一次西貢條約）。因《壬戌和約》嗣德帝對其中的割地賠款大爲不滿，隨即對潘清簡進行降職處分，其後又因南圻失守遷怒於他「追奪職銜，刮去進士碑名」〔註 104〕。直至同慶元年，潘清簡名譽才恢復，復原職仍舊立碑。

鄭懷德（1765～1825），字止山，號艮齋。其遠祖圜浦公曾官拜明朝兵部尚書，「家世業儒，書香紹美」〔註 105〕。現留存個人文集僅見《艮齋詩集》。鄭懷德代表了阮朝初葉南方詩風，爲後世所推重。在他的詩作中多關注於當時的時代事件與時人，因而富於時代氣息。

由上可見，越南華裔如清使雖然數量較少，卻是如清使臣中較爲獨特的一支。他們的漢文學著述是越南如清史文學中重要的組成部分。雖然一些華裔因時代久遠，漸漸融入越南本地民族，但他們在民族身份認同上仍然重視自己華裔身份。這不能不說是越南如清使中值得關注的現象之一。

〔註 103〕〔越〕阮朝國史館，大南實錄正編第三紀，卷六十五〔M〕，東京：慶應義塾大學語學研究所，昭和五十三年〔1978〕：371。

〔註 104〕〔越〕阮朝國史館，大南正編列傳二集，卷二十六//大南實錄（二十）〔M〕，東京：慶應義塾大學語學研究所影印，昭和五十六年〔1981〕：7891（303）。

〔註 105〕〔越〕鄭懷德，艮齋詩集・序〔M〕，香港：新亞研究所東南亞研究室，1962。

第三節　如清使文學家族漢文文學創作

越南家族多集中於紅河三角洲一帶，在地域上受中國文化影響時間較久、影響力更爲深廣。越南歷代各府縣雖設有學校教育，但遠遠不能普及到普通民眾之中。漢字與越南本土語音、語法都存在較大差異。越南獨立之後，漢字在尋常百姓中的普及度更是進一步減弱。文人書香世家成爲族人漢文學學習最好的環境，不僅親屬之間的漢字文化相互影響，更有方便閱覽的歷代藏書秘籍。同時文學家族中又多重視族人漢文化的學習，並編修家訓督促族人學習，編撰家集便於族人研修。在歷史大潮之下，家族的興衰存亡與家族聲譽關乎文化家族的命運。越南如清使家世雖因時代、地域等因素有所差異，但都呈現出一些共同的特質，即家族歷代重視科舉，族人多有通過科舉歷仕者；家族成員精通詩文，有詩文集行於世；重視邦交，多位族人出使；對於修史有一定偏愛，或將修史視爲家學、或有重視史學的觀念。

一、越南如清使文化家族特徵

越南如清使文學世家往往多人出使或幾代人出使，在有族人出使期間漢文學創作較其他時期更爲繁盛，其中最有代表性的文學家族爲青威吳氏、國威潘氏、仙田阮氏。越南如清使文學家族雖地域相異，卻都有相似的特徵：

其一，家族延續時間長，漢文化生命力旺盛。青威吳氏、慕澤武氏、瓊瑠胡氏文化世家在越南存經數代，有超過六七百年的歷史。在此期間，這些文化世家還經歷了越南社會封建王朝變更，有社會劇烈的變動。在時代的烙印之下，這些家族中各代在不同朝代都能科舉及第，且擔任朝廷重臣。它們不僅沒有在時代的潮流中飛灰煙滅，反而能在不同的朝代都能以蓬勃之勢繼續向前發展。即使越南封建社會最終消亡，這些文化世家中的後代仍然能活躍在新的時代繼續發揚家族文化傳統，如國威潘氏後代潘輝黎（1934～至今）至今仍活躍在越南史學界。這不能不說是越南家族的一種奇蹟。

其二，人才高度集中，文史兼通。越南如清使除自己的文學成就顯著之外，其家族成員亦成果豐富。越南如清使家族成員不僅創作大量文學作品，還兼治史學、哲學等其他文化領域。青威吳氏家族世代修史，吳時仕所著《越史標案》、《大越史記》在史學領域佔據一定的地位，常爲後世史學所借鑒；吳時任著有《二十一史撮要》；吳時俧、吳時攸《安南一統志》；至吳甲豆著《皇越龍興志》、《中學越史撮要教科》等。國威潘氏後代潘輝黎被稱爲越南現代史學「四柱」之一，成爲越南現代史學的泰斗。越南文學家族對中國文學典籍非常熟稔，如潘輝注在《輶軒叢筆》中所引的中國著述中，小說有《山海經》、《拾遺記》、《說鈴》、《虞初志》，筆記有《筠廊偶筆》，地理書有《禹貢》、《輿圖考載》、《岳州記》、《考圖記》、韓愈《黃陵廟碑》、《粵述》、范成大《桂海虞衡志》、柳子厚《訾家洲記》、《抱朴子》、《湘山志》《宋牧仲筆記》等。

其三，使臣出使前後是文學家族中的繁盛期。17～19 世紀的越南家族中有文學名者並不限於出使使臣，然據現有文獻看，能眞正稱得上文學家族者家族成員中都有使臣如清者。家族成員從事邦交關係與家族的興衰、文學的繁盛蕭條關係密切。如吳時俧在《賀親弟甲副使僉公帳敘》中云：

> 我吳文獻，世望我國肇培之澤，累百餘載，潤弘光燁。故皇華盛選，世出於我家。自族紳先尚書公，以進士初第。康熙間奉貢使，大庭祝嘏三十六韻，續《卷阿》之餘響，調「大呂」之元音，實爲我族使華之唱始。我先公大筆雄文，九重特簡，曾以藩僚充使館伴接，又以臺臣建節於諒山。雖不屢華程，大名已達銅柱之北。曁我先兄，文章鳴世。乾隆癸丑以閣老尚書充求封正使，中州豪傑挹其言論風旨，以謂情深而文明。南國姓吳皆泰伯後，蓋始於族紳公，繼於我先公先兄。中國知有吳家舊矣。今奉聖朝鼎興，敦睦邦好。嘉慶己巳，我越南新封之第二貢部也。吾弟澧溪侯，由吏部出使……所履又皆我家駱轡馳驅之舊路。〔註 106〕

在吳氏家族中幾代文學巨擘都曾從事中國邦交，一方面其本身的文學名聲、對中國文化的熟悉程度易於受選於從事邦交，另一方面在具體邦交中又提升其本身的漢文學水平，並提升同時期家族成員的漢文化熟知程度。出使中國無疑提高了家族漢文學水平，他們不僅作爲使臣出使中國，其家族成員還作爲使團隨行者前往中國，如吳時位曾帶其侄吳時偘同時出使。他們出使中國期間不僅親身接觸到中國文化，還購置一些書籍，如吳時位在燕行錄《皇華圖譜》中抄錄了大量沿途所見的中國文獻，吳時位還親自購書並在《買書示家侄》中云：「藏金不若廣藏書，顧我家無片紙儲」〔註 107〕。像青威吳氏這樣

〔註 106〕〔越〕吳時俧，學飛文集//吳家文派〔Z〕，河內：越南漢喃研究院藏抄本，藏書號 VHc.908。

〔註 107〕〔越〕吳時香，枚驛諏餘//越南漢文燕行文獻集成（越南所藏編），第九冊〔M〕，上海：復旦大學出版社，2010：281。

一個文學家族，雖然希望廣藏書，家中卻因離亂變得無「片紙儲」，普通文人之家的境況可以想見。而北使卻提供給他們廣泛買書的途徑，家中書籍文脈得以延續。

越南如清使臣之所以能形成綿延幾百年，造就如此龐大的文化群體，與這些家族的文化理念與治家思想有著密切聯繫，積極於科舉是這些家族得以發家昌盛之源。如吳時仕屢次在文中提及科舉乃是「吾儒之至榮」：「讀書取進士，衣錦歸故鄉，斯吾儒之至榮」又在慕澤武族中有族人進士及第者云「進士盛選也，古謂之龍虎榜，將相科誠吾儒之至榮，然必本於先世積累之深，而後有賢者出，科名事業始隨之而昌大矣。」〔註108〕

二、青威吳氏「吳家文派」

青威縣左青威有同源共祖吳爲、吳時兩大吳氏家族，兩大吳氏在家族形式上有共同的特點，如族中多人科舉及第、多人爲朝廷官宦。兩個家族在前代並無明顯差異，甚至尚未在家族上予以區分，仍以「福」字輩共稱。但自吳時憶之後，吳時家族開始以「時」爲輩分與吳爲家族開始區分。吳爲家族爲宦者眾，如其第十世吳矴「十四歲能通經史，十五歲文理稍通。是年省試中省元，從此文章日進，幾諸士林……士子從學如雲集」；第十三世吳戰偉「爲人寡淡，好文學」；第十四世吳暢「七八歲能暗寫唐詩古文數十篇」家譜中還收有其遺詩104首，散文12篇等〔註109〕。

（一）吳家文派成員及其創作考述

吳時家族出現吳時任、吳時位兩代如清使前後時期，是吳時家族文學水平與文壇地位聲名鵲起之時。此一時期吳時家族有文名者眾，吳時仕、吳時任都是當時左右文壇的大家。且文學家傳，族人多有文集，編《吳家文派》家集留於世。吳時家族的文學創作也主要集中於兩代如清使前後輩之間，此前此後的吳時家族文學創作又趨於平淡。但直至吳時任重孫吳甲豆，雖與吳氏家族繁盛之時已隔數代，他仍創作了影響文壇的歷史演義小說《皇越龍興志》。

青威吳族歷代皆有編修《吳家族譜》，現存有、吳時任及吳甲豆所編修譜記，據其可梳理出青威吳氏歷代譜記如下示：

〔註108〕〔越〕吳時仕，午峰文集//吳家文派〔Z〕，河內：越南漢喃研究院藏抄本，藏書號VHc.873。

〔註109〕〔越〕吳族家譜〔Z〕，河內：越南漢喃研究院藏抄本，藏書號A925。

青威吳氏家族世系譜

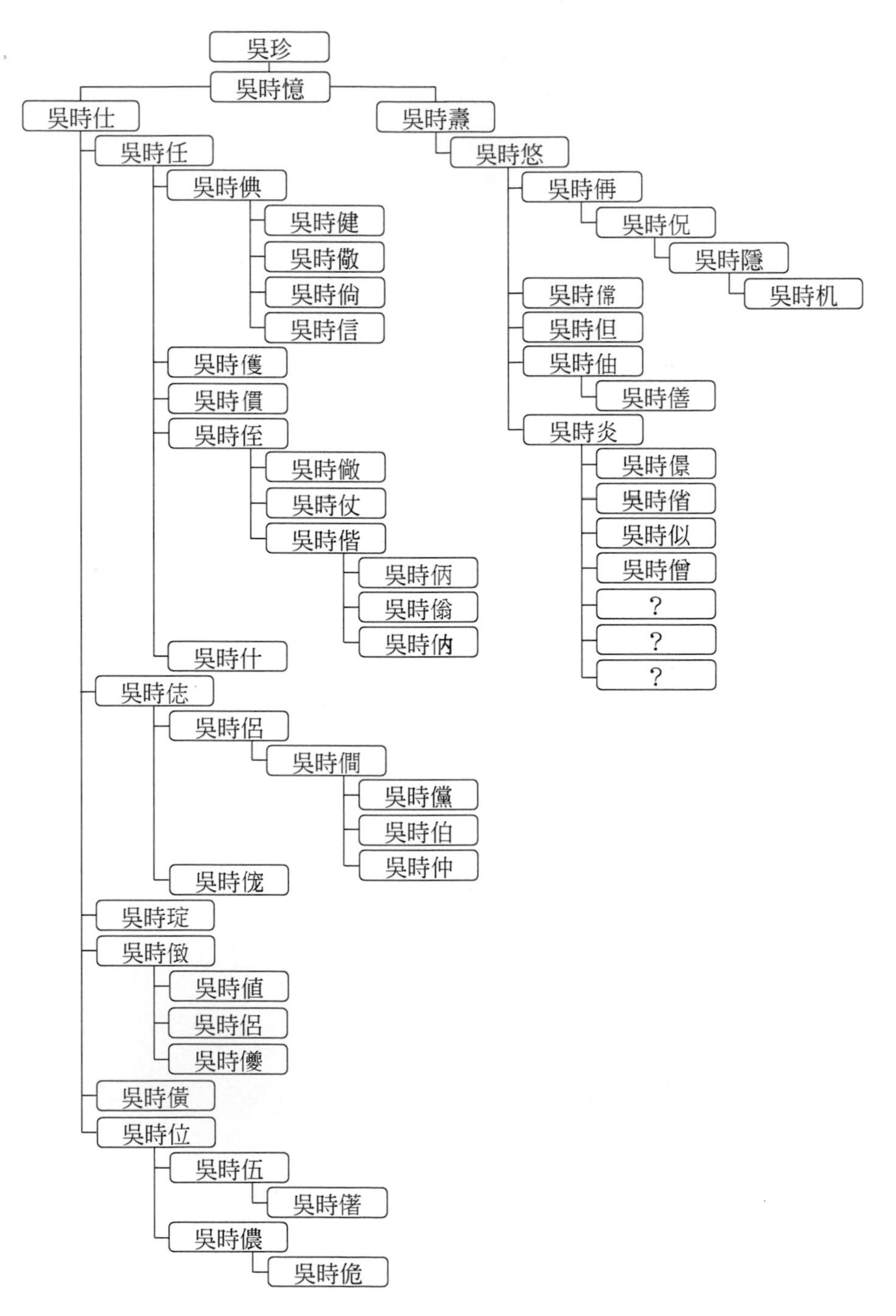

資料來源：本譜據吳時任《吳族追遠壇譜》、《吳家世譜》及吳甲豆《吳族家譜》A.925 制定。（斜體字爲原文中字跡不清或難辯識者）

吳家文派爲目前所知在越南影響最大的文學家族，現存家集《吳家文派》36 冊，收約二十多人詩文集，其中吳時仕、吳時任皆是當時名士。青威吳氏漢文學創作自吳珍始就留有文集，其下數代皆各有文名，多有詩文集傳世。

青威吳氏家族漢文學創作統計表

序號	姓　名	出　使	科　舉	作　品	備　註
1	吳珍（1679～1760）字謙文，號丹嶽	／	1715 年舉人	《性敘道教四箴》、《訓蒙集》	第十代
2	吳時憶（1709～1736）字醇美，號雪齋	／	1733 年舉人	《沂詠詩集》、《雪齋詩集》	第十一代
3	吳時仕（1726～1780）字二青，號午峰	／	1766 年二甲進士	《越史標案》、《午峰文集》、《鸚（英）言詩集》、《鸚言賦集》、《二青峒集》（《二青詩集》）、《觀瀾詩集》（《觀瀾十詠》）、《望潮集》、《沂詠詩集》、《乂安詩集》、《吳氏家訓》、《吳時仕文集》、《吳午峰遺草》	第十二代
4	吳時熹（1732～1802），字文肅，號溫毅	／	1757 年舉人	《文肅公詩文》	第十二代
5	吳時任（1746～1803）字希尹，號達軒。達軒公	1793 年出使	1775 年三甲同進士	《華程集》、《華程家印詩集》、《邦交好話》、《筆海叢談》、《南城聯詠》、《燕臺秋詠》、《金馬行輿》、《翰閣英華》、《皇華圖譜》、《錦堂閒話》、《號旻哀錄》、《菊花詩陣》、《秋觀颸言》、《玉堂春嘯》、《水雲閒詠》、《希尹公遺草》	第十三代
6	吳時位（1773～1820），字成甫，號約齋。澧溪侯	1809、1820 年出使	／	《華原隨步集》、《華程後集》、《燕臺秋詠》、《梅驛諏餘文集》、《禮溪文集》、《酬應金箋》、《賀諒山鎮守堅忠侯上壽箋》、《賦集》、《成甫公遺草》	第十三代

7	吳時伕（志），字學遜，號淵密	／	舉人	《安南一統志》（合著）、《學飛文集》、《新疊心境》、《詩集》、《賦集》、《平章學遜公遺草》	第十三代
8	吳時儆，字養浩	／		《槊南行徑文集》、《養浩公遺草》、《養浩公遺草》	第十三代
9	吳時儣（皇），號玄齋	／	1807 年中秀才	《石窩文集》、《詩集》、《賦集》、《石塢公遺草》	第十三代
10	吳時攸（悠），號徵甫	／		《安南一統志》（合著）、碑記、《詞箋集》、《詩集》、《徵甫公遺草》、《徵甫公遺草》	第十三代
11	吳時典，字敬甫， 號靖齋	／		《靖齋公遺草》（《養拙詩文》）、《對聯集》、《靖齋公遺草》	第十四代
12	吳時至（1792～1830），字子皇，號養軒，諡莊毅先生。別號花林散人	／	1826 年進士	《莊毅公遺草》（《號義哀言》）、《南遊詩集》、《諒行紀事》、《夜澤賦》、《賦集》、《槊南行徑文集》	第十四代
13	吳時侶，字朋甫，號述齋。應峰侯	／		《梧巢詩集》（《梧巢詩話》）、《述齋公遺草》	第十四代
14	吳時偕（1818～1881），字強甫，號青川	／	秀才	《松窻遺韻詩集》	第十五代
15	吳時俩（甲豆）（1853～19？）	／		《皇越龍興志》	第十六代

資料來源：本表主要據吳甲豆《吳家世譜》、《吳家文派》、《越南漢喃目錄提要》及《越南漢喃作家字號名錄》（TÊN TỰ TÊN HIỆU CÁC TÁC GIA HÁN NÔM VIỆT NAM，越南社會科學出版社 2002 年）資料制定。

從上表可見，從十七世紀到二十世紀，青威吳氏文學家族成員留存文集者前後凡七代，前後時間跨越兩百多年。其文集創作數量呈橄欖形分佈，以十三、十四兩代家族成員最多、創作文集數量最多，而之前之後家族中漢文學創作的人數、作品量都大量縮少。就家族成員現存文集看，吳家文派漢文學創作主要集中於詩賦、散文以及歷史演義小說，詩文應酬佔據了很大篇幅，如吳時仕《午峰文集》中有數量眾多的代擬之作。

尤其值得關注的是吳家文派「三教合一」的思想，其中最主要的代表人物是吳時仕。吳時仕是當時名士，他在 1761 年任清朝伴送官時，就被顧汝修稱讚「仕等學問淵博，北使深獎重之」〔註 110〕。他認爲「吾夫子與天爲一，佛與老爲二，夫子與佛老各爲三，而實則一以貫之」，他還在三清山建造三教祠，「中奉孔子像，兩側奉釋祖釋迦、道祖李老君像……佛老與之同尊，見二氏之非異端……使知凡天下之所爲寺觀者，皆克復之仁，忠信之教，存於潔戒慈儉，而爲眾人所皈。吾道周流天地間，無乎不在。佛老不能外天地間，實在吾夫子範圍之內，非佛老之得私也。」〔註 111〕吳時仕「三教合一」思想在越南文人及民眾中都引起較大反響，他所創建的三教祠也成爲一方名勝，不僅香火旺盛，還成爲文人題詠遊覽之地，如潘輝注《歷朝憲章類志》中載：

> 近代吳督鎭公創爲二清崗，景致極佳。二清崗在三清之右，一帶山巒，開裂數門，如羅城甕門形。其中崗勢隆起，中垂石乳，左右皆有石竇通透，沿石而升，又開一小崗，其一崗稍低，有水山谷中流出，爲溪成污池，又一窟最高，架竹梯約兩丈乃可上，其廣容席如象棚，俯仰可愛，吳公結構洞宇，始創三教祠，而於高窟處，鐫傳神像，因石立位置，天然妙景。〔註 112〕

阮述使華時路過此地，有《遊二青崗》詩：「福地重開位置奇，品題盡屬午峰碑。岫雲統座晨鐘杳，澗水流杯夜飲遲。石像千秋傳活佛，詞鋒一代當雄獅。山靈似爲征軺待，幾度風煙好護持。」〔註 113〕吳時位擔任如清使時也前來拜祭父親遺像〔註 114〕。

〔註 110〕〔越〕潘清簡等，欽定越史通鑒綱目，正編，卷 42，黎景興二十二年十一月 //域外漢籍珍本文庫（第三輯）〔Z〕北京：人民出版社，2012。

〔註 111〕〔越〕吳時仕，午峰文集//吳家文派〔Z〕，河內：越南漢喃研究院藏抄本，藏書號 VHc.873。

〔註 112〕〔越〕潘輝注，歷朝憲章類志，地輿志，卷四〔Z〕，河內：越南漢喃研究院藏抄本，藏書號 A.2061。

〔註 113〕〔越〕阮述，建福元年如清日記//越南漢文燕行文獻集成（越南所藏編），第二十二冊〔M〕，上海：復旦大學出版社，2010。

〔註 114〕〔越〕吳時香，枚驛諏餘//越南漢文燕行文獻集成（越南所藏編），第九冊〔M〕，上海：復旦大學出版社，2010：252～258。

吳家文派關於詩文的思想亦值得關注。他們的文學思想散見於家族成員之間頻繁的文學交流密中。吳家文派家族成員之間不僅常有詩歌唱和酬答，還常對具體的文學創作作深入探討，如吳時任作有《論文示弟學遜氏》中就「文章太極之粹」所引發關於如何作文的感想。此外他們的文學思想還常體現在序跋中，如擔任如清使的吳時任在《西扈漫興》作序時云：「古今南北言詩，自二雅以後，魏推曹子建，唐推李杜。我皇越推蔡呂塘、阮抑齋，其錦心繡口，咀嚼珠玉，誠後世工詩之士鮮克。涉其藩要之奇者流於譎，鍊者入於巧，多於近淒惋。惟淳厚易直，不譎不巧不淒惋者，究歸於尊君親上，閉邪存誠，乃爲詩之正經。」〔註 115〕他強調作詩時要「溫柔淳厚，不譎不巧」，其弟吳時位亦有相似的詩學評論：

> 四時有秋而肅殺果天心乎？五音有商而悲傷果樂意乎？詩窮然後工，而荒寒蕭瑟、悽惋激烈則非詩之教也。夫言出於暫，徵於久，興發乎心，關乎身。君子和其所以詎以大其所受，豈逐逐服於韻句之末也。世之好以詩鳴，往逞構思如秋矢音如商；其荒寒蕭瑟如寡婦夜啼，羇人寒起；其悽惋激烈如亡臣去國，壯士臨戎。詩誠工矣，極至於李、杜、元、白而已矣，求其溫柔敦厚之體，寬裕和平之氣。窮則爲《考槃》《泌水》，達則爲《卷阿》《天保》，賦宴題樓，獻廟登郊，無入而不自得。韓、范、歐、蘇，殆由此其選乎？〔註 116〕

吳時位爲阮朝第一任如清使鄭懷德的詩集所撰寫的序跋中圍繞著「詩窮而後工」展開論述，指出不應當捨本逐末去追求一些韻律、構思，而應當以溫柔敦厚，自然可以達到渾涵風雅之境。雖然吳家文派的詩學理論並沒有突破中國詩學的藩籬，但現存文獻很少見越南歷代文人詩文理論著述，僅留存綿審的一部詩論。因而如清使吳時任、吳時位等人散見在序跋中的文學評論愈見價值，從中可以管窺到越南文人的詩文思想。

（二）吳時任的漢文學創作

吳時任是吳家文派中的代表人物，一生著述頗豐，不僅文學上以詩、賦、散文名世，且橫跨經、史，成爲越南文壇名家。吳時位歷仕後黎、西山兩朝，在後黎朝中任工部右侍郎，後一度削職。至 1787 年黎昭統（黎愍帝）即位後，

〔註 115〕〔越〕吳時任，金馬行餘//吳時任全集（一）〔M〕，河內：越南社會科學出版社，2005：761。

〔註 116〕〔越〕吳時位，艮齋詩集跋〔M〕，香港：新亞研究所，1962：26～27。

吳時任復職，任戶部都給事中，升校討兼纂修國史。翌年黎亡，吳時任投西山朝，受阮文惠重用，封工部侍郎，旋升兵部尚書、晴派侯、侍郎大學士，負責起草與清廷交涉文書，出任如清正使。1802年西山朝敗亡，吳時任因仕西山朝被押至河內文廟實行杖刑。因其在「庚子案」中得罪眾多臣僚結果被杖打致死，「庚子客案成於吳公時任，以功升工侍。時人爲之語曰：『殺四父而侍郎，忠安用孝？』遂不爲公議所容。弟時俧簽知刑番，嘗撰《一統志》，雖於密案一節略加彌縫，然所載宮府之事，源委多得其詳，不可概議也。」〔註117〕

吳時任文學創作文體各備，其成就主要集中於詩文。就其個人文集中收錄作品爲來看：《筆海叢談》收詩94首；《金馬行輿》中收錄賦作13篇，記16篇，議7篇，啓13篇，告文、祭文、誄文等22篇，序12篇，書6篇，其他應用文體9篇；《水雲閒詠》中收錄詩歌56首；《翰閣英華》收錄詔書15篇，敕文3篇，表文48篇；《號旻哀錄》收錄對聯381副，奠、告、祭等文19篇，行狀1篇；《菊花詩陣》收錄其與潘輝益的唱和詩50首；《秋觀颶言》主要收錄應制、贈答、唱和詩等100首；《玉堂春嘯》收錄詩歌75首；《皇華圖譜》收錄其出使中國期間所做的詩歌115首；《錦堂閒話》收錄詩歌62首；《邦交好話》收錄其所作與中國相交的外交公文92篇；《海東志略》收人物傳記6篇。此外吳時任還編校過其從弟吳時俧及其侄吳時悠合撰的長篇歷史演義小說《安南一統治》，他還被認爲是另一部長篇歷史演義小說《皇越龍興志》的作者。雖然吳時任部分文體創作中留存作品數量較少，但卻文體眾備是越南文人漢文學作品的代表之作，如其賦作只有13篇，卻包含了散體賦、騷體賦等形式多樣的賦體類型。

吳時任文學思想是融入禪學的儒家思想。吳時任晚年崇信佛教禪宗，承繼竹林禪宗思想，還在家中建竹林禪院，隱居潛心研究佛學，被稱爲「海量大禪師」。中國佛教禪宗思想對文藝思想流派影響深遠。詩人騷客們往往在詩歌中引入禪語，借用佛教術語品評詩文。吳時任在中年以後與佛教僧侶往來密切。在他的詩文集中常可見與佛教相關的詩歌，《賦得玄光萬緣截斷一般閒之句》中云「萬緣截斷一身閒，特立乾坤舉足寬」〔註118〕，還與

〔註117〕〔越〕范廷琥，雨中隨筆·卷下//越南漢文小說集成（第16冊）〔Z〕，上海：上海古籍出版社，2011：241。

〔註118〕〔越〕吳時任，水雲閒詠//吳時任全集（一）〔M〕，河內：越南社會科學出版社，2005：300。

一些僧人相互往來。他著有《竹林宗旨原聲》一書闡釋佛教經義，可以說佛教精髓已經植根到吳時任的思想觀念之中。黎阮紛爭的社會動盪之下，吳時任受著佛教哲理的影響，他開始對生命意義、價值進行反思，寫出一系列奠定他在越南文壇地位的詩文，如其退隱竹林禪院時創作有《賞蓮亭》和《為之》二賦。

（三）修史觀與吳家歷史演義小說創作

吳家文派以「修史」為家傳，並著有《安南一統志》、《皇越黎興志》兩部歷史演義小說。越南現存歷史演義小說三部，另一部《皇越春秋》作者難考，一部分學者認為是吳時任所作。吳家文派對歷史演義的「鍾情」與他們受《三國演義》的影響密不可分。《三國演義》傳至越南由來已久，雖具體時間無從考證，但至少在明末清初已在普通民眾中廣為流傳，如明末遺臣朱舜水曾避難越南，他曾上書後黎皇帝云：「貴國讀《三國演義》、《封神榜》等記，信為實然，勤勤問此」〔註 119〕。吳家文派的詩文集中多種可見到有關《三國演義》的內容，如吳時仕《鸚言詩集》中收錄其所作《奉准撰三國各回詩並贊題障風屏》組詩八首，所列回目依次是：祭天地桃園結義、劉玄德三顧茅廬、虎牢關三戰呂布、諸葛亮智激孫權、張翼德義釋嚴顏、關雲長單刀赴會、八陣圖石伏陸遜、諸葛亮六出祁山。從其回目可見都是關於劉、關、張及諸葛亮諸人的經典情節，尤其是對諸葛亮的大力稱讚，如在《劉玄德三顧茅廬》中云：「先生何為者，三來屈使君。維天維地乎，匪是一呼人！」〔註 120〕吳時任也對三國演義的御屏有詩《題御屏畫圖四絕》詠桃園三結義、躍馬過橋溪、三顧草廬、諸葛祭風，並自稱「抱膝長吟學孔明，高才疾足讓讓時英」（《病述》其三）〔註 121〕；吳時攸撰寫有《伏龍鳳雛贊》盛讚諸葛亮及鳳雛等。從其詩作具體內容可知，吳家文派對《三國演義》情節熟稔於心，信手拈來。

吳家文派以「秉筆實錄」的史家實錄精神及小說筆法演繹當時的歷史。吳家文派所著系列歷史演義小說與中國歷史演義小說有很大的差異，一方

〔註 119〕（明）朱舜水，朱舜水集，卷二，安南供役紀事〔M〕，北京：中華書局，1981：27。

〔註 120〕〔越〕吳時仕，午峰文集//吳家文派〔Z〕，河內：越南漢喃研究院藏抄本，藏書號 VHc.873。

〔註 121〕〔越〕吳時任，水雲閒詠//吳時任全集（一）〔M〕，河內：越南社會科學出版社，2005：294。

面體現的是作家隊伍的差異性。吳氏家族爲越南士族大家，多位創作者都是當朝官宦，與中國歷史演義多爲中下層文人有明顯不同。《安南一統治》前七回撰者吳時俧領鄉薦亞元，官曆僉書平章事。第八回至十四回。整部小說經吳時任編輯並對最後三回作注，吳時任官至兵部尚書，受封晴派侯。另一方面體現的是作家的創作觀的差異性。吳氏所創作歷史演義小說《安南一統志》作者、續者、編者均參與到小說文本中。《安南一統志》內容敘述了越南黎阮時期，後黎、西山、阮政權風雲變泰的史實。其中有許多與正史相違之筆，如黎倜這一歷史人物在正史中所敘述爲愛國忠君的形象，而在書中卻被描繪成一位「典型的流氓」。這雖是緣於作者是當局者，有著不同的政治立場，也是他們親歷那個時代更深切的體會到其中的人情冷暖、風雲變幻。

吳家文派對其他文學樣式也以「史筆」進行評價，如吳時價在給武貞《見聞錄》作序時被提到中越志怪傳奇小說稱：

> 我越丁、李以降，逾數十祀，豈無一事可記？而正史之外無聞焉。有著述者，如《摭怪》、《傳奇》，陋鄙蕪穢，只可供村學究床頭婆子讀；有識者對之，其不噎膈卻走者幾希。此《見聞錄》之所以作歟！其書則《搜神》、《齊諧》，而敘事則有太史公筆意。〔註122〕

《摭怪》、《傳奇》二書是指《嶺南摭怪列傳》與《傳奇漫錄》。《嶺南摭怪列傳》成書於越南李、陳時期，是現存已知越南最早的小說集，其傳說故事屢被後世文人創作及正史所引用。阮嶼《傳奇漫錄》雖模仿於瞿祐的《剪燈新話》，卻又不乏創新，是現知越南文人漢文小說創作中成就最高的一部。然吳時價對其評價卻很低，認爲該書「陋鄙蕪穢」不堪促讀，但卻認可中國筆記小說《搜神記》、《齊諧記》。「太史公筆意」正是吳家文派家學中史學傳統以及其在歷史演義小說中一貫秉承的文風。

三、國威潘氏文學家族

國威潘氏先世「世業農兼聲樂」，到第七世潘輝瑾（後因避東宮諱改名爲潘輝盎）始爲「鄉科發科之祖」〔註123〕。潘輝瑾的發跡與其姑及姊在鄭王府

〔註122〕〔越〕吳時價，《見聞錄》序//越南漢文小說集成（第15冊）〔Z〕，上海：上海古籍出版社，2011：10。

〔註123〕〔越〕潘輝湧，潘族公譜〔Z〕越南漢喃院藏，VHc.1406號抄本。

爲宮嬪關係密切，尤其其姊「長侍仁王，甚見寵幸，生溫容公主玉珈」。潘輝瑾從六歲就跟隨其姊在鄭王府成長，受到良好的文化教育，「年六歲，值仁王幸寧山宮修儀，因攜來謁見，王愛其穎異，命修儀育之府中，特賜涼中使侍左右……遂命受學於萊石官父阮先生（與探花公同㥫肄業）」又受業於西姥進士嚴伯珽，其後「詞世進修拔出倫輩」，又從學於進士武公鎭、探花杜輝琪，其後「詞源造詣適粹」。潘家歷代屢次參與越中邦交亦從潘輝瑾始，潘輝瑾在辛巳年（1761）清朝遣使行冊封禮時，鄭王命其相隨接清使事宜，《清實錄》記載「乾隆二十六年（1761）二月，以故安南國王黎維禕之侄黎維褍襲封安南國王。尋差翰林院侍讀德保、大理寺少卿顧汝修往封並致祭故安南國王黎維禕」〔註 124〕；「壬午（1762）春遣使謝恩於清，公奉覆侯命關上事」〔註 125〕。潘輝瑾還設帳講學「門之士成名者甚眾（其後門生登進士者幾十五員）」〔註 126〕。正是因得益於鄭王府的扶持，潘輝瑾才能「殿試賜同進士第四，袍笏旋爲鄉閭創始」「公以膏華令族從事儒書，秋闈捷舉而京課連標，最爲士林推重」〔註 127〕成爲潘族眞正發家始祖。

（一）潘氏文學家族成員及文學創作考

潘氏家族中多人充任如清使，且俱有文名。潘輝益從學於青威吳氏吳時仕，娶時仕長女淑左爲正室。潘輝益爲 1775 年進士，1789、1793 年兩次出使中國。潘輝湜於 1817 年出使中國，「是辰（時），承國初草創器物未備，帝命溯考古經制作，輝湜多所建明。十三年春饗以禮器樂舞備舉，帝深嘉之」，「輝湜久典邦禮，帝雅見委用」〔註 128〕，子潘輝泳（詠）亦作如清使 1852 年出使。潘輝注（1782～1840），字霖卿，號梅峰。少有文名。明命二年（1821）召補翰林編修，歷任承天府丞（1828）、廣南協鎭（1829）等職，並於 1824、1831 年兩次作爲如清使臣出使中國。

〔註 124〕清高宗實錄，卷 630，「乾隆二十六年二月乙酉」〔M〕，北京：中華書局，1985。

〔註 125〕〔越〕潘輝洞，潘家世祀錄〔Z〕，河內：越南漢喃研究院藏抄本，藏書號 A.2691。

〔註 126〕〔越〕潘輝洞，潘家世祀錄〔Z〕，河內：越南漢喃研究院藏抄本，藏書號 A.2691。

〔註 127〕〔越〕潘輝洞，潘家世祀錄〔Z〕，河內：越南漢喃研究院藏抄本，藏書號 A.2691。

〔註 128〕〔越〕阮朝國史館，大南正編列傳二集，卷十八//大南實錄（二十）〔M〕。東京：慶應義塾大學語學研究所影印，昭和五十六年〔1981〕，7799（211）。

國威潘氏家族世系譜

潘輝瑾

潘輝益　潘輝濯　潘輝溫　潘輝浹　潘輝濱

吳淑左　潘輝湎　潘輝派　潘伯澹　潘伯浣

潘輝洞　潘輝湜　潘輝注　潘惟清　潘叔洳　潘名滿

潘輝泳　？

潘輝沆　潘輝湧

潘輝濼

潘輝洵

潘輝湊

潘輝溱

資料來源：本譜據潘輝湧《潘族公譜》VHc.1406、潘輝洞《潘家世祀錄》A.2691、《大南實錄》制定。

國威潘氏自潘輝瑾以科舉發跡，文學起家，然並未見潘輝瑾留存有任何文集，至潘輝益之輩才以文學顯名。尤其以潘輝益始接連三代皆有人擔任如清使臣之職，其家族文學的輝煌期也正處於此時期，其間家族詩文集留存者眾多，家族成員中還有一些著述散佚未可知，如潘叔洳，據《潘族公譜》言其「長於國音，詩文頗多」。其創作具體可考者如下表所示：

國威潘氏家族漢文學創作統計表

序號	姓　名	出　使	科　舉	作　品	備　註
1	潘輝瑾，號慎齋，平章公	／	景興甲戌同進士	／	第七世
2	潘輝益（1751～1822）字謙甫，號裕庵	1789、1793 年出使	1775 年三甲進士	《裕庵詩集》、《裕庵文集》、《裕庵詩文集》、《星槎紀行》、《裕庵吟錄》	第八世

3	潘輝澤	／	會試中三場	／	第八世
4	潘輝溫（1755～1786）原名汪，字仲洋，號雅軒	／	1780年同進士	《乂靜雜記》、《科榜標奇》	第八世
5	潘輝浹，號清甫	／	會試中三場	《乂靜雜記》	第八世
6	潘輝洞，字遠鄉，號素庵	／	／	《潘家世祀錄》	第九世
7	潘輝湜（1778～1844）字渭沚，號圭岳，謚莊亮	1817年出使	／	《使程雜詠》、《人影間答詞餘》	第九世
8	潘輝注（1782～1840）字霖卿，號梅峰	1824年出使、1830年出使	嘉隆丁卯秀才	《華軺吟錄》、《華程續吟》、《輶軒叢筆》、《洋程紀見》、《洋夢集跋》、《梅峰遊西城野錄》	第九世
9	潘輝泳（詠）（1801～1871），字涵甫，號柴峰	1852年出使	明命戊子（1828）年舉人	《駰程隨筆》、《如清使部潘輝詠詩》	第十世
10	潘輝湧	／	／	《梅峰公行狀》	第十一世

資料來源：本表主要據潘輝湧《潘族公譜》VHc.1406、潘輝洞《潘家世祀錄》A.2691、《越南漢喃目錄提要》及《越南漢喃作家字號名錄》（TÊN TỰ TÊN HIỆU CÁC TÁC GIA HÁN NÔM VIỆT NAM，越南社會科學出版社 2002 年版）資料制定。

從上表可見，國威潘氏漢文學創作主要集中於如清使成員，而未擔任使臣者集中於文獻整理、梳理類，如潘輝溫、潘輝浹兄弟所編撰多篇科舉類文章《乂靜雜記》、《歷朝登科備考》、《山南登科備考》及《科榜標奇》；潘輝洞、潘輝湧編修潘氏族譜等。這些文章偏重於實用但文學性大大減弱，雖然其中有些文章有一定的文學性（如潘輝溫、潘輝浹兄弟的《科榜標奇》中有記奇成份，被《越南漢文小說集成》收錄爲筆記小說），但其文學記奇多承前代之說並非作者有意爲小說筆法。

（二）潘輝益詩文成就

潘輝益作爲國威潘氏家族的文學中堅，在當時的政壇、文壇都佔有一定的地位。在他之後的子孫中也有眾多以文名政績顯者，其子、其孫都擔任如清使一職亦非偶然。潘輝益的漢文著述主要爲詩文，現留存《裕庵吟錄》與《裕庵文集》各一部，都是他晚年搜集所編錄，「壬戌居邸災燼，隻字無遺，其旁落外漏，未暇抄錄。十餘年來，西南飄泊，書帳咿唔，聊以度日。回憶從前詩文事，實茫然如夢，以爲搜採編錄，是吾兒輩他日事也。幸老我未甚昏眊，甲戌在天祿館，講座久輟。秋景閒適，委諸兒郎遍索續送呈，爰加意刪述，各隨年次匯輯，凡得諸記錄散出者，名《逸詩略纂》，得諸原集抄本所遺者，仍舊名，總稱《裕庵吟錄》，釐爲六冊，詩近六百作，大約僅存半目。」〔註 129〕由《裕庵吟錄》集前潘輝益自序可知，他早年所作詩文集因毀之家火，蕩然無存。潘輝益的詩歌主要收錄於《裕庵吟錄》中留有七言律 492 首、五言律 23 首、小律 78 首、五言排律 7 首、五言古 18 首、七言古 10 首，此外還包括詞與曲 13 調，贊 2 道、贊、銘一首；其散文作品主要集中於邦交文錄，其《裕庵文集》收錄表文 66 篇、柬札 86 篇、制誥文書 84 篇、禱詞 73 篇、哀挽文 75 篇。由潘輝益自序稱「僅存半目」可知，潘輝益的著作有一半已散佚無存了。

潘輝益的散文文體各備，以實用性文體居多，漢詩歌以記實、敘事見長。如其漢詩《經山南上路，具詢秋初水災偶成》以場景爲敘述中心：

> 京中有人從北來，傳說民間水降災。
> 貳拾餘縣望如海，滔滔白浪無津涯
> ……未聞積漲五十日，盡將鴻宅委魚淵。
> 陰沴非常堪怵惕，嗟嗟民命制乎天。
> 橫流不特上源水，海際汎咸尤訝異。
> 君不見，
> 驩順東風引潮來，尾閭瀼來洊田里。
> 海口千家逐波開，日麗百艘眞浪裏。
> 天災流行抑或然，西南數路休怨誹。

詩作中形象的描寫了越南水災的情形，抒寫人民的疾苦。有意學古是潘輝益詩作中的另一表現，正如其自言「書燈徹罷廿三年，客館新披古簡編。

〔註 129〕〔越〕潘輝益，裕庵吟錄〔Z〕，河內：越南漢喃研究院藏抄本，藏書號 A.603。

經蘊宛如平素得，學規公與世人傳。苦探詰屈聱牙語，懶做風雲月露篇。」〔註 130〕

四、仙田阮氏「鴻山文派」

鴻山文派家族「重忠義，擅文章」。家族不僅有許多人作官，還出了不少學者和詩人，是一個具有文學傳統的家族。仙田阮氏遠祖阮倩爲莫朝狀元「祖允廸，登洪德辛丑探花，仕至右侍郎。父娶於本社狀元德亮之妹，而生倩。倩生而聰穎篤學，酷似其舅。莫登瀛大正壬辰，領狀元及第」，阮倩子阮倦「膂力勇健，且沉重多智，常爲莫謀，侵噬邊境，屢拒官兵，莫人賴之，累官常國公」〔註 131〕。莫亡後，阮倦被俘，阮氏族人避走仙田。阮琼自稱「南陽公」，「少負志氣，以豪傑自許。臨事果斷，人皆畏服，一辰推重」〔註 132〕。

（一）鴻山文派成員及其創作考述

阮氏家族自南陽公搬遷至仙田，其後家族振興，文學勃興。長子阮德「豪邁有大志，爲學務涉獵，不事瑣細，文章華麗，辰作驚人語。」次子阮儼曾擔任清朝使臣伴送官，「庚辰十二月，大清使來冊封，奉往貂瑤公館慰問，公以詩贈。正使愼重德齋、副使顧密齋（顧汝修）甚獎重之，各有和答。愼齋又書『奕世書香』四字爲贈」〔註 133〕，還曾被選中充如清使之職，但因家庭原因未能成行「丙寅十二月奉准差北國正使，如回奉侍。丁卯夏五月，奉旨以邊方有警，不欲遠行，易差戶部右侍郎阮宗窐代往北使。」〔註 134〕阮儼、阮德兄弟相繼登科，其後阮儼子阮侃又登科甲，即使未能登科如阮攸者也都投身科考，中鄉選。

〔註 130〕〔越〕潘輝益，裕庵吟錄〔Z〕，河內：越南漢喃研究院藏抄本，藏書號 A.603。

〔註 131〕〔越〕潘輝溫，科榜標奇//越南漢文小說集成（第 18 輯）〔Z〕上海：上海古籍出版社，2011：327。

〔註 132〕〔越〕阮思希，阮族家譜〔Z〕，河內：越南漢喃研究院藏抄本，藏書號 VHv.369。

〔註 133〕〔越〕驩州宜仙阮家世譜〔Z〕，河內：越南漢喃研究院藏抄本，藏書號 VHc2866。

〔註 134〕〔越〕驩州宜仙阮家世譜〔Z〕河內：漢喃研究所藏抄本，藏書號 VHc.2866。

仙田阮氏家族世系譜

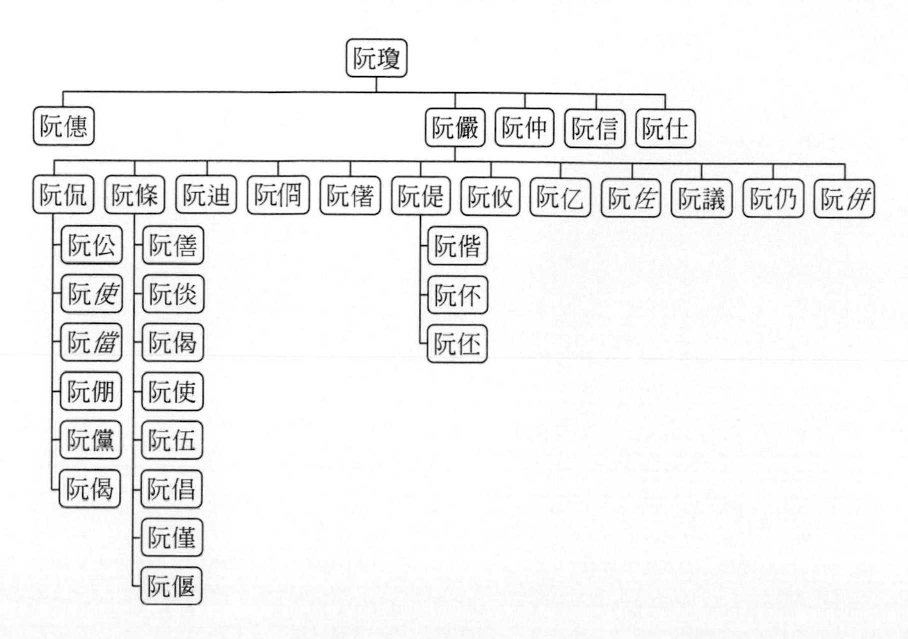

資料來源：本表主要據阮思希《阮族家譜》VHv.369、《驩州宜仙阮家世譜》VHc2866.資料制定（斜體字爲原文中字跡不清或難辯識者）。

仙田阮氏祖原本以軍功起家，雖在社會政治鬥爭中失利，至南陽公一代短暫消沉，但至阮儼、阮侃時又作爲文臣相繼受寵於朝廷。仙田阮氏主要集中於阮儼一支。阮儼有十二子，孫輩人數更多，可謂人丁興旺。阮僡雖早年中進士有短暫仕進，但不久即隱居鄉里，潛心於佛學研究，被世人尊奉爲神。阮儼在仕途上較其兄更爲平坦，其子阮侃剛登第時頗見寵幸，范廷琥《雨中隨筆》「仙佃阮族」載阮侃：

> 爲風流進士。登第時，賜宴禮部堂，司徒公爲禮侍，親爲簪花，當時傳爲盛事……時海内承平，王頗好遊幸，賞花釣魚之會，必與之偕出，爲侍從。入則小衣窄袖，往來宮掖，特頒出入與監班同。王每賞歌，多命長公侍坐，以涼巾便服倚御床，操桴點閲。暇日，幸西湖，侍臣、衛士排列四岸，王與鄧宣妃並坐，長公陪侍御前，流覽笑談，與家人友朋無異。宮中假山、側海、花石諸景，必經長公點綴乃可王意。〔註135〕

〔註135〕〔越〕范廷琥，雨中隨筆·卷下//越南漢文小説集成（第16冊）〔Z〕，上海：上海古籍出版社，2011：252。

然不久阮侃因「庚子案」受牽連，被革職、監禁，隨後又被迫過著逃亡的生活。阮氏建國後，阮侃弟阮偍、阮攸又相繼受任於新朝。仙田阮氏家族數輩間都有漢文學創作留存於世：

仙田阮氏家族創作統計表

序號	姓名	出使	科舉	作品	備註
1	阮瓊	／	鄉試中三場	《決疑集》	第一代
2	阮僡，號介軒先生	／	1733年三甲進士	有詩文集行於世（已佚），詩文存於後世各類選本	第二代
3	阮儼（1708～1776），字希思，號毅軒，別號鴻魚居士	／	1731年二甲進士	《軍中聯詠》、《春亭雜詠》、《孔子夢周公賦》等	第二代
4	阮侃，號述軒先生	／	1760年三甲進士	有詩文集行於世（已佚），詩文存於後世各類選本	第三代
5	阮僖，後諱條，號廸軒	／	會試中三場	／	第三代
6	阮伷，字希博	／	鄉試中四場	／	第三代
7	阮倜	／	鄉試中三場	／	第三代
8	阮儲	／	鄉試中四場	／	第三代
9	阮伱（偍）（1761～1805），字進甫，號省軒，別號文村居士	1789、1795年出使	1783年舉人	《華程消遣集》、《桂杆甲乙集》	第三代
10	阮攸（1765～1820），字素如，號清軒	1813年出使、1820再充如清使因病未行	1784年舉人	《青（清）軒詩集》、《南中雜吟》、《北行雜錄》、《使程諸作》、《招魂文》、《笠壇離拓言》、《眾生十類祭文》、《二女長流生祭文》	第三代（「安南五豔」之一）
11	阮僣，字聚甫，號錦亭	／	壬辰三甲同進士	／	第三代
12	阮僐（1763～1818年），號適軒	／	／	《東甫詩集》	第四代

13	阮倓，字子敬，號南叔	／	／	《觀海詩集》、《天地人物事物》	第四代（「安南五豔」之一）
14	阮行	／	／	《南眞雜記》、《關海集》、《明涓集》、《天地人物事記》	第五代
15	阮豪	／	／	《南眞雜記》、《南眞十六詠》	第六代

資料來源：本表主要據阮思希《阮族家譜》VHv.369、《歡州宜仙阮家世譜》VHc2866.、《越南漢喃目錄提要》及《越南漢喃作家字號名錄》（TÊN TỰ TÊN HIỆU CÁC TÁC GIA HÁN NÔM VIỆT NAM，越南社會科學出版社 2002 年版）資料制定。

從上表中可見，仙田阮氏家族文學創作主要集中於阮儼及其眾子的創作，其後數輩文學創作亦寥落。除以上個人文集外，尚有一些選集選入阮氏作品，如《名家合賦》選阮侃賦作有《臨軒送崇璟賦》、《千秋節賦》、《千秋金鑒錄賦》等六篇，其賦作主要以中國史尤其唐史爲鋪敘，在文末發以議論，如「然嘗論之，夫欲近觀於體貌，何如遠鑒於古今。故盛帝之朝有樂，而顯王之世有箴。與其正色以銅，善惡僅知三部面，曷若以人爲鑒，是非盡照一生心。使玄宗善推至理，則唐朝何畏孔壬，奈何帝也，盛德未彰，侈心已漸，霓裳殘焚玉之明，腹劍□燭好之鑒，金鑒晦張公之慧」（《玄宗臨鏡賦》），「噫，唐社已更，史書依舊泛觀所用之是非。細考其時之先後，任君子不篤，何曾爲社稷之謀，薦林甫者誰？畢竟是韓休之咎。至今閱崔群所對玩了凡之書，即玄宗雖失於用人，而私比者亦非，抑不審韓休知否。」（《用韓休爲社稷賦》）〔註 136〕便以盛唐唐玄宗時期史實爲全篇賦作基礎，由此而發作者對歷史得失的看法。阮僐爲阮輝嗣的《花箋傳》潤色者。阮行、阮豪父子作爲仙田阮族後起之秀，承繼家族中詩文傳統，尤其是道家思想。父子二人合撰有筆記小說《南眞雜記》，「南眞」取當時阮行所任南眞知縣（今屬南定省南直縣）地名。小說收短文十六篇，每篇末均以七言律詩結尾。小說以記奇爲其好，承繼阮氏家族對奇聞異事的關注，其題材基本來源於前代筆記傳奇類小說。然小說中儒家思想亦値得關注，如《寧江靈神》一文中爲「陳英宗之能平占城，

〔註 136〕〔越〕侯恩光編輯，名賦合選・卷十〔Z〕河內：越南國家圖書館藏抄本，藏書號 R1997、3239。

而不爲宋後復元仇」憤概，書中附錄收一篇附會，記范芝香出使清朝事蹟時云清朝已滅亡，朱子第九十七代孫朱八節逐清復明、登帝位。

（二）阮攸及其漢文學創作

阮攸爲阮儼第八子，庶出。阮攸父阮儼妻妾共八人，子女有二十一位。童年時期，庶出的阮攸雜夾在眾多的兄弟姐妹之中，生活已屬不易，隨即而來的家庭變故更讓這一情況雪上加霜。阮攸十一歲（1775 年）時，十八歲的親長兄阮杜離世，翌年其父阮儼也去世了。兩年後其生母陳氏病故。阮攸青少年時期遭受親兄、父母相繼謝世的離別之痛。阮攸生母陳氏出身貧寒，阮攸親兄妹四人只好寄養在嫡長兄阮侃家中。然不久，阮侃又因政亂被革職，阮攸只好被送給何姓武官當養子。後黎景興四十四年（1783），阮攸鄉試連中三場。養父去世後，阮攸因父蔭出仕「正首校」一職，被封弘信大夫、秋岳伯。然爲官僅六年，後黎朝即爲西山朝所滅，阮攸只好投靠妻兄段阮俊。雖然段阮俊在西山朝爲官，且受西山朝委以重任擔當如清使一職，阮攸也三領鄉薦卻始終未入西山朝爲官。他隨後又回至家鄉仙田，隱居山水之間，過著貧病交加的生活。直至阮朝建立（1802），阮攸受封爲芙蓉縣知縣，旋升長信府知府，歷任東閣大學士、廣平該薄等職。嘉隆十二年（1813），阮攸以勤政殿學士身份擔任如清正使。《大南實錄》載「攸，乂安人。博覽工詩，尤長於國語。但爲人怯儒，每進見惴惴不能對。帝嘗論之曰：『國家用人惟才是占。初無南北之異。卿與吳位既蒙知遇，官至亞卿。當知無不言，獻可替否以儆其職。豈可逡巡畏縮，徒事唯諾爲哉！』」〔註 137〕《大南正編列傳初集》載「（攸）爲人傲睨自負，而外示謹願」〔註 138〕阮攸怯儒的個性與其動盪不安的生活經歷不無直接關係。這一個性讓阮攸生性敏感，加之家庭中音律的影響，共同形成他的文藝氣質。阮攸生母陳氏來自於以民間歌籌著名的官賀劇、古劇之鄉〔註 139〕。阮攸嫡長兄阮侃也長於音律，「尤喜聲伎，精音律，每翻樂府作新聲，筆才落稿，教坊歌工已爭傳習之。」「阮公侃酷好聲伎，期功之喪，輒隨服之輕重，以餞贈孝子替之，不廢絲竹。及丁司徒公憂，暇日，命家伎度曲，

〔註 137〕〔越〕阮朝國史館，大南實錄正編第二紀//大南實錄（五）〔M〕，東京：慶應義塾大學語學研究所影印，昭和四十六年〔1971〕：1503（85）。

〔註 138〕〔越〕阮朝國史館，大南正編列傳初集//大南實錄（四）〔M〕，東京：慶應義塾大學語學研究所影印，昭和三十七〔1962〕：1225（213）。

〔註 139〕〔越〕韓紅葉，阮攸〈北行雜錄〉研究〔J〕首都師範大學碩士論文，2007：11。

謂之『藍詩』。戚畹子弟多傚之，幾於成俗。」〔註 140〕

阮攸漢文學著述成就主要集中於詩歌，留存有記錄早期生活的《清軒詩集》、《南中雜吟》，及記錄出使中國時的燕行詩文《北行雜錄》、《使程諸作》。他的漢文散文著作僅存一些零星單篇，如《招魂文》、《笠壇離拓言》、《眾生十類祭文》、《二女長流生祭文》等。阮攸的喃詩傳《金雲翹傳》是以詩筆寫傳奇，而他的漢詩作品則眞實展現出他個人的情感與心路。

「出世入道」是阮攸漢詩中所承載的生命主體意識。阮攸在詩歌中以表現自我心性主體爲主要的創作方式，因而在他的漢詩中常可見他對功名利祿及個人人生意義的看法，如「浮利榮名終一散，何如及早學神仙」（《清軒詩集・暮春漫興》）、「有生不帶公侯骨，無死終尋逐鹿盟」（《清軒詩集・寄友》）、「英雄心事荒馳騁，名利營場累笑顰」（《清軒詩集・春霄旅次》）等詩。功名利祿、王侯將相，這些世人頗於奔命得來的東西在阮攸眼裏也無非是一場空罷了。而人生的意義又何在呢？阮攸向內心追尋，在老莊無爲、虛空、安閒中尋找到心靈的寄託，因而他在詩中又時時透露出一種出世思想「那得跳離浮世外，長松樹下最宜人」（《清軒詩集・山村》）、「何能落髮歸林去，臥聽松風響半雲。」（《清軒詩集・自歎》）。阮攸在隱逸出世思想的影響之下常常對人生發出哀歎之語，如「世事浮雲眞可哀」（《清軒詩集・對酒》）、「此身已作樊籠物」（《南中雜吟・新秋偶興》等。他在詩歌中一直張揚著自己對生命價值的主體意識。因而在詩作中常常是對人生的思考，如他在北使期間經至銅雀臺時撫古思今並作發出感歎稱魏武帝「如此英雄且如此，況乎寸功與薄名」（《北行雜錄・銅雀臺》）。可以說「出世入道」是阮攸自我心性的深度探求，他通過道家試圖實現自我心靈解脫。因而在他彌離之際，他不悲反喜「病劇不肯服藥，使家人啓手足，曰：『既冷矣。』攸曰：『好！』言訖而卒，無一語及身後事。」〔註 141〕

「沉鬱悲涼」是阮攸漢詩中所體現出的美學風格。阮攸詩作中常常透露著濃濃的憂鬱之氣、悲涼之情，如「斷蓬一片西風急，畢竟飄零何處歸」（《清軒詩集・自歎》）、「悲莫悲兮行道難，草頭露宿犯衰顏」（《南中雜詠・水連道

〔註 140〕〔越〕范廷琥，雨中隨筆・卷下//越南漢文小說集成（第 16 冊）〔Z〕，上海：上海古籍出版社，2011：253～254。

〔註 141〕〔越〕阮朝國史館，大南正編列傳初集//大南實錄（四）〔M〕，東京：慶應義塾大學語學研究所影印，昭和三十八〔1963〕：1226（214）。

中早行》）等詩句。阮攸一直有著文學家的敏感天性，社會離亂之痛、身世淒涼之悲更加劇了他詩中的淒苦之調。在阮攸漢詩中經常出現一些與愁苦、悲傷相關的詞語，如「老」、「悲」、「窮」、「死」等，與之相關的是他尤其喜歡對「秋」和「月」的吟詠，如其《南中雜詠》中有《秋至》一詩：

香江一片月，今古許多愁。往事悲青冢，新秋到白頭。

有形徒役役，無病故構構。回首藍江浦，閒心謝白鷗。

對阮攸現留存的幾本詩集詞匯進行整體統計這些詞匯出現次數如下表所示：

阮攸漢詩中高頻詞語統計

詩集名稱	詩歌總數	白髮	白頭	白鬢	老	病	窮	悲	死	淚	哭	愁	秋	月
《南中雜吟》	40	2	4	0	5	3	0	4	2	0	0	2	8	5
《北行雜錄》（《使程諸作》）	132	7	9	0	10	1	1	14	26	3	2	3	35	9
《清軒詩集》	78	11	8	1	13	13	9	7	12	9	2	8	23	26
總　計	250	20	21	1	28	17	10	25	40	12	4	13	66	40

這些詞匯的頻繁出現令阮攸漢詩中表現出一種悲涼淒苦之境。詩中又蘊含著一股沉鬱之氣。阮攸漢詩中所體現的這種美學風格受阮攸個體氣質、家庭、社會都的影響，還與其在詩中刻意學杜有很深的關係。阮攸對杜詩喜愛有加，他在詩中云自己「夢魂夜入少陵詩」（《南中雜吟・依元韻青威吳四元》），對杜甫欽佩之情更是溢於言表「千古文章千古師，平生佩服未常離」。阮攸喜歡杜詩，因為他從杜詩中看到自己的人生經歷「異代相憐空灑淚，一窮至此豈工詩」、「千年一哭杜陵人」（《北行雜錄・耒陽杜少陵墓》）。正是對杜詩的衷情，他的詩中也四處可見杜詩的影子，他從兩方面對杜詩進行借鑒：一是詞匯的借用。上表所列的高頻詞匯在杜詩中也俯拾即是。杜甫詩歌常出現「白頭」、「白首」字樣，如《白頭吟》、「白頭撓更短」（《春望》）、「老夫清晨梳白頭」（《題李尊師松樹障子歌》、「白首甘契闊」（《自京赴奉先縣詠懷五百字》）、「只益丹心苦，能添白髮明」（《月》）、「頭白燈明裏」（《日暮》）等。另如「老」、「哭」、「淚」、「病」、「悲」等詞，「少陵野老呑聲哭」（《哀江南》）、「無家對寒食，有淚如金波」（《一百五日夜對月》）、「抱病起登江上臺」（《九日五首・其一》）、「萬里悲秋常作客，百年多病獨登臺」（《登高》）等等。二是題材上

的借鑒。杜甫因詩作中形象眞實的反映出當時的社會而被稱爲「詩史」。杜詩中有大量反映百姓疾苦的紀實詩。阮攸在詩中也極力借鑒這一題材，描繪出所見的民生疾苦，如《太平賣歌者》：

太平瞽師粗布衣，小兒牽挽行江媚。云是城外老乞子，賣歌乞錢供晨炊

……

口噴白沫手酸縮，卻坐斂弦告終曲。殫盡心力幾一更，所得銅錢僅五六。

小兒引得下船來，猶且回顧禱多福。〔註 142〕

描寫一位年老瞽師爲生計而賣歌；《阻兵行》中：

金鏘鏘、鐵錚錚，車馬馳驟雞犬鳴。小户不閉大户閉，扶老攜幼移入城。

本地六月至九月，滑濬二縣齊稱兵。賊殺官吏十八九，滿城西風吹血腥。

更有山東直隸遙，白蓮異術多神靈。〔註 143〕

又將出使中國所見內亂形象付諸筆端；《所見行》中：

有婦攜三兒，相將坐道旁。小者在懷中，大者持竹筐。

筐中何所盛，藜藿米皆糠。日晏不得食，衣裾何框禳。

見人不仰視，淚流襟浪浪。〔註 144〕

描寫了母子四人衣食無著的流浪生涯，並在文末呼呈「誰人寫此圖，持以奉君王。」正是在刻意學杜之下，阮攸的詩中也體現出一股「沉鬱頓挫」的藝術之美。

阮攸的漢詩雖承繼於中國詩歌，但他詩歌中所體現出的主體意識又是十八至十九世紀越南文人思想的集中體現。阮攸雖因喃詩傳《金雲翹傳》而蜚聲中外，他的漢文學同樣在越南漢文壇佔據重要的一席之地，正如一些越南研究者所指出「阮攸漢字詩是越南漢字詩創作的高峰。阮攸漢字詩是考察越

〔註 142〕〔越〕阮攸，北行集錄//越南漢文燕行文獻集成（越南所藏編），第十冊〔M〕，上海：復旦大學出版社，2010：20～21。

〔註 143〕〔越〕阮攸，北行集錄//越南漢文燕行文獻集成（越南所藏編），第十冊〔M〕，上海：復旦大學出版社，2010：46。

〔註 144〕〔越〕阮攸，北行集錄//越南漢文燕行文獻集成（越南所藏編），第十冊〔M〕，上海：復旦大學出版社，2010：76。

南漢字詩的詩歌藝術的一個豐富的寶藏。」〔註 145〕如今阮攸已逝近兩百年，他曾在《讀〈小青記〉》中感歎「不知三百餘年後，天下何人泣素如。」但他不曾料到是正因爲他的著述，引得天下竟有這麼多人因他而悲，爲他而泣。即使再過一百年，相信也依然有人「泣素如」。

〔註 145〕〔越〕梅國蓮，《阮攸全集》序言〔M〕，河内：越南國學中心文學出版社，1996。

第三章　科舉與越南如清使漢文文學

科舉作爲中國古代制度文化之一，與社會、文學、風俗等聯繫緊密。它在考試內容、科考文體等眾多方面都對中國古代文學產生深遠的影響。越南科舉制度承繼於中國，其科考內容、選拔方式等與中國科舉淵源極深。它對越南文人漢文創作影響亦爲深遠。通過對越南歷代進士實錄、各省登科錄進行統計（見文後附件一），越南有姓名記載的如清使臣多爲進士出身。即使未中進士者，也多有舉人、秀才身份。由此可知如清使大多積極投身於科考，都有或多或少的科考經歷。科舉不僅令參與其中的如清使創作了大量的科舉文學，科舉中的儒家思想也影響了如清使的文學觀念。而科舉仕進又對如清使的具體創作、文人交遊等方面產生直接作用。本章試分析越南科舉制度中科考內容、科考形式、儒家思想等方面對如清使漢文文學起到的影響，並從如清使科舉歷仕方面進一步探究科舉對他們具體文學活動的陶染。

第一節　越南科舉制度與如清使科舉文學

越南郡縣時代是科舉制度生發的重要時期。中國科舉制度施行於唐而盛於後世，唐朝開科取士對時值作爲中國郡縣的安南地區也起到與中原同樣的影響。唐代時期，越南文士就開始積極於科舉之中，李琴、張重、姜公輔等人曾進士及第，姜公輔還由科舉歷仕官至宰相，由此越南文士的漢文創作水平可見一斑。越南獨立自主後，歷朝政權仍將科舉視爲選拔人才的重要方式。隨後越南科舉雖與中國科舉有一定差異，然科舉中漢文學的考查始終是重要內容。

一、越南科舉制度及如清使科考狀況

（一）越南科舉制度

越南獨立後，從 1075 年李朝實行第一次科舉考試「四年（宋熙寧八年）春二月，詔選明經博學及試儒學三場，黎文盛中選，進侍帝學」〔註 1〕，到阮朝弘宗啓定四年（1919 年）廢除科考，科舉取士制度在越南有八百多年的歷史。李陳時期是越南科舉制度的確立期。這一時期越南朝政積極探尋適合於本土的科考方式，如公元 1195 年，李朝所舉行「三教」考試中有儒教、佛教、道教的知識。陳朝時期，科舉考試中諸多條例有了正式規定，逐漸摸索出適合越南本國的科舉制度，其中太學生科的設置便是科舉制度傳入越南後本土化的體現，「三館屬官、太學生、侍臣學生、相府學生及有爵者」〔註 2〕。然太學生科把科舉囿於狹小的範圍之內，學生大都是貴族、高官子弟，還未有大量地主階層的知識分子參加。就全國而言，李陳時期雖確立了科舉制度，但眞正投身於科舉中的文人人數還比較少。至後黎朝時期，由於統治階級進一步確立以儒家治國的理念，科舉得到進一步發展。阮朝在科舉制度上亦承襲後黎朝，但隨著封建社會的日薄西山，科舉制度也最終消亡。

在考試時間與人數方面，越南科舉定期舉行，文人參與者眾。陳朝自 1374 年陳睿宗設進士科代替太學生科「試天下士人」，在 1422 年之後，每三年舉行一次科舉考試。李朝（1075～1193）開科 4 次，取士 27 人；陳朝（1215～1400）開科 14 次，取士 337 人；前黎（1428～1525）開科 23 次，取士 853 人。自 1422 年之後，越南每三年舉行一次科舉考試。黎朝科舉考試科目以進士科爲主，每隔三年，各地舉辦一次鄉試，在京城舉辦一次會試。甚至短暫的莫朝（1527～1604）也舉行了 22 場考試，取士 484 人。阮朝舉辦了 19 次科舉，取士 160 人。明命時期每四年舉辦一次，紹治時期每兩年舉辦一次，嗣德時期又改爲三年舉辦一次。按潘輝溫補阮侻《登科錄》而作的《科榜標奇》卷一載：

> 大寶壬戌（1442），始置進士科。統元丙戌（1526）該二十六科，內惟戊寅一科無廷試。賜進士共九百八十九名，內狀元二十員，內有再舉六員，實存九百八十三員。中興自順平甲寅（1554）始置

〔註 1〕〔越〕吳士連，陳荊和校，大越史記全書〔M〕，東京：東京大學東洋文化研究所，1985。

〔註 2〕〔越〕吳士連，陳荊和校，大越史記全書〔M〕，東京：東京大學東洋文化研究所，1985。

> 制科，迄正治乙丑（1565）、嘉泰丁丑（1577）三科，登科凡二十八名，一甲十二，二甲十六。光興庚辰（1580），始復置進士科，歷至辛丑（1601）科，凡六十七科，惟永祚癸亥一科無廷試。取進士共七百二十五名，内有安朗人阮璘曳白、東城人吳興教病，未及廷試。内有狀元六名。通計自壬戌開科至辛丑，凡九十六科，取進士一千七百四十二員名，除兩中六進士，只一千七百三十六員。附：莫自登庸己丑（1527）設科，至洪寧甲辰（1604），共二十二科，進士四百八十四名。〔註3〕

潘輝溫所統計從壬戌至甲辰約一百六十年時間就有3227人進士及第。從中越南科舉取士人數之眾可見一斑。

在考試制度方面，越南科舉考試一如中國科舉，採用鄉試、會試、殿試齊備的考試制度。自黎朝時期，越南就建立起一套培養儒士和官吏的正規制度，如設立國子監，並大力提高儒士階層。鄉試自子年始，每四年一舉行，在當年八月正式開考，中試者被稱舉人。會試亦是四年一個試期，自鄉試第二年始，在當年三月舉行，中格者被稱爲貢士。依其考試時間，鄉試被稱爲秋試或秋闈，而會試被稱爲春試或春闈。會試中四場者方可參加殿試，在會試後數月由皇帝親自主持，中格者被稱爲進士。黎朝還仿照中國科舉形式設置一些特別禮儀，以之提高科舉文人地位，如設置了唱名禮，即宣讀中考人的名字；榮歸禮，即迎接中考的人回鄉；題名碑，即將考中進士姓名刻在文廟石碑之上。阮朝建國後，逐步恢復了科舉制度，明命帝曾「親製『先師孔子廟碑』立石闕里，並御書『學達性天』扁額，分送宋儒六子書院，正學昌明群臣」〔註4〕。「學達」語出《論語・憲問》，「性天」語出《中庸》。另據《皇清文獻通考》卷七十三載：清朝康熙帝爲表彰書院理學傳承、人才培養的成就，於1686年向白鹿洞書院、嶽麓書院等頒發御書「學達性天」匾額。明命帝模仿康熙題匾額分送各書院並樹孔子碑，這一舉措也正是阮朝接受儒家科舉的一種表現。

在考試內容方面，越南科考內容主要爲經義，詩賦，詔、制、表等雜體文，策文四類。中國進士科在隋朝時期就已設立。唐承隋制，唐初進士科僅

〔註3〕〔越〕潘輝溫，科榜標奇//越南漢文小説集成（第18冊）〔M〕上海：上海古籍出版社，2011：299～300。

〔註4〕〔越〕歷科名表〔Z〕，河內：越南國家圖書館藏，中國五雲樓明命十六年梓印本，編號R.1933。

考時務策，又於庚辰年（680）加試雜文與帖經。在這些科考文體中雜文題材廣泛，包括詩、賦、箴、銘、頌、表等各類。至中盛唐時期，始以詩賦統代雜文形成以詩賦、試帖經、試策問爲主導的科考形式。至宋朝「國家以科目網羅天下之英俊，義以觀其通經，賦以觀其博古，論以觀其識，策以觀其才。」〔註5〕確立經義、詩賦、策論的形式。越南李陳時期的科舉成爲選官的方式。陳朝時科考有四場，科考中「先以醫國篇及《穆天子傳》暗寫汏沉；次經，分經、義；詩用古詩五言長篇，以『才難射雉』爲律，賦用八韻體；三場詔制錶，四場對策」〔註6〕。越南科舉最盛時期爲黎聖宗洪德年間（1470～1497年）「歷朝科舉之盛迨於洪德至矣，其取人之廣，選人之公，尤非後世所及。蓋發問務以渾淳大體，而不逼於孤經絕句之難。取士貴得淹博實才，而不限於繩墨尺衡之病」，這被後世稱爲「洪德試法」和「洪德文體」。其在具體的考試規則上有詳細規定，如洪德六年（1475年）會試考試規定：「第一場四書，《論》三題，《孟》四題，《中庸》一題，總八題，士人自擇四題行文。五經每經各三題，獨《春秋》二題。第二場詩、賦各一，詩用唐律，賦用李白體。第三場詔、制、表各一。第四場策問，其策題則以『經史同異之旨，將帥韜鈐之蘊』爲問。」〔註7〕這爲之後歷代統治者所推崇，如「正和十四年（1693）命『洪德文體』，中興以來，學者專事章句，文章日益卑鄙，長篇逐段用開講一句照應，全段首加然字，論之過接，體以暗誦，直寫故實，無所構思。詩賦四六皆蹈襲舊體，不忌重見。至是始命釐正。」〔註8〕在鄉試中，唐詩與儒家經義也是重要考察方式，如景治二年（1664）鄉試復試時要求「考題用唐詩一首，與暗寫《大學》、《傳》正文，《大學》注一章」〔註9〕。至黎朝後期，越南科考中還仿照中國明清科舉文體增加八股文。阮公沆任宰相時曾「仿北朝制藝，命信臣肄之，欲變文體試士」〔註10〕，後因阮公沆離職，未及行而

〔註5〕（元）脫脫，宋史〔M〕，上海：上海書店、上海古籍出版社，1986：1421。

〔註6〕〔越〕潘輝注，歷朝憲章類志・科目志，卷26〔Z〕，河內：越南漢喃研究院藏抄本，藏書號A.2061。

〔註7〕陳文爲撰，陳積校刪，黎史纂要・卷三〔Z〕，河內：越南漢喃研究院藏抄本，藏書號A.1452/1。

〔註8〕〔越〕潘輝注，歷朝憲章類志・科目志，卷26〔Z〕，河內：越南漢喃研究院藏抄本，藏書號A.2061。

〔註9〕〔越〕潘輝注，歷朝憲章類志・科目志，卷26〔Z〕，河內：越南漢喃研究院藏抄本，藏書號A.2061。

〔註10〕〔越〕范廷琥、阮案編，滄桑偶錄（卷上）//越南漢文小說叢刊（第7冊）〔M〕上海：上海古籍出版社，2011：169。

罷。阮朝立國後，科考方式多承後黎朝，但也進行了一些考試方式改革，如1832年將四場考試改爲三場：經義、詩賦、文策。1850年，又恢復了四場考試：經義、文策、詔表律、詩賦。在鄉試中「詔文如用四六近體及表文體，鄉會通限二百字以外；若詔文用古體則鄉會通用二百字上下。論體則會試限五百字以外，鄉試限四百字以外。」〔註 11〕現存文獻中未見西山朝（1789～1803）有進士及第的記錄，但有舉行鄉試的記載，可知西山王朝也試圖以科舉取士，然由於王朝短暫且大部分時間都陷於戰爭中未罷。

在越南科舉考試中，漢字一直是主要使用的文字〔註 12〕。這也導致一些現代學者提到越南封建社會的思想體系和文化時稱：「其內容是模仿北方封建階級的，連形式也是用外國文字（漢字），因此它把絕大多數人民排斥在外」〔註 13〕。由此亦可見，越南實行科舉制度中漢字與漢文化的考核標準令大部分的寒門子弟幾乎無緣科舉中第。然越南士人通過參與科舉而熟知漢字文化，又促進了中國文化在越南文人中的進一步傳播。

（二）越南如清使科考狀況

越南如清使雖歷經三朝，其身份卻有很大的相似性，即多由進士出身。對越南黎、阮朝科舉情況進行統計可知，後黎朝如清使除了 3 位如清使未見有相關科舉記錄外，其他全部來自於進士，其科舉中進士人數占比爲 96%，具體詳見下表：

後黎朝 1637～1779 科舉中進士出使人數

科舉時間	錄取進士人數	擔任使臣人數	使臣姓名	使臣科舉情況	出使時間
陽和三年（1637）	20	1	阮潤	三甲同進士出身	1667
陽和六年（1640）	22	1	楊澔（皓）	三甲同進士出身	1663
福泰元年（1643）	9	1	黎斆	二甲進士出身	1663
福泰四年（1646）	17	2	同存澤	三甲同進士出身	1663
			阮茂材	三甲同進士出身	1673

〔註 11〕〔越〕張國用，林維義，范世顯編，今文古選〔Z〕，越南漢喃院藏，VHv.1642號抄本。

〔註 12〕越南科舉中只有在被視爲篡逆「僞胡」的胡朝（1400～1407）曾增加了喃字語（即在漢字基礎上創造的一種越南文字）的考試。

〔註 13〕〔越〕越南社會科學委員會編著，越南歷史〔M〕北京：北京人民出版社，1977：474。

慶德二年（1650）	8	1	鄭時濟	三甲同進士出身	1667
慶德四年（1652）	9	2	申璿（全）	三甲同進士	1682
			胡仕揚	三甲同進士出身	1673
盛德二年（1654）	6	1	黎榮	三甲同進士出身	1667
永壽二年（1659）	20	4	武公道	三甲同進士出身	1673
			武惟（弼）諧	三甲同進士出身	1673
			阮公（文）璧	一甲進士及第（榜眼）	1667
			阮國櫆	一甲進士及第（狀元）	1667
永壽四年（1661）	13	2	陶公正	一甲進士及第（榜眼）	1673
			鄧公瓆	一甲進士及第（狀元）	1682
景治二年（1664）	13	1	阮進材	三甲同進士出身	1685
景治五年（1667）	3	0	／	／	／
景治八年（1670）	31	6	黃公實	三甲同進士出身	1685
			陳世榮	三甲同進士出身	1685
			阮名儒	三甲同進士出身	1690
			阮廷（進）策	三甲同進士出身	1690
			陳璹	三甲同進士出身	1690
			鄧瑞（字廷相）	三甲同進士出身	1697
陽德二年（1673）	5	1	阮當褒	三甲同進士出身	1702
永治元年（1676）	20	2	阮貴德	二甲進士出身	1690
			阮廷滾	三甲同進士出身	1685
永治五年（1680）	19	1	汝廷（進）賢	三甲同進士出身	1697
正和四年（1685）	13	2	陳廷（進）諫	三甲同進士出身	1709
			阮登道	一甲進士及第（狀元）	1697
正和六年（1685）	13	2	阮公董	三甲同進士出身	1702
			阮名譽	三甲同進士出身	1709
正和九年（1688）	7	2	何宗穆	三甲同進士出身	1702
			阮珩	三甲同進士出身	1702

正和十二年（1691）	11	3	黎珂琮（瓊）	三甲同進士出身	1709
			陶國顯	三甲同進士出身	1709
			阮茂益（盎／盛）	三甲同進士出身	1715
正和十五年（1694）	5	1	黎英俊	三甲同進士出身	1715
正和十八（1697）	10	2	阮公基	三甲同進士出身	1715
			蘇世輝	三甲同進士出身	1721
正和二十一年（1700）	19	3	丁儒完	二甲進士出身	1715
			胡丕績	二甲進士出身	1721
			阮公沆	三甲同進士出身	1718
正和二十四年（1703）	6	1	阮輝潤（原名光潤）	三甲同進士出身	1723
永盛二年（1706）	5	2	阮伯宗	三甲同進士出身	1718
			范公容（原名光容）	三甲同進士出身	1732
永盛六年（1710）	21	5	杜令名	三甲同進士出身	1721
			范廷鏡	三甲同進士出身	1723
			段（叚）伯容	三甲同進士出身	1729
			管名洋	三甲同進士出身	1729
			范謙益	一甲進士及第（探花）	1723
永盛八年（1712）	17	3	丁輔益	三甲同進士出身	1729
			阮仲常	三甲同進士出身	1736
			武暉	三甲同進士出身	1736
永盛十一年（1715）	20	1	阮翹	三甲同進士出身	1741（1743）
永盛十四年（1718）	17	3	阮（杜）令儀	三甲同進士出身	1737
			黎有喬	三甲同進士出身	1737
			武惟（公）宰	一甲進士及第（探花）	1736
保泰二年（1721）	25	2	阮宗窐	二甲進士出身	1741、1747
			吳廷碩	三甲同進士出身	1732

保泰五年（1724）	17	1	陳文煥	三甲同進士出身	1747
保泰八年（1727）	10	2	武欽鄰（原名欽慎）	三甲同進士出身	1753
			阮世立	一甲進士及第（探花）	1747
永慶三年（1731）	12	0	／	／	／
龍德二年（1733）	18	0	／	／	／
永祐二年（1736）	15	2	陶春蘭	三甲同進士出身	1753
			陳輝淧（原名伯賓）	三甲同進士出身	1759
永祐五年（1739）	8	1	武陳紹（緒）	三甲同進士出身	1753、1777
景興四年（1743）	7	0	／	／	／
景興七年（1746）	4	0	／	／	／
景興九年（1748）	13	3	鄭春澍	二甲進士出身	1759
			黎允伸	三甲同進士出身	1765
			阮輝瑩	一甲進士及第（探花）	1765
景興十三年（1752）	6	3	段阮俶（原名惟靖）	二甲進士出身	1771
			阮晵（原名春暄）	二甲進士出身	1771
			黎貴惇	一甲進士及第（榜眼）	1759
景興十五年（1754）	8	2	阮賞	三甲同進士出身	1765
			武輝珽（琔）	三甲同進士出身	1771
景興十八年（1757）	6	0	／	／	／
景興二十一年（1760）	5	0	／	／	／
景興二十四年（1759）	5	0	／	／	／
景興二十七年（1766）	11	0	／	／	／
景興三十年（1769）	9	1	阮仲璫	三甲同進士出身	1778、1780
景興三十三年（1772）	13	1	胡仕棟	二甲進士出身	1778

景興三十六年（1775）	18	6	黎惟（維）亶	三甲同進士出身	1788
			杜輝珣	三甲同進士出身	1781
			黃仲（平）政	三甲同進士出身	1783
			黎有容	三甲同進士出身	1783
			潘輝益	三甲同進士出身	1790、1793
			吳時任	三甲同進士出身	1793
景興三十九年（1778）	4	0	／	／	／
景興四十年（1779）	15	0	／	／	／
總計	608	80	13.16%		

資料來源：據《大越歷代登科錄》（越南國家圖書館藏編號 R116 號印本）資料統計。

從表中可見，後黎朝每次科舉中基本上都有人擔任如清使之職，其中不乏狀元、榜眼、探花這些一甲及第進士，其中像吳時任、潘輝益在改朝換代之後，被西山朝又遴選爲如清使。阮朝如清使雖然也從科舉中選出，但與後黎朝如清使中進士人數相比，其所佔比重減少，歷年科舉中擔任如清使之職的人數大大降低，如下表：

阮朝1822～1868科舉中進士出使人數

科舉時間	錄取進士人數	擔任使臣人數	使臣姓名	使臣科舉情況	出使時間
明命壬午科（1822）	9	0	／	／	／
明命丙戌科（1826）	9	3	阮文盛	三甲同進士出身	1809
			鄧文啓	三甲同進士出身	1828
			潘清簡	三甲同進士出身	1832
明命乙丑科（1829）	7	1	范世忠（歷）	三甲同進士出身	1836
明命壬辰科（1831）	7	0	／	／	／
明命乙未科（1835）	10	0	／	／	／
明命戊戌科（1838）	9	0	／	／	／
紹治辛丑科（1841）	9	0	／	／	／
紹治壬寅科（1842）	12	0	／	／	／

紹治癸卯科（1843）	8	1	武文俊	三甲同進士出身	1852
紹治甲辰科（1844）	9	0	／	／	／
紹治丁未科（1847）	6	0	／	／	／
嗣德戊申科（1848）	8	0	／	／	／
嗣德乙酉科（1849）	13	0	／	／	／
嗣德辛亥科（1851）	16	0	／	／	／
嗣德癸丑科（1853）	5	0	／	／	／
嗣德丙辰科（1856）	4	0	／	／	／
嗣德壬戌科（1862）	6	2	阮有立	二甲進士出身	1870
			陳文準	三甲同進士出身	1870
嗣德乙丑科（1865）	9	2	范熙亮	三甲同進士出身	1870
			裴樻（玉櫃）	三甲同進士出身	1876
嗣德戊辰科（1868）	4	1	阮述	三甲同進士出身	1880、1883
總計	160	10	6.25%		

資料來源：據《大越歷代登科錄》（越南國家圖書館藏編號 R116 號印本）資料統計。

從表中可見，阮朝雖統一南北，比黎朝疆土擴大，但科舉中錄取人數卻呈較大減少之勢。然這並不意味著阮朝時期文人不趨從於科舉，據現存漢文舉業書的出版時間多集中在阮朝，尤其是明命、嗣德時期。如嘉隆三年（1804）年印的《舉業津梁》、《乙未科會試》收錄明命十六年（1835）會元黃文秋、阮弘義等人的及第文章，嘉柳堂印《三場文選》收錄明命二十一年（1840）乂安、承天、河內、南定四省鄉試前三場的文章摘段，阮朝翰林院編撰於嗣德五年（1852）的《文規新體》，作爲會試及廷試範文，取材亦來自於中國經傳史籍及越南當時社會政治問題等。還有一些舉業書在阮朝幾代帝王當政期間，有多個書坊參與反覆連續印刷，如《黎朝鄉選》有集古堂明命七年（1826）印本，有文堂紹治三年（1843）印本，多文堂嗣德乙亥年（1875）印本，景文堂嗣德三十四年（1881）印本。《會庭文選》現存五十四種印本中就有柳幢、郁文堂、柳文堂、同文堂等多家書坊，收錄自明命乙卯年（1835）至維新癸丑年（1931）共二十二科的會試及庭試文選。到二十世紀仍有許多書坊刊印科舉應試文二十多種，如抄錄於成泰十八年（1906）的《經義精抄》；印於維新五年（1911）的《論體新選》就有柳文堂、聚文堂、美文堂等書坊參與，其書名雖同但內容實相異；印於維新九年（1915）的《舉業論選》（又名《論式新選》）、《舉業策選》。阮朝歷代有數年科考所錄取進士都無人充任如清使之職，然阮朝大大增加如清使舉人身份的人數，阮朝有 17 人都是舉人身份，超過進士在如清使中所佔人數比，還有一些未有科甲功名者擔任。

科舉不僅是越南黎阮時期重要的取士標準，還是他們以此對文人進行獎懲褒貶的手段，其中進士題名碑即是其中之一。越南亦實行中國進士「題名」及「除名」制度。越南如清使中就有數人經歷這一獎懲，如吳時任、潘清簡等人。景興三十六年中進士者 18 名，其中有六人都擔任如清使一職，其中吳時任被「除名」。

越南河內文廟進士題名碑

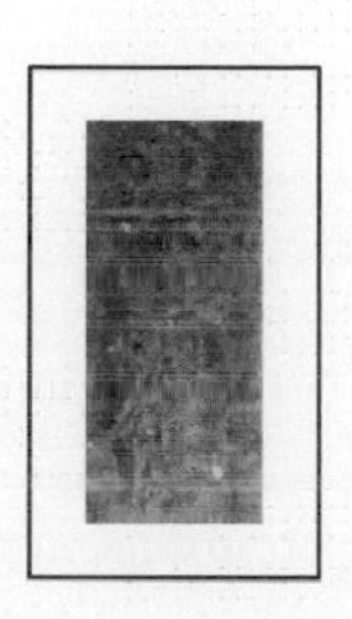

景興三十六年進士題名碑（吳時任名被刮掉）

由後黎、阮兩朝的科考情況可見，黎阮時期科舉制度由繁盛而趨衰弱，但兩朝如清使們都積極投身其中並在科舉中獲得了佼人的成績。相較於後黎與阮朝，短暫的西山朝因應付於戰爭而無暇顧及於社會政治文化等相關軟實力建設，然據現有文獻仍然能看到西山朝也承繼科舉取士制度，曾進行鄉試、會試等相關考試，但因文獻闕如而無從考證詳細成員名單。如清使的科舉經歷必然令其熟悉於科考內容中各文體，其多數人都留存有相關科舉文獻。

二、越南科考中的如清使科舉文學

科舉與文學關係密切，唐朝科舉中的溫卷之習，明清小說中對科舉狀元的津津樂道，無一不是對文學產生的深遠影響。科考文體也是中國古代文學體裁中的特殊文體，有詩、賦、策、論、奏、表等。科舉也同樣對漢文化圈所在國的文學產生一系列的作用，如韓國科舉中的科文雜體，李朝英祖五十一年（1775 年），趙思忠奏啓：「每當歲首，令八道各邑，擇其有文學者生進，蔭官之外，隨多少抄報於監營，試之以科文雜體，明其有文，然後錄名成冊，以爲赴舉之制。」〔註 14〕越南文人也視文章與科舉關係密切，「文章一事，世道攸關，驗得失於科場，知盛衰於邦國」〔註 15〕。至阮朝科舉衰落之際，統治階層還非常重視科舉考試，阮思僩在《闈中貢士作文》中云「十八日詩賦場與第一第二場均奉御題」。由於科舉在越南政治體制中的重要地位，其詩賦、策文、詔奏等科舉文體對越南文人文學創作也產生深遠影響。

（一）唐詩律

中國科舉不僅對唐宋詩學影響巨大，即使到明清時期「科舉仍然是對詩歌創作施加重要影響的環境因子」〔註 16〕。與中國明清時期科舉中以八股文取士不同，越南科舉一直將詩作用重要的考量手段，越南科舉中要求的詩歌形式與內容對越南詩壇產生直接導向作用。

越南科舉中要求用「唐律」或直接要求「用李白體」。唐代是越南郡縣時期經歷最長的王朝。唐朝也是中國封建社會最繁榮強盛的一個王朝。它不僅在政治、經濟上取得了引世矚目的成就，在文化上還以空前的包容之心吸收新文化，並向周邊輻射漢文化的影響力。唐朝時期，越南亦被納入科舉取士範圍。姜公輔兄弟能在唐朝科舉及第，就已說明彼時科舉在越南文人中已經有一定的普及度與影響力。越南科舉對唐詩的導向引起唐詩選本在越南的流傳，如《唐詩合選》。越南律詩的諸多規則也多承繼於中國詩歌，如同爲如清使的阮迪吉在爲鄭懷德《艮齋詩集》作序時言：

> 夫言者，心之聲也，而詩又其言之英華，而有節奏者也。爲詩不過數則，曰格，曰氣，曰字句，曰典故。凡人格勝者，爲詩多莊雅；氣勝者，爲詩多雄渾；字句勝者，其詩多秀麗；典故勝者，其詩多質贍。惟其清濁工拙存乎？其人要不外是數者，故觀其詩而可想見其人矣。〔註 17〕

阮迪吉所強調的格、氣、字句、典故之說都是中國詩歌理論中常見的評價方式。

越南科舉中對詩歌用韻有具體要求。越南詩歌直接承於郡縣時期唐朝詩

〔註 14〕〔韓〕朴容大等，增補文獻備考，卷 188，選舉考五・科制五〔M〕漢城：東國文化社，1964。

〔註 15〕〔越〕潘輝注，歷朝憲章類志，科目志〔Z〕，河內：越南漢喃研究院藏抄本，藏書號 A.2061。

〔註 16〕蔣寅，科舉試詩對清代詩學的影響〔J〕，中國社會科學，2014（10）：143。

〔註 17〕〔越〕阮迪吉，艮齋詩集跋〔M〕，香港：新亞研究所，1962：26～27。

歌，其詩與韻關係亦爲密切，正如金陵徐啓岱於道光辛丑（1841）年題《詩韻集要》序中所云「迨至李唐遂以詩取士，是故詩爲韻之發端，韻爲詩之模範」〔註 18〕。中國科舉中對詩歌用韻規定嚴格，在鄉試、會試中都要求用五言八韻，並限用官韻。詩歌上基本上用的是仄起格，即第一句的前兩個字用仄聲，第二句前兩個字用平聲，並要嚴格遵守出韻、倒韻等「八戒」。越南文人做詩也特別關注如何用韻，鄭德昌在《詩韻集要序》中云：

> 四韻之聲定於沈約，迄於今千有餘載。歷代著作不乏其人，而《輯要》一書出李於麟先生所著。先生世於明，嘉靖時望士也，名著京國，猶稱道勿衰，經手選唐詩而附載其書於後，以備檢閱。是書一出，天下咸爭傳之。不寧中國爲然，迄今傳及南國，而南國之士亦知珍而寶之，遵而行之，於茲有年矣。〔註 19〕

明代李攀龍作爲復古派代表，在詩歌上要求復興「唐詩」，而越南詩歌一直尊奉「唐音」，以李、杜、白、韓等眾位唐朝代表詩人爲正統。由於唐律詩在越南的興盛，《詩韻集要》一出也受到越南文士的歡迎，「南國之士亦知珍而寶之」。越南如清使對唐詩亦了然如胸，尤推崇李杜，如李文馥的《讀少陵詩集》中云：

> 良工推大杜，詩史壓全唐。人豈無知己，天教老世場。
>
> 秋封三峽暗，花落一溪香。古道存編卷，抬頭月滿梁。〔註 20〕

越南如清使對唐詩非常熟知，從他們的詩中頻繁對唐代詩歌的引用與評價可知一斑。如裴文禩「忽憶少陵句，兼誦希文篇。乃知古人筆，佳妙非虛傳。」〔註 21〕如黎貴惇三十首洞庭詩中對中國唐宋詩歌信手拈來，還進行闡發解讀，如「忽憶謫仙西望曲，尋常弄筆靦然慚」詩後有語「李白『洞庭西望詩』今古絕唱」即對李白《陪族叔刑部侍郎曄及中書賈舍人至遊洞庭五首》詩之評；「名勝形容多少客，雄涵總讓少陵題」「唐詩詠湘諸作惟杜詩『吳楚東南析，乾坤日夜浮』爲絕唱」等。黎氏還能將這些前人詩句活用，如「想得此

〔註 18〕（明）李攀龍編，（清）鄭德昌校，詩韻集要〔Z〕，河內：越南漢喃研究院藏抄本，藏書號 AC.700。

〔註 19〕（明）李攀龍編，（清）鄭德昌校，詩韻集要〔Z〕，河內：越南漢喃研究院藏抄本，藏書號 AC.700。

〔註 20〕〔越〕李文馥，學吟存草〔Z〕，河內：越南漢喃研究院藏抄本，藏書號 A.302。

〔註 21〕〔越〕裴文禩，萬里行吟//越南漢文燕行文獻集成（越南所藏編），第二十一冊〔M〕上海：復旦大學出版社，2010：249。

辰卿信到，萬金不敵一封書」化杜甫「家書抵萬金」之句；「不識青蓮賒月夜，酒船幾向白雲來」化李白「且向洞庭賒月夜，將錢買酒白雲邊」。

越南科舉自李陳至阮朝有八百多年時間，其間詩體也有一定變化，如阮朝范廷琥在《雨中隨筆》「詩體」中云：

> 若論舉子場屋之詩，則自前黎以上，雖不能並駕古人，然其命題之意，亦有能彷彿之者。中興之詩，專用七言律，有破題入題、上狀下狀、上論下論、上結下結等句，關韻專押用入題句，局促拘閡，從古未聞。故舉子之詩，苟且趨時，率多鄙俚。想二百年間，高才碩學出於其途者，不爲不多。而程度阨之，鮮堪傳誦。應制東閣之詩，則用五言排律長篇，多者七十韻，少者五十韻，或三十韻。其制，關韻押在首句，率用僻題孤韻，迫人於險。故視會試、鄉試詩韻題爲尤難。余每讀《吉川捷筆》至「辰欣逢至治，臣願娶三妻」之句，未嘗不爲之噴飯也。〔註22〕

從中可見，雖然科舉在越南已有幾百年的歷史，但「用韻」已成爲越南科舉試詩中最爲關注的內容。

在越南科舉試題中常見的一種體式是試貼詩。試貼詩在中國唐代科舉中就作爲考試項目之一，「其試題有用經史語者，有用時事者，有詠物者，有賦得詩文句者，故又名『賦得體』。或五言，或七言，或八韻，或六韻，或限韻，或不限韻。」〔註23〕因其詩題中常冠以「賦得」二字，因而被稱爲「賦得體」。這類詩歌的題目多取自古人詩句中成句，並鋪排爲主要內容，其中較有名氣、廣爲傳誦者如白居易的《賦得古原草送別》。這一種科舉試詩形式也被越南科舉所借鑒，越南如清使也有多人留有賦得體詩，如後黎朝吳時任有《賦得玄光萬緣截斷一般閒之句》、《賦得明道榜花隨柳過前川之句》、《賦得近水樓臺先得月之句》、阮朝潘清簡有《賦得隔浦漁歸柳繫船》、《賦得月華靜到菊枝邊》等。

越南科舉以詩賦取士是漢詩創作繁榮的結果。在以詩賦取士的背景下，詩歌成爲仕進的敲門磚，士子唯有善於此道才有希望躋身仕進之門，由此形成推崇詩歌的社會風氣，反過來又促進越南漢詩的繁榮。

〔註22〕〔越〕范廷琥，雨中隨筆・卷下//越南漢文小說集成（第16冊）〔Z〕，上海：上海古籍出版社，2011：246。

〔註23〕傅璇琮主編，中國詩學大辭典〔M〕，杭州：浙江教育出版社，1999：1166。

（二）律賦

在中國辭賦史上，律賦與科舉關係密切，它還對其後明清時期八股文的形式和章法有重要影響。越南文人辭賦之作與科舉關係更爲密切。越南賦作由來已久，作賦者眾，如清使李文馥爲《賦則新選》作序時云：「賦古矣，選亦多集矣。俶詭幻怪，卮詞蔓衍，無論已。其間鴻裁巨製，亦復不少。我皇朝文風卓振，賦法重新，正士子爭自濯磨之會也。」〔註 24〕雖然越南賦作眾多，但據現留存賦作品來看多是律賦，是越南文人參加科舉或模仿場屋之作。

就內容上而言，越南如清使科舉賦講究儒家君臣之道、頌聖揚德。「賦」作爲六義手段之一，其特徵就是鋪敘，反覆陳情、體物言志。《皇越歷科詩賦》所選阮朝鄉、會試的賦文中主要是以儒家經典、中國歷史爲取材來源。可以看出越南考賦的重點也在於政治中的「實用」，而不是文章中詞藻的華美。這也緣於越南士子爲了獵取功名，不得不迎合統治者的需要來書寫。越南賦作中「賦意周備」、「議論得體」被視爲重要標準。《群賢賦集》被稱爲越南第一個賦集的，該集成書於 1457 年，又於後黎朝 1728 年重新補充再刊。《群賢賦集》中載錄越南文學名士的賦評中隨著可見以「議論」作爲賦作水平高低的衡量標準，如「議論尤佳」、「長於議論」、「議論周徹」、「議論高古」、「議論正大」等語。

就形式上而言，越南如清使科舉律賦講求聲律、平仄、句法、結構等形式上的特徵。中國科舉考試中的賦體聲韻要求對越南也有直接影響，黎貴惇云：「李時場文不傳。陳時賦用騷、選體。本朝洪德中會試法，賦用八韻律體，有隔句對；鄉試法，賦用李白體格，正雙關對，其體則四平四仄相間，取其格調齊整，遵宋制也。」〔註 25〕按黎貴惇所稱陳朝賦體以中國《離騷》、《文選》爲體裁要求。至後黎洪德年間，科舉中的賦體已經增加諸多條件限制，如會試中賦以「八韻」作要求，鄉試中直接用「李白體」。李白的大賦有《明堂賦》、《大鵬賦》、《劍閣賦》等傳世，其音韻諧和，對偶工整，於音律、押韻都很嚴格，圍繞自己的政治主張進行鋪敘闡述，如《明堂賦》闡述了管理國家應像黃帝前往崆峒山訪求「至道」，以達到百姓安然無事、一心歸順朝廷

〔註 24〕〔越〕阮懷永輯，范廷璦校，賦則新選〔Z〕，香茶會文堂藏板明命十四年（1833）印本，河內：越南國家圖書館藏，藏書號 R.36。

〔註 25〕〔越〕黎貴惇，見聞小錄，卷二（上）〔Z〕，河內：越南漢喃研究院藏抄本，藏書號 VHv.1322/1～2。

的境界。祝堯《古賦辨體》云：「太白天才英卓，所作古賦，差強人意。但俳之蔓雖除，律之根固在。雖下筆有光焰，時作奇語，只是六朝賦爾。」〔註 26〕後世研究者指出李白辭賦具有兩個基本特徵：散體化與格律化，並認爲「李白體」是漢魏六朝時期賦學傳統與時代精神、個人氣質相結合的產物，因而帶有鮮明的文體和主體特徵。而這些正是黎朝科舉試賦中以李白賦作爲主要依託的主要因素。〔註 27〕然在科舉考試有限的字數之內，只能以義理來代替鋪敘的表達。其後又將經、史、子、集中進行限意，限八字韻甚至擴展到二字至十七字韻不等。參加科考的文人首先要熟知句法對仗和四聲八病等文體技巧。明代徐師曾說，「至於律賦，其變愈下。始於沈約四聲八病之拘。中於徐（陵）、庾（信）隔句作對之陋，終於隋、唐、宋取士限韻之制，但以音律諧協、對偶精切爲工，而情與辭皆置弗論。」（《文體明辨》）因科考的需要，直至十九世紀的阮朝，賦仍然是越南文士致力學習的文體樣式，其中首先要學習的便是賦的聲律結構等文體形式。因而在《賦則新選》中開篇即將《賦譜》列於卷首，提出律賦之法有五，辨源、立格、協韻、遣辭、歸宿；其品有四，清、眞、雅、正；其用工有九，起接、轉折、鋪敘等。另將賦作六戒復、晦、拖沓等也一一列明。越南科考中對賦文體的要求極爲嚴格，潘清簡任承天場副主考時，禮部重閱發現「有舉人枚竹松者賦重韻」。潘清簡作爲副主考官以點閱不精降級〔註 28〕。

（三）科體雜文

越南黎阮時期科舉中除經義、詩賦外，策論、詔、表等雜文成爲另一種常考的科體雜文。陳文新在《明代科舉與文學編年》一書中列策論主要包括有策、論、表、判、詔、誥等文體〔註 29〕。「策」是將問題書之於策，令應試者作答。在科舉考試的各種文體中，策是最早出現的一種文學樣式。從漢朝始「對策」就成爲一種主要的考試文體，爲中國歷代科舉中所沿用，王維璠在《策學淵萃》序中言：「自漢人發策決科，歷代因之，而

〔註 26〕祝堯，古賦辨體//文淵閣四庫全書，第 1366 冊〔Z〕，臺北：商務印書館，1985 年影印本。

〔註 27〕孫福軒，中國科舉制度的南傳與越南辭賦創作論〔J〕，浙江大學學報（人文社會科學版），2010（12）：44。

〔註 28〕〔越〕阮朝國史館，大南正編列傳二集，卷二十六//大南實錄・二十〔M〕，東京：慶應義塾大學語學研究所，昭和五十六年〔1981〕：7888（300）。

〔註 29〕陳文新，明代科舉與文學編年〔M〕，武漢：武漢大學出版社，2009。

策學遂昌。」〔註 30〕越南承繼中國科舉中的策論形式，考察的內容主要有三類：以儒家經典及歷代歷史得史發問的經史策、以現實問題發問的時務策、以治國方法發問的方略策。越南科舉中的策問考察包括了政治、歷史、文化、軍事等各方面內容。

1. 黎阮時期策文書籍的編纂與抄印

黎阮時期，越南科舉制發展到鼎盛時期。隨著科舉考試中對策文的考察，越南策文書籍也隨之繁盛，這一時期編纂印行了各種類型的策學著作，其主要有以下幾類：

其一，越南書坊直接將中國策學書籍進行重印。據《越南漢喃目錄提要》中檢索，現存中國策文書籍的重印本有五種：《十科策略》爲越南書坊廣文堂據中國佛山五雲樓重印於明命十四年（1833），共十卷，分經、傳、史、子、吏、戶、禮、兵、刑、工十科，現僅存卷五至卷十，有韓愈、柳宗元、歐陽修、蘇軾等中國名家的論體文。《明清狀元策》、《狀元策》、《明清狀元策體式》，三本合訂。《明清狀元策》爲越南書坊廣文堂印於明命十四年（1833），後二本印者不詳，收錄明清兩代狀元唐皐、張懋修、朱國祚、朱希周等狀元的策文。《策學纂要》，戴明、黃卷編輯，萬年茂、戴第元校訂，越南人阮文理序，裴秀嶺重印，有集文堂辛亥年（1851）印本及同文齋嗣德壬子年（1852）印本，另有抄本一種，收錄《十三經總目》、《易經源流》、《書經注疏得失》、《周官義例》、《歷代官制異同》、《歷代救荒》、《歷代水利》、《歷代疆域沿革》、《歷代車戰異同得失》等。

其二，越南文人編纂抄印的策學書籍。一是將越南某地考試策文進行彙編，如《月盎場文策》編於明命十六年（1835），採自進士劉櫃所主辦的月盎學場策文約六十篇，收錄篇目有《窮理才能知性》、《道者文之根本》、《星聚東井歲在參墟》等；《甲午科乂安場文策》收錄甲午年（1894）乂安試場的策文四十五篇。二是將越南某一時期的策文進行彙編，如《皇朝鄉策》收錄阮朝嘉隆六年丁卯科（1807）至成泰六年甲午科（1894）的鄉試策文；鄧玉瓚編輯公善堂印於成泰丁酉年（1897）的《國朝歷科鄉策》收錄嘉隆六年（1807）至成泰九年（1897）各省的鄉試策文 87 篇；《國朝庭對策文》收明命壬午年（1822）至成泰乙未年（1895）的三十科庭試對策文。三是將中越歷代名家

〔註 30〕（清）王維璠，《策學淵萃》序〔M〕，京都琉璃廠文寶堂，光緒四年（1878年）。

策文編纂成冊，如《名家策文集》中《莊烈進士潘先生場策集》收錄了北寧省東岸縣潘庭陽門生所撰策文 26 篇，《山農先生場策文》收錄北寧省仙遊縣楊立的門生所撰 21 篇策文，《金堂吳先生場策集》收錄河內壽昌縣吳文發的門生所撰 14 篇策文，《探花武大人場策文》收錄武範諴的門生所撰 39 篇策文等；《欽定對策準繩》收阮朝時期的策文範文，採自中國董仲舒、蘇軾、文天祥等人的著作，每一篇皆注作者姓名、籍貫以及越南知名文人張登櫃、張國用等人的評價；柳齋堂印於明命十四年（1833）的《新揀狀元策文》採自中越科場狀元策。四是編纂某一類型文體的策文選，如《唐史策略》以取材於唐代自高宗至德宗期間的歷史事件的策文 157 篇。

其三，越南文人個人的策文著述。如後黎朝狀元阮直的《貝溪狀元庭對策文》（又名《黎朝狀元貝溪先生庭對策文》收錄其庭試對策文，標題爲「爲治必以得人爲本」；鄧輝𤅷的《策學問津》，書中講述策文做法，分《策論體式》、《策骨格》、《題案格》、《證經格》、《辨謬格》等，每格收范文若干篇.其中就有如清使臣的策文書籍，如阮文超的《方亭策略》所收其策論若干篇。

策文書籍的刊印銷售在一定程度上反映出越南科舉制度對越南文人的影響，從策文書籍所收錄策的內容也可以看出當時越南社會關注的政治方向以及文風的變遷，如舉人范光璨所撰印於維新己酉年（1909）《策學新選》中取材於西方各國的歷史、政治、經濟、文化等，又與中國、越南的情況相聯繫而作的新式策文。從中可見十九世紀末越南受到法國的侵略並逐步淪爲殖民地之後，策學書籍中關注以歐洲與中國、越南的政治經濟及文化等方面的對比。

2. 黎阮時期科體雜文的演變及如清使科舉文的形式體制

越南歷代科舉中的科體雜文隨著時間的推移出現不同的變化，如李陳科舉初期，策問並沒有作爲具體文體列明。至後黎科舉繁盛時期，策才在科考中佔有重要一席之地。此後黎至阮朝策論在文體上也產生不同風格，潘輝注在《歷朝憲朝類志·科目志》中云：「按場屋文體，黎中興後與國初迴相殊別。國初簡而奧，中興煩而卑；國初暢而博，中興苟而陋。蓋自光興弘定以後，文運一變，學業頓殊，挾墳策者，唯思循習圈套，而不復知該洽之爲通，持衡尺者只求記憶故寔，而不思有宏博之可尙，因常守故拙陋成風，歷雖或欲丕變而一新之，而積習既久，故終不能以更章也。」〔註 31〕

〔註 31〕〔越〕潘輝注，歷朝憲章類志，科目志〔Z〕，河内：越南漢喃研究院藏抄本，藏書號 A.2061。

黎阮時期，越南科舉策文經歷重記誦到重融通的轉變。范廷琥（1766～1832）《雨中隨筆》「策問」中有詳細記述：

光興（1578～1599）以後，發問者專以孤僻爲題，對策者亦以記誦爲主。試策一篇，或至十數目，或三、四段，謂之「目策」。博覽強記者，每題對及十六、七、八，每段抄得書中故實二、三十字，使可爭鑣奪雋，又安能商確（榷）古今、評論得失而見所學哉？近來發策，專就一目爲問，一篇多數十段，少者十餘段，又少者三、四、五、六段，將《經》、《史》、《傳》、《書》旁通曲證，反覆邀截，謂之「案策」。對策牽強書旨，隨在宛轉解釋，惟求幸中主考之意，而古人之微旨大義，不暇顧也。故達而蒞官者，公正少而偏僻多。其致事家居，及解職閒住者，平居無事，或以刁唆自鳴，蓋時習使之然也。〔註32〕

從中可知，科舉考試中策文在後黎光興之後更注重對四書五經等典籍熟知度的考察，「目策」以背誦記憶經典爲主，「案策」更是要融匯經典中各種句意，其所制策的問題常達幾十問之多。後黎朝景興戊辰科策問中，從開篇「皇上制策曰」一連問了 68 個問題，涉及天文、地理、政治、民生等各方面，如「山澤不賦，古人之寬民也。王制之不徵，其亦此禮歟？有發倉廩、有分米粥，正其善矣。當時之民果皆樂其生歟？……我越丁、李、陳所行，其得失有可考歟？」是科如清使阮輝僅中探花，其所答問題雖依據於典籍，但核心圍繞以現實中問題及治國方略以「順理爲最大」成文，「蓋天下之事，惟理爲至常，惟理爲至大。未嘗外是理而能治者也，故一命一令之出必揗乎是理」〔註33〕。黎末科考中強調洪德文體中的「典雅雄渾」，景興二十年（1759）頒佈諭示要求：「我朝自中興以來，循用洪德文體，家族之講習，鄉國之論斤，一以典雅雄渾爲尚。」重視文章義理而輕辭章「旨趣必究其淵微，文章必取其純雅，各宜濯磨思奮，砥礪加工，先義理而後詞章，敦操尚而恥浮蕩，溯聖賢之閫奧，爲國家之基光，以副我獎育成才之至意。」〔註34〕至阮朝時期，科舉策

〔註32〕〔越〕范廷琥，雨中隨筆・卷下//越南漢文小說集成（第16冊）〔Z〕，上海：上海古籍出版社，2011：248。

〔註33〕〔越〕歷科會庭文選〔Z〕，郁文堂明命二十一（1840）年印本，河內：越南國家圖書館藏，藏書號 RH36。

〔註34〕〔越〕吳士連，陳荊和校，大越史記全書。續編卷四，黎紀〔M〕，東京：東京大學東洋文化研究所，1985：1147～1148。

問發問有所改變，明命十六年明命帝聽政之暇命內閣何權讀清朝鄉試策問時云：「試題何必尋索奇隱如是。朕以爲發策如問以西伯戡黎，或問文王事殷，武王伐殷等事，此則有關名義，方可驗士子心術。若徒問以奇僻文字則多記誦者自能對之，以是取人果何益乎？」〔註 35〕此外，在科舉策文還有一些具體的體例要求，如在行文書寫之中要注意「避諱」與「抬頭」，或採用缺筆劃避諱及對皇帝之稱高出一個字或兩個字的位置「抬頭」以示尊敬等等。

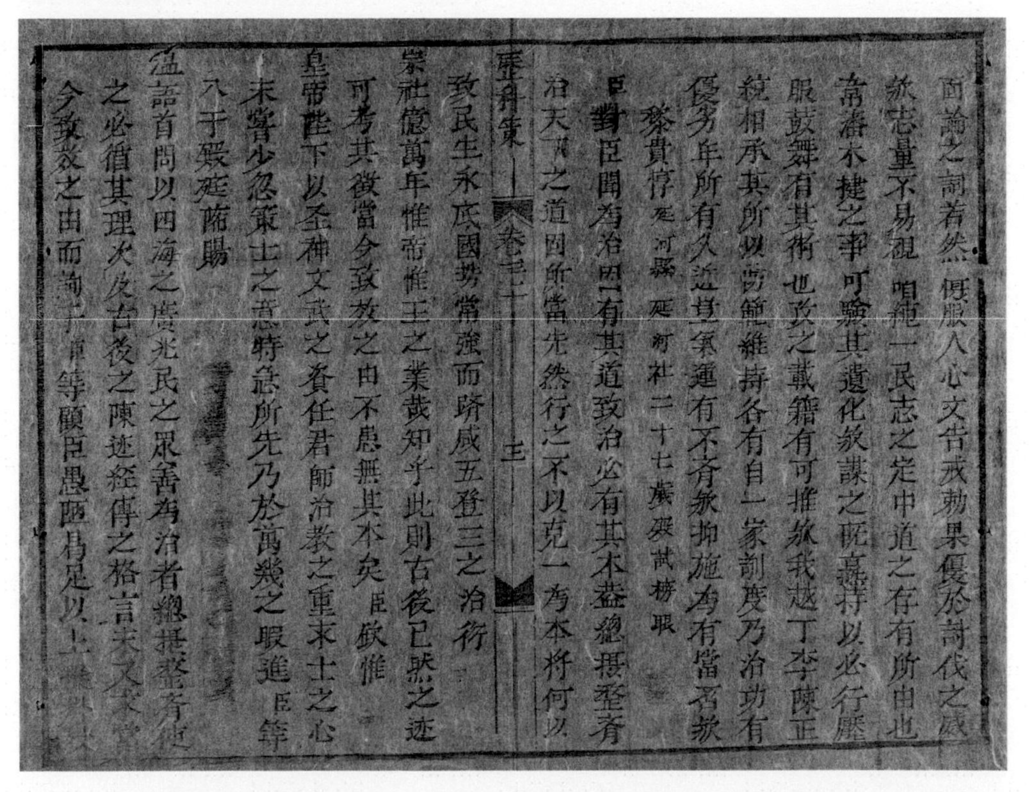
面諭之詞若然 偃服人心文告戒勑果優於詩伐之盛
歟志量不易覩 咀繩一民志之定中道之存有所由也
帝壽不捷之事可驗其遺化紋謀之旣嘉持以必行歷
服鼓舞有其術也攷之載籍有可推歟我越丁李陳正
統相承其所以範維持各有自一家剞度乃治功有
優劣年所有久近豈氣運有不齊歟抑施為有當否歟
黎貴惇 延河縣 延河社 二十七歲 癸酉科榜眼
臣對臣聞為治固有其道致治必有其本蓋總攝斖齊
治天下之道固所當先然行之不以克一為本將何以
歷科策　卷之十　主
致民生永底國勢常強而躋咸五登三之治術
宗社億萬年惟帝惟王之業哉知乎此則古後已然之迹
可考其徵當今致效之由不患無其本矣臣欽惟
皇帝陛下以聖神文武之資任君師治教之重末士之心
未嘗少忽策士之意特急所先乃於萬幾之暇進臣等
入于殿廷俯賜
溫語首問以四海之廣兆民之衆善為治者總攝斖齊
之必循其理次及古後之陳迹經傳之格言末又
今致效之由而詢于臣等顧臣愚陋曷足以上

黎貴惇策文（《歷科會庭文選》）郁文堂明命二十一（1840）年印本

在越南黎阮朝時期科舉中，表、詔、制等雜文常作爲必考文體，現存有《表文抄錄》、《表詔賦合選》、《表詔文集》、《表體詔體雜錄》等越南文人自編範文，也有中國書坊的刊印本，如現存佛山五雲樓於明命十六年（1835）印《歷科名表》，收錄清朝康熙、雍正年間中國文人表文二十六篇，有《祭山祈雨》、《耕織圖詩》、《東南水利》、《議尊朱子》等，內容涉及政治、民生、

〔註 35〕〔越〕阮朝國史館，大南實錄正編第二紀，卷一百四十二〔M〕，東京：慶應義塾大學語學研究所，昭和五十年〔1975〕：3514（14）。

文化等各方面。越南雜文體科舉文也多以唐宋科舉文體及史實爲參照，如現存科舉類書籍中存有較多的唐宋科舉雜體範文《四六文抄唐宋詔書略編》、《唐宋詔表略編》、《唐表錄》、《唐詔賀》等。鄉試中「表」類文章開頭用常以「蓋聞」起篇，如李文馥在鄉試中所作《命孔宜主祀事制春和護賑借調天下賀表》。

命孔宜主祀事制
春和護賑貸天下賀表
中一李文馥 永順縣湖口坊生徒是科鄉貢
蓋聞作之君作之師皇天厚佑民之意重在守重在今人君
存惠下之心丨成理般精佐之懷習才丨册詳於選擇建官惠為
民之念內外員致謹於設分已屢嚴貪吏之懲尤注念民庸之
重雖分任有千里有百里固不無大小之殊然就中或養民
或親民均有係承宣之責謹慎不忘在念温存爰播如綸刺
史名曾識於屏風用備他時之黜陟縣令曠尤加於藻鑑必
憑五品之薦揚必得其人以施于政於戲知官必重其選茲

歷科四六　卷之二　己卯　三十

既切憂民之心兆姓各賴以安尚佇覩興平之效
朕惟聖人為仁義禮樂之宗道不泯於秦灰顯大王者作天
地神人之主禮宜隆於夏璉商瑚丨四十四代佩書香誕出
神明之胄三百三千闡禮教重簪組豆之輝諒賢人不偶其
生覺聖澤其來也遠矧叔季久曠春秋之歲祀仰追徽正爾
於予心嘉賢胤有光詩禮之家声王祀事甚仍於故典是用
以為宜擇使奉聖人丨尊事載隆恩典在朕既將齋祓之誠
周旋必中禮容勉爾勿弛步趨之敬
丨建極居中景仰無為之化對時育物欣覩有道之朝念爾
乎民情孚有衆丨四時之首者春也本雖以生物之仁聖人

李文馥鄉試賀表（《國朝鄉試文選》）越南國家圖書館藏，編號 R.1922

此外，越南如清使出使中國期間也接觸到明清時期科舉文體「八股文」，如 1718 年後黎朝充任如清正使的阮公沆就「博訪有明經藝以歸」並試圖將其引入越南科舉中；西山朝如清使吳時任也曾在越南教授八股文文體「鼎革後，吳公時任復喜八股文，以阮君憲、陳君文偉掌成均造士司。教鐸者既非士望所歸，而當時學者習於圈套，於經傳大旨全未講明，每構書藝多摘莊、列荒唐稗野膚淺之說，以相眩鬻」〔註 36〕。到阮朝時，越南進士科考試已經採用八股文體。1877 年，孫衣言與裴文禩筆談時問「貴國鄉會試亦用八股否？」

〔註 36〕〔越〕范廷琥，雨中隨筆・卷下//越南漢文小說集成（第 16 冊）〔Z〕，上海：上海古籍出版社，2011：241。

裴答曰：「下國鄉會試均用八股。」〔註 37〕

科考方式不僅直接與科舉文學密切相關，它還間接影響到越南文人的漢文學創作。現存資料中越南如清使有近一半人員沒有留存任何漢文學著作，這與科考方式亦有著很深的關係。越南科考中重視詩賦、策問取士的結果令詩、賦、應用文體越南漢文學樣式，科考題目往往局限於固定內容，如黎朝裕宗永盛七年（1711）改革鄉試中的弊端時便指出在科考內容固化下已無法選出眞正有才學之人：「舊例試官考題用書吏，四六不過十數首，賦不過三五首，現成題目，無所翻換，謂之『儲書』。學者多撰成帖，摶轉相敗鬻。應試士人率先訪買，文體暗用，或密懷懷樣換寫。考院隨文選取，不拘重見。故懷挾借代條禁雖嚴，而中選者類無實才。」〔註 38〕而眞正想取得文學成就往往要「衡門養志」，如阮文超「弱冠讀書務肆力於古文辭，不專爲科舉之學。既領鄉薦，屢辭不赴選，衡門養志殆十有餘年。」〔註 39〕這令投身於科舉的文人甚至科舉出身的文人並非都擅長漢文創作，阮朝《大南實錄》中載明命帝與大臣也看到這方而的科舉之弊：

> 帝嘗與侍臣論學，謂之曰：「朕自爲太子，問安之暇無所事事，遊心典籍。凡漢、唐、宋、元、明諸史無不覽閱，第朕性不甚強記。故於談笑之閒，偶憶元明故事，或記其事而失其名者。以問卿等，亦不能對意者，未之讀邪？」光祿寺卿潘輝湜奏曰：「自黎以來業舉子者，惟讀漢、唐、宋諸史以爲科場捷徑耳。」帝曰：「世降元明以及大清不下六七百載，自今觀之，則自宋而上已塊然一太古矣。學者乃捨近求遠，何也？」復顧僉事黎文德問之。文德對曰：「所學者舉興之文耳。」帝曰：「久矣，舉業文之誤人也，朕以文章本無定局。今舉業之文只拘陋套，互相德色，別立門牆人品，以之高低，科場以之取捨。所學如此，無怪乎人才之愈下也。然司俗相沿難以卒變，數年後當徐議更之。」〔註 40〕

〔註 37〕孫延釗撰，徐和雍 周立人整理，孫衣言孫詒讓父子年譜//溫州文獻叢書〔M〕上海：上海社會科學院出版社，2003：145。

〔註 38〕〔越〕潘輝注，歷朝憲章類志，科目志〔Z〕，河內：越南漢喃研究院藏抄本，藏書號 A.2061。

〔註 39〕〔越〕阮朝國史館，大南正編列傳二集，卷三十三，諸臣列傳十//大南實錄·二十〔M〕，東京：慶應義塾大學語學研究所，昭和五十六年〔1981〕：7965（377）。

〔註 40〕〔越〕阮朝國史館，大南實錄正編第二紀，卷二十四〔M〕，東京：慶應義塾大學語學研究所，昭和四十六年〔1971〕：1732（314）。

由黎、阮朝文人中雖許多文人中進士卻存在多學識不廣、文史不精的狀況。由此可知雖同樣是科舉出身的如清使，竟有一半人沒有留存漢文著述的其中一個原因。

越南如清使的科舉文有較高成就，在越南文人中具有廣泛的影響，已經成爲後世參加科考的文人手中模仿狀本。他們所創作的科舉文常出現在各類舉業書中被越南文人當作範文研習。越南舉業書編撰繁盛，越南漢喃研究院藏有越南經部古籍 147 種，占該院所收越南古籍的 2.9%，其中舉業書有 36 種，占經部古籍總數的 25%。在集部古籍中專設有「舉業文」條，專錄舉業文籍 314 種，占集部古籍總數的 18.6%。現存舉業文籍總共 350 種，占越南現存古籍總數的 7%。而如清使的舉業文常列於這些舉業書中，如《龍選試策》、《歷科策略》、《黎朝登龍文選》等集中收阮輝瑩、范世歷、黎貴惇、胡仕棟等人的策文，亦有越南如清使科舉文的單行本，如阮文超撰的《四六撰集》、《方亭先生場文選》、《方亭策略》（又名《河內方亭場策略》）收錄詔、表、論、啓各種應試文體。越南如清使的科舉文成爲越南士子臨摹的對象，可以說他們的科舉文在一定程度上代表了當時越南科舉文學最高的成就。

第二節　越南儒學與如清使漢文文學思想

越南科考中側重考察儒家思想及漢語文學能力。這一以儒學爲核心的取士標準促進儒學在越南的傳播和發展，也加深了儒學在越南民眾思想中的影響力。正如阮朝如清使李文馥所描繪在越南民眾中出現「家孔孟而戶程朱」〔註 41〕的現象。儒家思想對積極投身於科舉的如清使個人也影響深遠，在他們的漢文學作品中就常常可見眾多儒家思想觀念。

一、黎阮時期越南科舉中儒家取士標準

（一）中國儒學南播思想體系下的越南科舉

越南科舉與儒學密不可分，正如大陸學者陳文指出越南科舉「主要以儒家綱常倫理和道德規範爲標準」〔註 42〕。其主要表現在以下幾個方面：一是

〔註 41〕〔越〕李文馥，閩行詩話//越南漢文燕行文獻集成（越南所藏編），第十二冊〔M〕，上海：復旦大學出版社，2010：260。

〔註 42〕陳文，科舉取士與儒學在越南的傳播發展——以越南後黎朝爲中心〔J〕，世界歷史，2012（5）：70。

在科考形式上以儒家思想爲規範。越南科考資格受儒家思想觀念影響，潘輝注《歷朝憲章類志》中記載越南科舉考試規定：「其不孝、不睦、不義、亂倫及教唆之類，雖有學問詞章，不許入試」〔註 43〕將儒家忠孝悌義納入科舉考試的規定之中。二是在科考內容上以儒家經義爲準則。王小盾在《越南漢喃文獻目錄提要·序》中就指出越南經學古籍中的留存有「舉業用書多的特點」，「《四書策略》則有五種抄本存世——表明科舉造成了對經學書籍的廣泛需要」〔註 44〕。越南現存經學古籍大多與科舉相關，且出現多種不同抄本，可見這類書籍在越南文人中有廣泛的需求。越南舉業書中還留存大量依據中國典籍，尤其是四書五經內容所編撰的廷試經義文集，既有依據單部經史取材，如取材於論語的有《論語制義》、《論語習業》、《論語精義》等，也有雜取多部經典取材，如《論孟策段》（又名《論孟策附性理》）、《時文纂要全集》、《精義抄集》（又名《精義別裁》）、《經傳精義》等，依據於《論語》、《孟子》、《中庸》、《書經》、《詩經》及中國史籍等。

儒家思想在越南的傳播最早可追溯到郡縣時代秦漢時期。由於中原戰亂紛爭，秦代數十萬移居嶺南的中原人，這一大規模的人口遷徙會有意無意地將儒家思想及其意識形態帶到嶺南〔註 45〕。漢朝派駐官吏也對儒學的傳播起到積極推進作用，尤其是被越南人民尊稱爲「士王仙」的士燮。他在任職期間大力在交趾地區推廣中原文化。此後各朝代南遷的中原士大夫以及被貶爲官朝臣都自覺不自覺地將儒家思想南傳。除了人員流動帶動儒家思想在越南的傳播，書籍流動也是另一條重要傳播儒家文化的渠道。秦始皇在交趾建立政權後即推行「車同軌，書同文，行同輪」的政策。越南上千年的郡縣時期「書同文」影響到越南文士思想的各方面。此後在中越宗藩關係中，中國政府也多次頒發給越南朝廷與儒學相關的學籍，如《大越史記》載：己亥（1419 年）春二月，明遣監生唐義，頒賜五經、四書、《性理大全》、《爲善陰騭》、《孝順事實》等書於府州縣儒學〔註 46〕。《明太宗實錄》亦載：「永樂二十年（1422 年）〔五月〕庚申，交趾宣化、太原、鎮蠻、奉化、清化、新安等府及所隸州縣學師、生員貢方物詣

〔註 43〕〔越〕潘輝注，歷朝憲章類志·科目志，卷 26〔Z〕，河內：越南漢喃研究院藏抄本，藏書號 A.2061。

〔註 44〕王小盾，《越南漢喃文獻目錄提要》序〔M〕，臺北：「中央」研究院中國文哲研究所，2003：xiv。

〔註 45〕何成軒，儒學南傳史〔Z〕北京：北京大學出版社，2000：69。

〔註 46〕〔越〕吳士連，陳荊和校，大越史記全書，卷一〔M〕，東京：東京大學東洋文化研究所，1985。

闕，謝賜五經、四書、《性理大全》、《爲善陽騭》書。皇太子令禮部賜賚之。」中國儒學典籍對越南文學產生進一步影響「自明成祖頒定五經、四書、《性理大全》於府州縣學，而文學始漸發達，至黎而文獻得稱於中國矣。」〔註47〕這些傳播至越南的儒家思想也被融入越南生活中，梁志明在《論越南儒教的源流》中稱：越南所流傳的儒學根本沒有獨立於中國儒學之外，而是直接將中國儒學體系應用於本國〔註48〕。越南學者武跳在《古今儒教》中也同樣稱越南諸多儒學家雖然培養了眾多學子，也撰寫了許多《四書》、《五經》的注解，但他們只是停留對中國儒學的理解和應用，很少能提出批判意見或違背之說〔註49〕。然而中國儒家思想傳播至越南，也在越南經過接受與整合的過程。在這一過程中，越南文人也有一定的選擇與重構，同時融入越南本土文化因素。越南儒學所帶的越南特色與中國儒學還是存在一定的差異性。

越南獨立之後，自李朝始就以儒家思想作爲維持統治秩序的思想理論，李朝於1070年「修文廟，塑孔子像」〔註50〕，並設立國子監，培養儒士。李朝不僅僅是在形式上修廟塑像，還將「尊孔」制度化，據《大越史記全書》載李太宗規定各級官吏每年都必須到銅鼓神廟行盟禮，宣讀「爲子不孝，爲臣不忠，神明殛之」等誓詞。李朝時期雖然佛教佔據國家主導地位，但其所尊奉的治國國師卻多兼具儒家思想的佛教徒，如滿覺禪師「學通儒釋」；寶鑑禪師「幼習儒業，詩書禮易、無所不究」。至陳朝時期，儒學就已取代僧道成爲社會中的主流思想，儒士地位也得到顯著提高「在政權機構中儒士出身的官吏日益佔優勢，他們擔當著朝廷中的重要職務。文學創作也完全由儒士階層承擔起來。」〔註51〕至黎朝時期，儒家思想在社會中已佔據統治地位，成爲越南封建制度中正統的思想體系。黎朝統治者在全國推行儒教，就連新開發的邊境地區也同時推行以家族爲核心的儒家倫理教義〔註52〕。阮朝作爲越

〔註47〕佚名，大南郡縣風土人物略志〔M〕，河内：越南漢喃研究院藏抄本，編號A.1905。

〔註48〕梁志明，論越南儒教的源流、特徵和影響〔J〕，北京大學學報（哲學社會科學版），1995（1）。

〔註49〕〔越〕武跳主編，古今儒教〔M〕，河內：越南社會科學出版社，1990：30。

〔註50〕〔越〕吳士連，陳荊和校，大越史記全書，卷一〔M〕，東京：東京大學東洋文化研究所，1985：245。

〔註51〕〔越〕越南社會科學委員會編著，北京大學東語系越南語教研室譯，越南歷史〔M〕北京：北京人民出版社，1977：249。

〔註52〕〔新〕尼古拉斯·塔林著，賀聖達，陳明華，等譯，劍橋東南亞史〔M〕，昆明：雲南人民出版社，2002：221。

南封建社會中最後一個王朝，也以儒家思想爲正統治國理念，如嘉隆三年（1804）阮朝第一代皇帝阮福映發佈詔書宣稱：「王者以孝治天下，而孝莫大於尊親，追崇祖宗，所以致敬而達孝也」〔註 53〕，並以儒家思想爲主導的《皇越律例》爲治國法典。可以說至 17 至 19 世紀，儒家思想已成爲越南政權治國的主要思想。

越南河內文廟

越南河內文廟孔子像

儒家思想對越南文人思想影響深遠。在陳朝時期，儒家思想就已在文士中有一定的影響，如張漢昭作《浴翠山靈濟塔記》時云：「爲士大夫者非堯舜之道不陳前，非孔孟之道不著述」。後黎朝的開國功臣阮廌（1380～1442）在抗明勝利後寫下著名的《平吳大誥》，開頭即宣稱「仁義之舉，要在安民，弔伐之師，莫先去暴」開頭，以儒家「仁義」作爲立章立論的重要依據。黎阮紛爭之際，阮氏避居南方，與北方黎鄭政權形成南北分治局面。北方黎氏政權獲清廷正氏朝封，而南方阮氏在清朝建立之際也試圖獲得正統身份，然朝中大臣卻不顧觸怒龍顏，堅持儒家正統觀，如翰林院阮光前被罷職，「時閩浙幹總黎輝德難船泊我洋分，厚賜遣歸。因送清俘李文光等十六人於福建。命光前爲書以『安南國王』稱之。光前執不可，上怒罷其職。」〔註 54〕從中可見，儒家思想已被越南民眾所廣泛接受，尤其成爲越南文人的主導思想。

〔註 53〕〔越〕阮朝國史館，大南實錄前編，卷十〔M〕，東京：慶應義塾大學語學研究所，昭和三十六年〔1961〕。

〔註 54〕〔越〕阮朝國史館，大南實錄前編，卷十〔M〕，東京：慶應義塾大學語學研究所，昭和三十六年〔1961〕：148。

（二）黎阮時期科考內容多為儒家經史

儒家思想在越南民眾中的傳播與越南科舉制度密不可分，如黎阮時期進士科中第一場考經義，以四書五經儒家經典爲主。在鄉試中，經義之考常被列爲考試第一場，如洪德六年（1475 年）規定會試考試內容：「第一場，四書八題，其中《論語》三題、《孟子》四題、《中庸》一題，士人自擇四題作文，不可缺。五經每經各三題，獨《春秋》二題。」〔註 55〕阮朝時期第一場制藝考試也規定以經傳爲內容，如嗣德四年（1851）規定鄉試、會試均出五經各一題，四書《大學》、《中庸》一題，《論語》、《孟子》一題。甚至殿試中也以四書五經爲主要考察內容，如景統五年（1502）壬戌科殿試中的策問中一道「《論語》二十篇，何篇無『子曰』句」〔註 56〕，直接考察對儒家經典的熟知程度。可見儒家經典已經是越南科舉中從鄉試、會試乃至到殿試一以貫之主要考察的對象。經義成爲越南科舉考試中各類科舉文體的基礎。

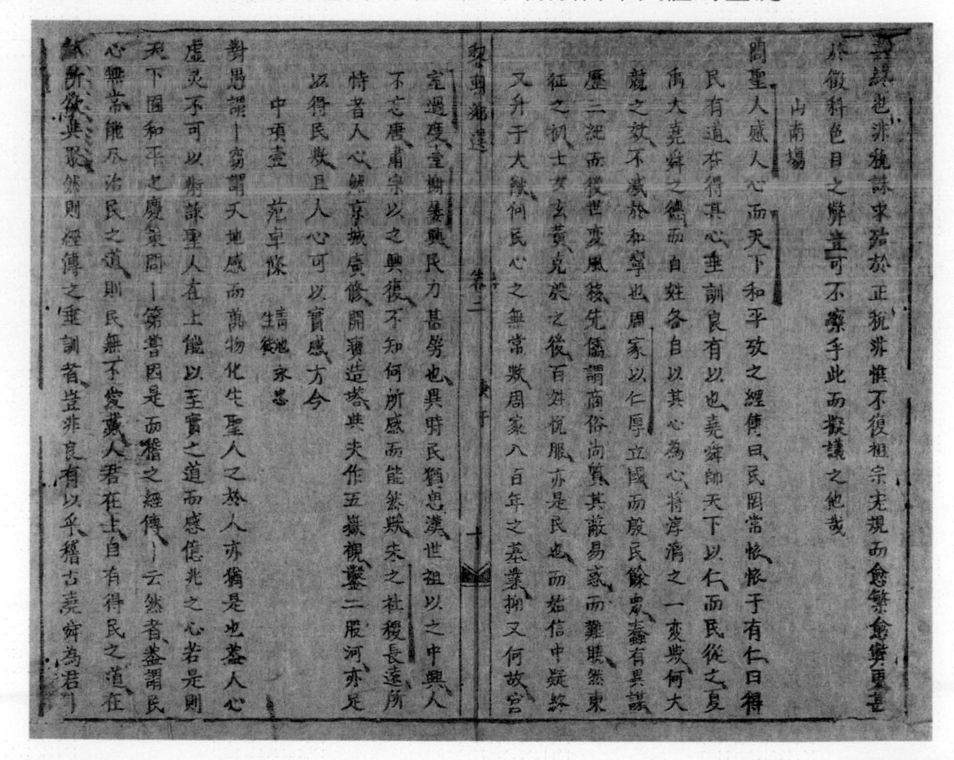
若謂也非熊誅求踣於正税非惟不復祖宗光現而愈繁愈興更甚
於徵科色目之弊豈可不察乎此而擬議之也哉
山南場
問聖人感人心而天下和平攷之經傳曰民罔常懷懷于有仁曰得
民有道在得其心垂訓良有以也堯舜帥天下以仁而民從之夏
禹大堯舜之德而百姓各自以其心為心將淳漓之一變此何大
龍之效不減於和寧也周家以仁厚立國而殷民餘衆蠢有異謀
歷三紀而後世變風移先儒謂商俗尚質其蔽易惑而難曉然東
征之初士女玄黃克殷之後百姓悅服亦是民也而始信中疑終
又升于大猷何民心之無常歟周家八百年之基業抑又何故它
黎朝鄉選　卷二　十
室遇度主與養與民力甚勞也與時民猶思漢世祖以之中興人
不忘唐肅宗以之興復不知何所感而能然歟宋之社稷長遠所
恃者人心無京城廣修開寶造塔與夫作五嶽觀鑿二股河亦足
以得民歟且人心可以實感方今
中項壹　范卓條　青池生徒　永忠
對愚謂一竊謂天地感而萬物化生聖人之於人亦猶是也蓋人心
虛灵不可以術誘聖人在上能以至實之道而感億兆之心若是則
天下固和平之慶策問一節書因是而稽之經傳一云然者蓋謂民
心無常能以治民之道則民無不愛戴人君在上自有得民之道在
欽所欲與聚然則經傳之垂訓者豈非良有以乎稽古堯舜為君

《黎朝鄉選》，越南國家圖書館藏，編號 R1588

〔註 55〕陳文爲撰，陳積校刪，黎史纂要，卷三，越南漢喃研究院藏抄本，編號 A.1452/1。

〔註 56〕〔越〕陳維撰，登科錄搜講〔Z〕，河內：越南國家圖書館藏印本，藏書號 R21。

爲切合科考內容，越南教育中將儒家經典作爲重要的教學內容，如阮聖祖時，國子監置祭酒、司業、學正，擔任教職。生徒有三種：來自皇室子弟被稱爲「尊生」、來自官吏家族被稱爲「廕生」以及來自於普通民間家庭的「學生」。生徒學習的主要內容便是「四書五經」。越南封建政權在具體社會導向上也促進儒家經典傳播，如阮朝實行以儒學爲主導的教育制度「社擇一人有德行文學者，免其徭役，使以其學教授。邑中子弟人年八歲以上入小學，次及《孝經》、《忠經》。十二歲以上，先讀《論》、《孟》、次及《庸》、《學》。十五歲以上先讀《詩》、《書》，次及《易》、《禮》、《春秋》，旁及子史」〔註 57〕。「熟讀四書二三卷或課間一章中者亦酌免徭役」〔註 58〕。

二、越南如清使漢文學中的儒學思想

越南科舉取士直接促使儒學思想在士人中的傳播，對「勤於舉業」的如清使更是影響深遠，如阮輝僅「嘗自節略《五經》、《性理》印行，取便舉業。」〔註 59〕越南文士同時受中國漢儒、唐儒、宋儒三種思想的影響並能融會貫通。漢儒主要提倡《春秋經》；唐儒多集中談論《四書》，尤其強調《論語》及《孟子》，他們在儒家思想中又常常融入道家思想；宋儒則多關注「經易」，因而儒士中多精通中國哲理。越南如清使儒家思想中雖在接受中國儒學中有所側重，也有融匯釋、道思想者，如被稱爲「越南大儒」的黎貴惇即兼儒、釋、道三家思想。

越南如清使儒學著述繁多。現存如清使留存儒家著述有兩類：一類是對儒家經典撮要及注疏的專著。如黎貴惇對「四書五經」都有進行深入研究並撰有《詩說》、《書經衍義》、《禮說》、《易經膚說》、《春秋略論》等著作；阮輝僅據中國《性理大全》與「四書五經」分別撰有《性理纂要》、《四書五經纂要》。還有一部分爲應對科舉中儒家經義而對儒家經典進行摘節，如吳時任撰《春秋管見》，阮文超撰有《諸經考約》、《四書摘講》等。另一類是對儒家經義進行闡發解釋之文。在越南如清使諸多的儒學著述中，最爲著名當是被稱爲「越南大儒」的是黎貴惇。黎貴惇的儒學思想直接受中國宋儒「理氣說」

〔註 57〕〔越〕阮朝國史館，大南實錄正編，第一紀，卷二十二〔M〕，東京：慶應義塾大學語學研究所，昭和三十八年〔1963〕：636（346）。

〔註 58〕〔越〕阮朝國史館，大南實錄正編，第一紀，卷五〔M〕，東京：慶應義塾大學語學研究所，昭和三十八年〔1963〕：374。

〔註 59〕〔越〕皇越詩選，中卷，〔Z〕，河內：越南漢喃研究院藏抄本，藏書號 A.3162。

的影響。他認爲「天地之間有理有氣。理也者，形而上之道電，生物之本也。氣也者，形而下之器也，生物之具也。是也人物之生，必稟此理，然後有性；必稟此氣，然後有形。天下未有無理之氣，亦未有無氣之理」。黎貴惇所主張的理氣之說與宋儒又有所不同，他又融入道家陰陽等觀念。〔註 60〕他在政治上接受儒家「民本」，又融合老莊「無爲而治」思想，從而提出「取德而寬民力」的觀點，主張「治以無事，不生事亦不廢事，則民自稱臣」〔註 61〕。另有阮朝如清使阮思僴作應制文《純儒論》中云：

> 蓋純者純一而不二也，心純乎義理，雖見於事純正，而無私尤難處。常事而純誠乎於人固難，臨大事而忠純見於世，又難之難矣。自非粹然道義充積於中，所守確乎不拔，心事磊磊落落，如青天白日者，未足以盡乎純之量也。左氏以石蠟爲純，臣此亦就大義滅親一節稱之。李世勣則無論矣。嘗觀古大臣之心之事，而更得所謂純臣焉。行一不義殺一不幸，不爲也，伊尹之志也。故能咸有一德，堯舜其君，……君臣道合，以功業顯，故不以純臣名。非以伊固所事者，太甲、成王中材之主，故獨以臣道重名於古也。純乎純如二公者，蓋視石碏不啻千百之於十一矣。後世如諸葛武侯遭漢末運，鞠躬盡瘁死而後已，其亦伊周之遇，而庶幾伊周之心之純歟……宋儒曰：「平日期雖犯顏也諫之士，則臨事與仗節死義之臣，此則所以求乎忠純之臣之道也。」〔註 62〕

越南如清使中並非只有阮思僴提出「純儒」的忠臣論，亦有多人都對此發表自己看法，如阮文超在《御批作王阮亭國士橋詩論》中云：「夫人臣委質而不貳也，不擇事而安之也。文王終身事紂而不見其他。柳下惠三黜於魯而不步去。誠以君臣之義，無所逃於天地之間。惟盡其職竭其誠，而上之知不知，己之當報不當報。無容擬議也。夫是謂之忠臣純臣。」〔註 63〕在他們眼中的純儒是具有「忠」「義」思想，應爲忠臣死義之士。

越南如清使詩文著述中流露出濃厚的儒學思想。在數量眾多的詩文創作

〔註 60〕何成軒，儒學南傳史〔M〕，北京：北京大學出版社，2000：357。
〔註 61〕〔越〕黎貴惇，全越詩錄・例言〔Z〕，河内：越南漢喃研究所藏抄本，藏書號 H.M.2139。
〔註 62〕〔越〕阮思僴，純儒論，石農文集〔Z〕，河内：越南漢喃研究院藏抄本，藏書號 Vhv.1389。
〔註 63〕〔越〕阮述，荷亭文抄〔Z〕，河内：越南漢喃研究院藏抄本，藏書號 Vhv.2359。

中，如清使常常將儒家思想融入其中，如吳時任在《芹曝卮言序》中云：「不知《大學》，不可以經綸天下之大經；不曉《周官》，不可以理會三才之能事。」〔註 64〕，越南如清使的儒學思想集中於以下幾個方面：其一，忠義思想。中國儒家思想的核心是「忠」與「義」，這也在越南如清使文集中多有體現，如阮仲常評丁儒完的《默翁使集》云：「國音、唐律互相發明，五言、七言不一而足，要其情詞感慨，不外乎忠君、孝親兩端而已。」〔註 65〕中國文人繆艮、楊瑜對李文馥的評價「所過名山大川，皆當日龍門所不及到此。雕題鑿畫、駭浪驚濤，怪怪奇奇、千態萬狀，而遙吟俯唱，總不越忠君愛國之思。是其鴻爪雪泥，非若風雲月露可比。」〔註 66〕「山川跋涉，風浪爲鄰，乃與萬死一生之中，不改挾冊沉詠之樂，履危而安。古人云『忠信涉波濤』不信然歟？」〔註 67〕陳名案在《諒山感題》（其二）詩中有寫：「一片孤忠日月明」，黎光定《題湘山寺》「亦將忠孝渡迷津」，吳時位評：「此句若與韓公辨，省得《佛骨表》許多筆力」，亦寓排佛之意。韓愈一生力闢佛道，爲純儒之士。然中國儒學傳播到漢文化圈中各國家時，儒家思想也隨著當地的地域文化產生了一定的變異。朝鮮儒學以「禮」與「純」爲主導思想，日本以「忠」爲主要的思想觀念，而在越南則是「把儒家思想中『義』作爲主要精神」〔註 68〕。越南如清使文章中也強調「義」字，正如李文馥在《三之粵集草·引》中所云：「前兩次以護送風難師船去，義也；此則以護解洋俘去，亦義也，俘曷由水路解乎！乙未夏，粵有水匪，搶掠於廣東洋分者，獲其黨三人，餘皆奔逃，夫天下之惡一也。」〔註 69〕將一「義」字視爲最爲重要的精神。儒家之「忠」傳至越南也產生一些變異，中國文人士大夫所表達的「忠」是忠於君，而越南文人的「忠」是多爲忠於國。如作爲西山朝的如清使潘輝益，先仕後黎，後

〔註 64〕〔越〕吳時任，金馬行餘//吳時任全集（一）〔M〕，河內：越南社會科學出版社，2005：747。

〔註 65〕〔越〕阮仲常，默翁使集引，默翁使集//越南漢文燕行文獻集成（越南所藏編），第一冊〔M〕，上海：復旦大學出版社，2010：303。

〔註 66〕（清）繆艮，西行詩記序，西行詩記〔Z〕，河內：越南河內漢喃研究所藏抄本，藏書號 VHc.2603。

〔註 67〕（清）楊瑜，西行詩記跋，西行詩記〔Z〕，河內：越南河內漢喃研究所藏抄本，藏書號 VHc.2603。

〔註 68〕〔越〕黎文詩，19 世紀越南詩歌的儒家文化透視〔J〕，南寧：廣西大學碩士論文，2012：10。

〔註 69〕〔越〕李文馥，三之粵集草//越南漢文燕行文獻集成（越南所藏編），第十三冊〔M〕上海：復旦大學出版社，2010：236。

又改仕西山朝。他有《歎忠義》一詩：

鐵石肝腸斷無疑，挺然獨立固邦基。

臨危守節心無改，忍死捐生志不移。

剛勁直須安國祚，英雄還是出天資。

眞鄉汲黯今何在，烈日秋霜四海知。〔註70〕

潘輝益在後黎朝將要滅亡之際多次參與戰鬥，但終於敗於西山軍。他出仕西山王朝之後，又在西山與阮朝的戰爭中奮勇護國，直至西山被阮朝取代。在阮朝建國後，他又爲阮朝政權服務，多次擔任中越邦交文書的書寫者，還因自己所文書受阮帝賞識而沾沾自喜。潘輝益自視爲「忠臣」，因爲他一直實踐著「固邦基」的行爲，爲保家衛國矢志不移。其二，孝悌思想。「孝悌」即孝順父母、兄弟友愛，這被儒家視爲做人、爲學的根本。如清使在個人詩文集中屢有表達孝悌思想，如李文馥在廣東公幹期間閱讀中國《二十四孝》並依據其作《二十四孝故事》演音。其三，仁智統一。越南如清使詩文中常提到「智仁」、「仁智」，如胡士棟《遊二賢祠》：「造物多情厚智仁，煙花猶似往時春。」〔註71〕「仁智」思想語本《論語·雍也》：「智者樂水，仁者樂山」。「仁」成爲儒家最高的道德準則和境界，仁也構成儒家倫理忠、孝、禮、信等思想的核心。「仁」不僅與「智」統一還常與「義」並舉，如黎光定「求仁自古得仁難，飲義如君死亦歡。」〔註72〕將「仁」與「義」視爲重要的人生價值標準。

越南如清使文學觀念也受儒學思想影響。儒家思想影響著越南文人對文學的態度，顏保先生在論及中國小說在越南傳播時云：「儒家思想對越南作家的深刻影響，使他們無法對歷史小說，甚至對頗受廣大市民群眾欣賞的志怪小說產生興趣。至今沒有發現幾本這類小說的改編本」〔註73〕。而中國才子佳人小說在越南的廣泛傳播正是符合儒家觀念影響下的越南文人思想及審美心理。越南研究者陳光輝所撰《越南喃傳與中國小說關係之研究》認爲越南

〔註70〕〔越〕潘輝益，裕庵吟錄〔Z〕，河内：越南河内漢喃研究所藏抄本，編號A.603。

〔註71〕〔越〕胡士棟，花程遣興//越南漢文燕行文獻集成（越南所藏編），第六冊〔M〕上海：復旦大學出版社，2010：16。

〔註72〕〔越〕黎光定，華原詩草//越南漢文燕行文獻集成（越南所藏編），第九冊〔M〕上海：復旦大學出版社，2010：143。

〔註73〕〔法〕克勞婷，蘇爾夢編著，顏保等譯，中國傳統小說在亞洲〔M〕，北京：國際文化出版公司，1989：196。

喃傳的作者多爲士大夫，他們強烈的儒家思想，對於常被冠以「誨淫」、「誨盜」罪名《水滸傳》、《金瓶梅》、《紅樓夢》這些明清小說名著不免敬而遠之，而才子佳人小說取材中士大夫意識和儒家倫理精神符合越南士大夫的士人思想〔註74〕。「樂而不淫」的戀情符合儒家思想影響下越南文人對女性的傳統要求「發之於情守之於禮」心理。越南文人對於豔情淫穢描寫是深惡痛絕的態度：

> 《杏花天》、《桃花影》……二書所敘皆是花朝月夕，密約私情，淫謔之風，至於禮義棄捐，廉恥喪盡，與《國色天香錄》同一其歸。作者之意，蓋謂佳人才子意洽情投，其得意處在此，其最樂趣在此，不極筆描寫，不足以盡其妙故耳。殊不知天地間所謂佳人才子，其得意樂趣，豈專爲一事哉？若果專爲此一事，即無論村夫野婦，雖至於鳥獸蟲魚，莫不有之，何必佳人才子而後知也。況乎村夫野婦、鳥獸蟲魚，尚有知恥而深自隱藏。若二書所陳，則狐蕩龜淫，群聚無愧，豈有佳人才子而曾村夫野婦、鳥獸蟲魚之不若耶？看之令人唾罵，每欲擲焚其書。〔註75〕

越南雖有受到中國豔情小說《國色天香》影響有《華園奇遇集》，但其中多刻畫於才子佳人之間詩詞傳情，而減弱其中情色描寫。阮攸在改編《金雲翹傳》時便刻意省略或是進行淡化處理原作中的「性」，代之是詩化朦朧的語言，如刪節楚卿騙奸翠翹的情節，用「七字」、「八藝」統稱翠翹所需學習妓女「接客」的內容。然必須要說明的是儒學雖然對越南文人影響深遠，但在越南普通民眾中並未得到廣泛深入傳播。明末遺臣朱舜水當時就因此對越南當政者提出疑義：

> 聞之丘文莊公云：『安南、朝鮮，知禮之國』，是以遁逃至此。太公、伯夷嘗居東海、北海以待天下，非創也。今貴國不能嘉惠無窮，斯亦已矣！奈何貴賤諸君來此，或有問相者；問所非宜，終不知爲褻客。夫相士、星士，何足比數！四民九流之中，最爲下品，較之德義之儒，不但天地懸絕，亦且如白黑水火，全全相反。遠人業已至此，貴國輕之褻之，將如足下何？但義所不當出耳！使他人

〔註74〕〔越〕陳光輝，越南喃傳與中國小說關係之研究〔J〕，臺北：臺灣大學文學研究所博士學位論文，1973。

〔註75〕〔越〕阮登選，桃花夢記——續斷腸新聲卷之二//孫遜，鄭克孟，陳益源編〔M〕，上海：越南漢文小說集成，上海古籍出版社，2011：218。

聞之，謂貴國爲絕不知讀書之旨也。況能尊賢敬士乎？即如天文地理，其精者不過技術之士，亦非聖賢大學之道，治國平天下之經；而貴國讀《三國演義》、《封神榜》等記，信爲實然，勤勤問此，譬猶捨金玉而寶瓦礫，芟嘉禾而養莠稗也，亦甚失取捨之義矣。〔註76〕

越南人無論貴賤者，所關注者在於看相占星、小說，對中國歷史演義小說的態度是「信爲實然，勤勤相問」，以至於理學大師朱舜水最終離越南而去，東渡日本，從而開創了日本的「水戶儒學」。黎貴惇所編撰《見聞小錄》中有收錄大量小說成份的內容，他在編撰時特別強調：「是編亦言行學問之大端也，觀者幸毋以小說視之」〔註77〕。雖然黎氏將「小說」置於「學問」之下，但他在乾隆二十六年（1761）記錄使團採購的中國書籍名單中就有眾多的小說：大陪臣《智囊二部》、《千古奇聞》；二陪臣《封神演義》；三陪臣《封神演義》、《說鈴》；行人陶《山海經》、《貪歡報》；太醫院：《玉匣記》；書班：《列仙傳》等〔註78〕。

越南如清使「三教統一」儒學文藝觀。越南如清使儒學思想常融入佛、道，如科舉中道家的夢讖思想在他們中就較爲常見。《登科錄搜講》中載范謙益未登第時祈夢於鎮武觀得一「薨」字，疑己夭死而心惡之。其後中探花，仕途坦達封贈大司空，臨死之日得書「薨」字〔註79〕。一些如清使雖然並不相信眞實但還是參與到這一活動中，如潘輝益作《與朋友祈夢眞武觀，連宵無所見，偶成二絕》其一云：「幻機顚倒故撩人，寧許坐寰早認眞。未蓋棺前眞定事，滔滔誰肯走紅塵。檀煙夜夜薦齋誠，一枕松風睡到明。人世浮漚都夢境，羞從茫昧驗身名。」他們三教合一的儒學思想也對他們的文學思想產生較大影響，如吳時任云：

自生民以來，文章之聖，莫如孔子。孔子文章，見於六經。六經之蘊，只是渾然一太極，太極之道，六經特載之爾。然則，六經者舟也，道者舟中人也。孔子以道爲體，以六經爲舟，故曰百家風

〔註76〕（明）朱舜水，朱舜水集，卷二，安南供役紀事〔M〕，北京：中華書局，1981：27。

〔註77〕〔越〕黎貴惇，見聞小錄．敘〔Z〕，河內：越南漢喃研究院藏抄本，藏書號VHv.1322/1～2。

〔註78〕〔越〕黎貴惇，北使通錄，卷四。

〔註79〕〔越〕陳維，登科錄搜講〔Z〕，河內：越南國家圖書館藏印本，藏書號R21：37。

濤而中流帖然不動。楊朱、墨翟、韓非、李斯之徒，破壞之而不沉，如日月星辰，昏霾不能掩其光明；山嶽河海，煙霧不能損其高深。是以謂太極之粹。《孟子》七篇以後，楊之太玄，韓之原道，周之易通，程之易傳，張之啓蒙，邵之經世，皆六經之餘裔，然其發揮閫奧，主意不一。朱子出而集其大成。〔註 80〕

潘輝益在其所做《南程續集》中也有《讀〈南華經〉譖述莊子》云：「天機浩蕩思無涯，掇拾乾坤辯出來。奇譎有言成意象，虛明無物動形骸。百家未必窺玄旨，千古誰非企絕才。二十九篇尋疑會，仙文切莫等齊諧。」〔註 81〕

越南如清使有著「三教統一」儒學觀的原因在於：一方面，儒釋道思想在越南民眾中流傳廣泛。越南民間「好巫崇佛」，佛、道都在越南民眾中有廣泛信仰。儒學傳入越南之時，佛、道二教也相繼在越南傳播。道家老莊及佛教禪宗思想在越南文人中亦很盛行。越南民眾對多種宗教常表現出兼容並蓄的思想，如《大南實錄》載阮朝時期各地的風俗中，喪葬用儒、佛二家。越南政權對佛道雖有抑制，如《大越史記全書》載黎太祖順天二年（1429）六月十日下旨：「諸僧道有通經典，及精謹節行，期以今月二十日就省堂，通身檢閱考試，中者聽爲僧道，不中者仍勒還俗。」然打擊力度都不大，「在越南，佛與儒的關係雖然有時儒教對佛教進行打擊，但時間不長，程度不深，影響不廣，一般都屬於儒佛同行的狀況」〔註 82〕，儒釋道仍並行於普通民眾之中。越南使臣作爲掌握漢文學的優秀之士，在儒釋道合流的文化背景下，文人意識與宗教思想相碰撞，在他們創作漢文學中時有體現。如黎貴惇在儒釋道三家思想之中迴旋有餘，佛教、道教清虛超寂，高談道德，縱論形神。在他的 14 部著作中，有 7 部與哲學有關，尚不包括一些如《金剛經注解》、《道德經演說》、《存心錄》、《太乙卦運》等被一些學者寄於其名下的哲學著作。另一方面，他們受時代的影響易於接受佛老思想。黎阮時期南北戰亂頻仍，雖有太平時期（如《大南實錄》中載黎阮南北政權曾「休兵三十年」），百姓得以安居，但不久又因西山戰亂打破平靜。即使在南北停戰時期，各地盜寇也頻繁擾民，官兵爲剿匪四處征戰。在這樣大的時代背景之下，佛老思想更亦於

〔註 80〕〔越〕吳時任，金馬行餘//吳時任全集（一）〔M〕，河內：越南社會科學出版社，2005：832。

〔註 81〕〔越〕潘輝益，裕庵吟錄〔Z〕，河內：越南漢喃研究院藏抄本，藏書號 A.603。

〔註 82〕〔越〕釋清決，越南禪宗史論〔J〕，北京：中國社會科學院博士論文，2001：10。

被當時文人所接受。禪宗思想注重個人主觀上的體悟，強調在心境上一種隨緣自適的狀態。而老莊更是以注重自然的方式達到精神上的自適自得。越南如清使在對社會時代的困頓之下，儒家積極入世思想已無法解決現實中自身所遇到的矛盾，在理想破滅後，便會在佛老思想中找到精神上的寄託。在儒家「達則兼濟天下，窮則獨善其身」觀念的影響下，越南如清使早年多積極於科舉仕進，中晚年後則多轉向追求一種自適自足的生活道路。在「獨善其身」期間，他們的超然灑脫、和諧曠達又在一定程度上受佛老思想的影響。因而，在這種民眾內心多服膺於釋道的大環境背景之下，越南如清使思想中多存在「三教合一」儒釋道並重的思想。

儒家思想始終是越南如清使的核心思想，他們以儒學爲立身德行之本，致身於科舉，試圖「揚名立萬」。這也正是儒家積極入世的外在體現，正如潘輝益在書室所題對聯「學爲君子儒以辰進德修業，身居太平世所志顯視揚名」〔註 83〕。

第三節　科舉歷仕與越南如清使漢文文學

科舉出仕成爲科舉制度社會中文人向上流通的一種方式。《大越史記全書》載黎太宗詔「得人之效，取士爲先，取士之方，科目爲首」，可見科舉與出仕的關係密切程度。這不僅滿足了統治者強化中央集權的迫切需要，也積極推動了越南文官政治的建立。科舉入仕被越南文人視爲爲官正途，他們雖出將入相卻因未能出身科舉留有遺撼，如《大南正編列傳二集》載阮文偉「明命年間以文學由府貢入監……每以不由科進爲恨」〔註 84〕。越南如清使大部分是進士出身，未中進士者也有或中鄉選、或參加會試的經歷。這些如清使科考中選之後多授以文官，或進翰林院，或任相關部門的書記一職，這些職務多與文書制定相關。雖然官場文書都是以實用性爲主，但其中也不乏文學因素。中國清朝時期的越南又歷經三朝更迭，如清使的漢文學創作受他們個人出仕、時代巨變及重大歷史事件所影響。他們文學創作的內容、題材、風格的嬗變又與其自身的出仕與隱退、自持與苟且、抗爭與屈從等因素相關。

〔註 83〕〔越〕潘輝益，裕庵文集〔Z〕，河內：越南漢喃研究院藏抄本，藏書號 A.604。
〔註 84〕〔越〕阮朝國史館，大南正編列傳二集〔M〕，東京：慶應義塾大學語學研究所，昭和五十六年〔1981〕：7994（406）。

一、如清使出仕歷仕中的文學書寫

越南在前黎朝的科舉制度中就採取進士中選後授以官職的制度「第一甲第一名，授正六品官，第二名，授從六品官，第三名，授正七品官；第二甲，授從七品官；第三甲，授正八品官。」〔註 85〕三甲進士均授以官職，進士及第者進入翰林院供職「不惟三魁應制中格得入翰林，同進士亦並授科道，不除府縣官」〔註 86〕。這些身由科甲者進入仕途後，大多成爲當世重臣，吳時仕云「夫國家重甲科之選，故登魁元者，率躋華要，往往多爲名臣。」〔註 87〕越南如清使作爲科舉入仕者，也是當時朝廷文書工作中重要的草擬者，如《大南實錄》載:「文超久在翰閣，朝廷高文典冊多所擬撰。以文學受知，當辰（時）皆見推重。」〔註 88〕

（一）進士歷仕後的制誥文書

越南進士及第文人所任官職有以下幾類：一是入職翰林院，從事與國事相關的詔書、政策等文書工作；二是作爲皇帝或皇子侍讀、入侍經筵，從事講解儒家經典的任務；三是入職國子監或從事祭酒之職，引領並培育學術風氣，其中主要是進入翰林院。因爲中進士文人都長期備考科舉，比普通文人更爲精通漢語並熟知中國禮儀及文化思維，因而常被派遣北使從事邦交之任，其中還有一部分如清使升任爲國家行政中樞的尚書一職，如吳時任、鄭懷德等。草擬制詔文書是越南翰林院學士的主要職責，他們具體書寫的文書樣式主要有以下幾個方面：一是制文，文章內容多爲赦書德音、立后建儲和將相拜免等軍國大事；二是詔書，以賞賜徵召、宣慰處分等；三是表文或疏文，以批答節度使和官員的疏奏文書；四是其他應用文書，以應對祭祀典禮及與周邊藩屬中的文書往來。從這些文書的內容上可見，翰林院所草擬的文書幾乎涵蓋了當時朝政中的各大小事宜，由此，翰林學士可以很快熟悉當時朝政並進入實施權力的機構。這也是大部分越南如清使中進士後初授翰林

〔註 85〕〔越〕潘清簡等，欽定越史通鑒綱目//域外漢籍叢刊第三輯〔M〕，北京：人民出版社，2012。

〔註 86〕〔越〕黎貴惇，見聞小錄，卷二，體例，〔Z〕，河內：越南漢喃研究院藏抄本，藏書號 VHv.1322/1～2。

〔註 87〕〔越〕吳時仕，午峰文集//吳家文派〔Z〕，河內：越南漢喃研究院藏抄本，藏書號 VHc.873。

〔註 88〕〔越〕阮朝國史館，大南正編列傳二集//大南實錄（二十）〔M〕，東京：慶應義塾大學語學研究所，昭和五十六年〔1981〕：7813（225）。

院，但不久就轉入地方或朝廷中要職的重要原因。翰林院所撰文字爲祀祝文、冊文、寶文、誥敕文、碑文、祭文等，擬制詔誥。從制詔文書的行文特點及文學特徵來分析，越南如清使臣的制詔文書有以下兩個特徵：

一是作爲王言的撰寫者，越南如清使的制詔文書體現出規範雅正的風格。越南翰林學士都是具有出眾文學才華的文人，常是王言的代表者。因爲是代擬王言，所以他們所草擬的各類公務文書在書寫格式上在抬頭、收尾、用詞等方面也有著明確規定。這不僅表現爲一種規範，也讓制誥文書嚴謹規整，體現的是國家的禮儀和風度，由此也形成他們所擬王言有著典雅端正的風格特徵。

二是作爲王命的傳達者，越南如清使臣的制詔文書注重簡潔曉暢、言簡意豐的表達技巧。越南如清使作爲草擬制誥的王言代書者，反映出皇帝的信任和倚重。他們在文書表達上雖注重於情感的表達，以情入文，以求打動人心，但在寫作技巧上，他們更注重將敘事、說理與議論完美相結合，以求達到簡潔曉暢又極具文采的目的。他們在文章形式上，皆對偶精工。由此以達王命的目的，如吳時任所撰《奉擬皇正后誄文》開篇即以簡潔語句表達王意「朕惟誄者紀其實，所以重悼亡之情，亦以昭褒德之道。朕於後，夫婦也，君臣也，於存沒之感，安得不表斯人之淑，以慰在天之靈，垂永世之譽。蓋實錄，非溢美也。」〔註 89〕

對越南如清使而言，制誥文書工作是對其政治地位和文學才華的高度肯定。諸多越南如清使所的做制誥文書，兼具實用性與文采性。

（二）涉事外交中的邦交文錄

邦交文錄是越南現存古籍中比較特殊的一類，主要爲越南與中國之間邦交關係的文書往來，涉及中越政治中的方方面面，既有朝貢宗藩體制下越南向宗主國所發各類的求封、謝恩、祝壽等表文，也有圍繞中越政治矛盾的奏、啓類文書。這些邦交文錄因涉及外交關係，因而有固定的文體形式，又需在具體行文中注意遣詞造句，因而成爲現存越南文獻中較爲獨特的一種類型。越南現存邦交文錄大多出自如清使之手，很多如清使都留有數量眾多的邦交文，如吳時任《邦交好話》中收錄所作 92 篇與中國往來的公文，潘輝益《裕庵文集》中收錄 62 篇中越往來公文。

〔註 89〕〔越〕吳時任，金馬行餘//吳時任全集（一）〔M〕，河內：越南社會科學出版社，2005：693。

如清使在越南成爲涉事外交中重要的代筆者，從潘輝益的個人經歷中可見一斑，他因仕西山朝而被阮朝朝臣所排斥，在阮朝滅西山朝後，潘輝益與吳時任二人還被捉至文廟前鞭打，以警示文人無操守仕僞朝之過。但在此狀況之下，阮朝與清廷的外交文書還要找潘輝益代擬：

> 天朝特派廣西按察使齊布參，帶同太平知府正堂王撫棠前來頒封。訂以正月初四出關，十一日行封禮。自年底得報，旨下，一切文書列臺預先據予稿擬，陸續進讀。所修謝封、請貢、謝文表三道，諮呈總督二道，迎餞冊使柬札十二道。以次還稿進覽，間有別擬表稿遞進者。上更准用予稿，迨送呈冊使，卒無一字改易。以是屢蒙獎諭。封禮訖，彙集公文，現成《甲子冊封》一集〔註 90〕。

從潘輝益的文中可知他在阮朝與清朝的邦交中涉及眾多的文書往來，在「甲子冊封」事件中他一直是邦交文書的草擬者，之所以屢蒙獎諭之因是所送邦交文章「無一字改易」。

如清使成爲中越邦交文書的書寫者，其原因有兩方面：一是如清使有紮實的文字功底。越南使臣遴選制度中「重文學名」的標準之下，如清使漢文學修養水平高，他們大多是當時的越南文學名士、文章老手。越南如清使又多出身於翰林院，他們中的一部分人常是朝廷中文書的重要草擬者。二是如清使有豐富的外交經驗。如清使作爲使臣出使中國期間接觸到中國政治、文化等各方面的信息，他們更瞭解如何在外交中斡旋。他們在出使中與中國官員的詩文往來也增加了彼此的瞭解。一部分前往越南的中國使節常常是如清使們以往就打過交道的對象。這也有利於如清使成爲邦交文錄的最佳人選。

（三）致仕制度下的致仕文學

致仕制度是中國古代職官體制中重要的一項制度，其始於秦漢而完善於唐宋。《禮記・曲禮上》：「大夫七十而致仕」，越南政治體制模仿中國，致仕制度亦爲其一。阮文超「援年例，乞休」〔註 91〕。越南致仕制度與如清使漢文創作關係亦爲密切，主要表現在以下兩點：

一方面，越南如清使創作了大量的致仕賀詩。賀詩是越南文人日常生活

〔註 90〕〔越〕潘輝益，裕庵吟錄〔Z〕，河內：越南漢喃研究院藏抄本，藏書號 A.603。

〔註 91〕〔越〕阮朝國史館，大南正編列傳二集，卷三十三，諸臣列傳十//大南實錄・二十〔M〕，東京：慶應義塾大學語學研究所，昭和五十六年〔1981〕：7965（377）。

交往中必不可少的文體，越南如清使漢文詩文集中也收錄有眾多賀贈詩，有科舉中第時的賀詩、祝壽賀詩等，如潘清簡《兵部左參知充辨閣務何公得請歸奉太夫人七十壽賀詩》、《爲某公賀禮部右侍郎潘公壽》、《吳太君七十壽，陽亭寄書索賀》。但值得關注的是越南現存文獻賀詩中最多的是致仕時的賀詩，甚至編錄成集，如吳時任有《滚郡公致仕詩集序》收錄眾多文人的賀詩、對聯等；黎貴惇編輯有《致仕帳文集》四卷，收錄黎中興以後進士及第者致仕時朋友慶賀帳文，他的《桂堂詩匯選》「賀餞類」中所收錄的賀詩除一首賀人生男之外都是致仕賀贈詩。致仕是文人晚年生活中的重要盛事，吳時仕云「《禮》大夫七十致事，朝廷之盛典，而君子之至榮也。若夫當亨衢而勇退，不待年而就閒，了夙願於乎？生保完名於晚路，斯非賢達之高致，而今昔之希曠者。」〔註 92〕阮思僩《雲麓詩抄》中收錄《豹山阮大司寇七十致仕，題扇奉送二首》中「還鄉晝錦今能幾」「鐘鳴漏盡當如是」、《送阮暘齋光祿七十致仕，還永祿有金山洞爲清化第一勝地》等。越南如清使所創作的這類致仕賀詩是越南致仕制度下一種文學上的體現，也與他們以自身以「致仕」作爲人生理想追求的一種精神上的反映。

另一方面，致仕影響越南如清使本人的漢文學創作。致仕與文人文學創作關係密切，他們致仕前後的創作心理呈現一種轉變。文人致仕後「在心靈上去掉官場的限制，拋棄政見紛爭，全身心投入休閒和文學創作，追求更純粹的文學藝術」〔註 93〕。如清使在致仕前後詩作在題材與風格上都有較明顯的轉變，一是詩文題材上的轉變，致仕前如清使多任當朝重要職務，由於公務繁忙、應酬眾多，他們的詩文集中多爲應制詩、同僚之間贈答詩作，而在致仕後，多歸隱田園，因而在作品中多山水田園之作；二是詩文風格趨向平淡。致仕後的如清使卸下俗事勞碌，有更多的時間冥思遐想，因而在詩作中更多注重於人生的思考與體驗。

可以說，越南致仕制度豐富了越南如清使詩歌創作中的作品題材，而致仕制度所帶來對如清使個人生活重心的轉變又帶來他們詩歌創作風格上的轉變。

〔註 92〕〔越〕吳時仕，午峰文集//吳家文派〔Z〕，河內：越南漢喃研究院藏抄本，藏書號 VHc.873。

〔註 93〕吳肖丹，北宋熙豐名臣致仕文學研究〔J〕華南師範大學學報（社會科學版），2011（2）：68。

二、如清使出仕應酬中的文學紐帶

應酬詩文常以實際交際爲目的，多缺乏眞情實感，因而中國清代文人對其頗有微詞「詩壞於明，明詩又壞於應酬」〔註 94〕。以詩爲應酬的方式在越南文人中也較爲普遍，不僅應用於文人之間的日常生活，如祝壽、升遷、致仕等，還在君臣之間酬答應制之作。越南如清使大量應酬詩文雖也多出於交際，但他們作爲越南知名文臣，其詩文應酬卻是越南文學中的聯繫紐帶，從中可以清晰看到越南文壇的文學生態。

（一）君臣唱酬中的應制詩

越南應制文學中漢詩文創作對越南漢文學有著重要的意義，其體現了越南統治者的文化政策、精神風貌、文學旨趣、審美傾向等等，從而對當時文學思潮的起伏、文學人才的培養乃至文學生態的建設產生普遍而深遠的影響。如清使大多進士出身，有任職翰林院的出仕經歷，他們作爲漢文學修養較高的文人群體，常是與君王唱和的對象。現存如清使詩文集中常見有應制詩，一些如清使還留有專門的應制詩集，如吳時任《翰閣英華》、阮文超的《應制詩集》、潘清簡的《應制草》等等。

應制文學由於是奉命之作，題材較爲狹窄，內容模式化，因而在藝術成就上多乏善可陳。但應制文學作爲國家最高統治者所組織的文學活動，對當時的文壇及文學思潮有著引領作用。越南應制文學由來已久，從越南正式獨立，歷代皇帝都與眾多文人有各種形式的應制之作，如後黎朝黎聖宗成立「騷壇會」，自封「騷壇元帥」，又將一些文臣列入「騷壇二十八宿」，相互唱和，還留有唱和集《瓊苑九歌》、《古今百詠詩》等行於世，其中劉興孝、阮寶珪、楊直源等都曾擔任過北使使臣〔註 95〕。由此詩文吟詠已經成爲越南的「帝王之學」，正如黎貴惇所言：

> 帝王之學，明理立法，詞藻非當務。然萬幾之暇，舒情吟詠，宣暢中和，亦賢於他好……今聖上茂昭文德，粉飾治平，品題景物，宴賜從臣。雄渾卓傑之音，溫和清雅之緝。則宋氏賞花，唐宗幸宅，諸作其流亞矣。〔註 96〕

〔註 94〕（清）吳喬，圍爐詩話〔M〕，卷四//叢書集成初編（2609）〔Z〕，北京：中華書局，1985：101。

〔註 95〕〔越〕吳士連，陳荊和校，大越史記全書〔M〕，東京：東京大學東洋文化研究所，1985：741～742。

〔註 96〕〔越〕黎貴惇，全越詩錄・序〔Z〕，河内：越南漢喃研究所藏抄本，藏書號 H.M.2139。

能奉命與皇帝唱和的文人代表著越南文人成就較高者，如清使作爲漢文學造詣頗深者也成爲黎阮時期皇帝進行文學活動時的最佳人選。

越南如清使的應制詩文反映了漢文學在越南的影響力。皇帝作爲封建社會的最高統治者，其文學傾向直接影響到當時的文學風貌。越南皇帝多有以詩名者，如顯宗孝明皇帝「博覽經史，優游翰墨。凡所著作題詠，皆有天然之妙。」〔註 97〕明命帝「抒情翰墨，遊意藝文，所著有《詩集》一卷，《雜記》一卷，《詩集古今體》十卷，一字一句，皆出己意，不假詞官代作之手」〔註 98〕。詩文成爲皇帝與群臣之間互動的方式詩文，加深了他們與臣子之間的君臣感情，如阮朝嗣德六年潘輝詠等出使中國時逢中國動亂，三年乃還，嗣德帝作《懷如清使部潘輝詠等有作》「近聞回抵廣東，猶俟順風駕海回國，故深望之。」並在潘輝詠等回國後又題《回國喜作》七首詩。詩文還被皇帝當作一種獎勵與鼓勵，如黎朝阮公沆北使回裕宗賜「唐詩律」和「國音」各一首；紹治二年阮帝御筆「予告休養之禮部尚書潘輝湜扶鳩來覲，是其疇昔之臣，賞賜銀鍰，詩以示之」；黎峻出使時嗣德帝「御賜詩以榮其行」〔註 99〕等等。

西山朝雖然短暫且一直處於征戰之中，但從如清使留存文獻中看，亦有君臣詩文活動。吳時任在《奉賀瑞蘭應制並語》中云「茲奉見聖德日新，天體滋專；香萬呈瑞，瓊出尋常。臻長發之嘉祥，世馨香之治象。恭憑葩韻，庶表芹心。」〔註 100〕

阮朝明命、嗣德時期亦組織許多文學活動。潘清簡《應制草》一集專門收錄應制詩文，御製詩文有《題帝京篇》、《春蒐殺虎》、《壬戌元日慶賀嘉壽宮恭紀》、《太和殿受賀》、《勤政殿賜賞》、《食荔枝篇》、《題防河詩經筵進講》、《讀聖賢群輔錄》、《耕藉詩元韻》、《御製順安汛十詠》前題云「嗣德十年閏五月十四日奉硃批閣錄《順安十詠》詩交從善公、建瑞公、集賢院、內閣堂，

〔註 97〕〔越〕阮朝國史館，大南實錄前編，卷八〔M〕，東京：慶應義塾大學語學研究所影印本，昭和三十六年〔1961〕：120（120）。

〔註 98〕〔越〕潘叔直，國史遺編，中集〔M〕，香港：香港中文大學新亞研究所，1965：216。

〔註 99〕〔越〕阮朝國史館，大南正編列傳二集，卷三十八//大南實錄・二十〔M〕，東京：慶應義塾大學語學研究所，昭和五十六年〔1981〕：8035（447）。

〔註 100〕〔越〕吳時任，筆海叢談//吳時任全集（一）〔M〕，河內：越南社會科學出版社，2005：205。

屬誰能和進者，聽，不拘韻。」〔註 101〕嗣德帝作《韓昌黎琴操十首》中，當時知名文人阮文超、潘清簡等人均奉和效韻擬作。

黎阮時期的應制詩文是以皇室為領袖所組成文學中心，越南君臣進行的漢文學創作活動與黎、阮朝實行以儒家思想為治國的理念密不可分，這也是中國漢文化在越南進一步發展的具體體現。

（二）同年同僚唱酬與贈答詩文

在中國科舉制度中，參加科考的文人常常利用同年、師生的關係進行一系列的文學活動，而科舉歷仕之職中的同僚也成文學交遊的固定對象，他們之間展開一系列文學活動，如宋初以楊億為首的館閣文臣相互之間的酬唱並形成了《西崑酬唱集》，明嘉靖年間在刑部供職的李攀龍、王世貞等人詩文唱酬並組建了西曹（刑部別稱）詩社等。這些文學聚會活動雖多是一些詩酒唱和，但對文壇也會產生一定的影響，如楊億、劉筠等人酬唱中形成的「西崑體」獨領宋初詩壇四十年。至明清時期，文人聚會還發展到相互結社形成了固體的文學團體，如明代茶陵派、前後七子派、竟陵派、性靈派等等。同年同僚也是越南科舉文人中常常展開文學互動的群體。儘管他們通過詩文形式進行文學交遊帶著應酬的目的，但其中涉及到的詩文唱和、序跋題贈中也不乏有文學價值。尤其在漢文學在越南民間與翰閣發展不平衡的情況之下，科舉士大夫們這種文學交遊在越南漢文壇上佔有著重要的一席之地。

一是科舉同年之間的文學交遊。科舉同年之交是越南文人中的普遍現象，如潘輝益之父潘輝瑾「都城名士莫不交遊，獨與陶舍陶公（諱輝典改輝顒），左青威吳公（諱時仕）訂為心契。」作為進士登科的如清使，他們亦與同年之間有眾多的詩文往來，如吳時任有《賀同年明杲阮公憲察清華》、《贈年眷潘瑞岩侯命關上》等。同年之間有著相似的身份，也有著相似的經歷。他們之間因同年的身份有眾多往來的場合。這一切構成同年之間文學交流的基礎。如清使作為當年科舉中的成員，大多是同年中以文學知名的佼佼者，自然成為同年之間文學交流的中流砥柱。

二是同僚之間的文學交往。同僚官員之間相互文學交遊亦為常態。如清使多擔任要職，有多位任至尚書一職，由其職官履歷可看出其中不乏當朝重

〔註 101〕〔越〕潘清簡，梁溪詩草・應制草〔Z〕，河內：越南漢喃研究院藏抄本，藏書號 VHv151。

臣。一方面，他們既有與同僚之間任職送行時的贈答之作，如潘清簡《送張亮齋好合之任懷德知府》，也有相互贈序題跋進行文學點評《以〈碎琴詩〉遞呈何芳澤、吳陽亭請正，並求序書》，還進行一些詩文酬唱活動，如潘清簡有《對菊和何海翁、尹昌派、吳陽亭九絕》、《何芳澤以習靜詩見示以次來韻》與何芳澤、吳陽亭唱和等。他們不僅僅停留在詩歌贈答中，還就文學創作有深入的探討。阮思僩《雲麓詩抄》中收錄《答陳少司農論文》中云：

文章於世道，得失非小補。皇皇聖經文，刪述垂萬古。

清微覆天下，糟粕爲韓杜。取士無別途，雕蟲遍海宇。

至今士習壞，蔽罪於八股。何況我國文，尚未涉堂廡。

以此拾青紫，毋乃小所樹。撫今幾會降，墜地歎文武。

所望鳴寔學，千載發聾瞽。我衰壁上觀，中原孰旗鼓。〔註102〕

阮思僩認爲文章得失乃是大事，又談及科舉流害非淺。另一方面，他們還成爲同僚文學酬應中的「龍首」。從現存資料看，越南文人結社情況較爲少見，但僅見的幾筆都與如清使相關，如鄭懷德、吳仁靜、黎光定所結的「平陽詩社」「四方文人多從遊」。越南文人結社除了相互文學交遊，還帶有以此促進科舉事業的目的，如潘輝益與當時文人結有「桂林會」，他作《桂林文譜跋》稱：

吾輩之所謂會，以文會友而已，亦安敢自附於古人哉！然而可以意起義者，桂林是也。夫士掇高科，昔人謂之躡青雲，攀丹桂，今日塵埃中。誠未知躡雲攀桂者何人也，亦未知吾會中人，曾（將）有躡雲攀桂者幾人也。第有是命，而可無是心歟。夫有是心，而直謂會中人，非折桂中人歟？然則名之桂林也，亦宜。若夫以文章相與，以德業相期，而使今日之桂林，遂成爲他日之桂苑。〔註103〕

從潘輝益文中殷殷寄意於「桂苑」可見，他們雖「以文會友」並非是尋求怡情達性，而是帶有一定的功利目的。

在這些同僚同年的文學交遊中，尤其值得注意的是如清使身份者之間相互的文學交遊。如清使多從科舉，他們之間廣泛的文學交遊已成爲越南文壇上一道獨特風景，如《山堂慶壽集》向潘輝益和潘輝迴賀壽的詩文對聯集，

〔註102〕〔越〕阮思僩，雲麓詩抄//石農全集〔Z〕，河內：越南漢喃研究院藏抄本，藏書號 Vhv.1389。

〔註103〕〔越〕潘輝益，裕庵文集〔Z〕，河內：越南漢喃研究院藏抄本，藏書號 A.604。

附有阮攸的對聯盛讚其「德業文章爲時楷範」〔註 104〕。《柴峰尙書公致事慶集》（VHv.2347）工部侍郎阮有立賀尙書潘輝泳（梅峰）致仕時的慶賀詩文。《柴山尙書七十壽賀集》（A.2866）族人、同僚賀禮部尙書潘輝泳七十壽辰的詩文對聯集，書中收錄阮文超的賀詩等。如清使之間主要的文學交遊有以下兩類：

其一，如清使之間的詩文酬唱。一是同一時期出使使團成員之間的文學唱酬。出使期間也成爲如清使之間進行文學酬唱的重要時期。無論出使中國還是其他國家，他們往往都要歷經數月乃至數年，有些特殊時期還可能長達十幾年時間。越南出使時的交通工具或是乘船，或是坐輿，除了到達使館有接送宴席等固定應酬，其他的消遣方式都是詩文唱和。這也形成一系列的使臣之間的酬唱詩。如後黎朝陽德二年（1673）年陶公正出使時所作的《北使詩集》收錄眾多與胡士棟、武惟諧、武公道眾人的唱和詩；阮宗窐、阮翹壬戌年（1742）出使期間有酬唱集《壬戌科使程詩集》；《燕臺秋詠》中收錄西山朝潘輝益、吳時任、段阮俊三人出使期間唱和詩等。二是不同使團之間如清使之間的交遊唱和。如阮攸《清軒詩集》中收錄《和海翁段阮俊〈甲寅奉命入富春京登程留別諸友〉之作》「此去家兄如見問，窮途白髮正星星」。阮偍與段阮俊相交甚密，阮偍《華程消遣集》中多首懷段阮俊的詩作，如《抵團城寄心友叚海翁》、《冬霄賞月寄心友叚海翁》、《月夜抵岳州遙望洞庭湖口因憶心友叚海翁》、《遊洞再庭憶心友叚海翁元韻》等，出使所經之地相同所歷之感相似，這成爲他們詩文遙相唱和的一種方式。如清使之間的文學唱和交遊非常普遍，如阮思僩《雲麓詩抄》中收錄與多位如清使的文學往來，與裴文禩詩文交往的《下直歸署，適裴珠江閣老送詩到，即依韻和覆》中「扣門又是送詩人」可知兩人有多次詩歌唱酬，與范熙亮的交往《江行偶感示範魚堂》、《病起寡歡，往訪魚堂病中，索然而返，倦極就寢，得異夢，覺書長句相示》，與擔任使節出使前的詩文贈答《送東原阮進之少卿使燕四首》等等。

其二，如清使之間相互詩文評點。黎光定的《華原詩草》有吳時位、阮攸的詳細點評。吳時位點評詳盡，側重解釋詩意又多有其個人闡發，如其評《鸕鷀》一詩：

> 世固未有才而不爲人用者。鸕鷀飛禽也，而制於人，終日浮沉水中爲主人捕魚。雖千丈之淵，百丈之潭，而魚無所逃。其受勞多而得食無幾。主人者豈能制彼之命哉！直以均其勞逸而不盡其力，

〔註 104〕山堂慶壽集〔Z〕，河內：越南漢喃研究院藏抄本，藏書號 A.2697。

調其饑飽而不專其利。故無樊籠而彼自不飛，無程勒而彼自不懈。不然以善啄之口嘴，豈難充易飽之腸；以能飛之羽毛，豈甘爲窮主之用。才無大小，皆可使物，無善惡皆可制。得其術者，龍擾虎馴；失其術者，妻離子散。〔註 105〕

阮攸則側重於點評原詩作的意象及藝術特色，如其評《豬山塘晚泊》「隨筆直寫，勁健無匹」，評《楚中》「雅淡有古意」等。如清使之間的燕行文集交流成爲獨特風景，一些如清使燕行文集已遺失，卻可以通過其他使臣得以保存零星信息，如黎貴惇《北使通錄》載黎有喬著有燕行錄《使北紀事》:「南國前輩奉使詩集甚多，惟紀事未有。永祐丁巳（1737），遜齋黎先生充賀登極副使，始述日程道里、應酬贈遺與所見聞風俗事蹟，爲《使北紀事》一卷。編敘簡潔，有風致。憶僕未第時，公曾出以相示，且語曰:『此吾奚囊中異草也。』子他日必膺皇華盛選，其推而廣之，以重事增華焉。」〔註 106〕從中可知黎有喬燕行錄無論在史料上和文學上都有一定的價值，遺憾的是已經無法窺知全豹了。

由上可知，如清使漢文學水平是當時文人中的佼佼者，他們在君臣應制、同時期文人的交遊中成爲當時漢文學的聯繫紐帶。

〔註 105〕〔越〕黎光定，華原詩草//越南漢文燕行文獻集成（越南所藏編），第九冊〔M〕，上海：復旦大學出版社 2010：121。

〔註 106〕〔越〕黎貴惇，北使通錄//越南漢文燕行文獻集成（越南所藏編），第四冊〔M〕，上海：復旦大學出版社，2010：7。